看守所医生

米可 著

DETENTION
HOUSE
DOCTOR

北京联合出版公司
Beijing United Publishing Co.,Ltd.

目录

第一章
死亡独白 _ 1

第二章
疯狂的 AB 面 _ 21

第三章
女人、母亲、毒枭 _ 41

第四章
爱，突如其来 _ 67

第五章
高墙里的背叛 _ 89

第六章
囚徒之匣 _ 107

第七章
深埋的回忆 _ 135

第八章
攻心术 _ 157

第九章
双胞胎的人生岔路 _ 179

第十章
人之将死 _ 197

第十一章
母亲的秘密 _ 221

第十二章
自由 _ 245

死亡独白

人生不过是一瞬间的事，死也是一刹那的事。

——席勒

1

衢八两笑说："兽医啊，你运气不错，刚来上班就碰上'保送大学'的'大鬼'了。"

我紧张地笑笑，并试图理解这位副所长口中的黑话。

凡城的看守所有两套黑话体系，一套是警察用的，一套是犯罪嫌疑人用的。比如，在警察的口中，有罪判决叫"毕业"，取保候审叫"留级"。又比如，在在押人员的口中，手铐、脚镣叫"镯子"，饭菜叫"泔水"，禁闭间叫"总统套房"，如此种种，不一而足。

虽然我刚来，才接触这套黑话体系，但也能把衢副所长的话猜个大概："大鬼"是死刑犯人，而"保送大学"应该是指执行死刑。而我，则是他口中的"兽医"、看守所的医警，负责全所在押犯人的身体健康。

副所长衢八两背着手走在前面，带我熟悉看守所的监区："咱们看守所就像一只长了八只爪子的乌贼，每一只爪子都是一个监区。咱们现在在东北监区，一共有十二间监室，里面关的大多是刑期十年起步的犯罪嫌疑人。待会儿咱们会去西北监区，那里关的全是女人。"

说着，衢八两掉头，带我回到了乌贼脑袋的所在地——看守所的指挥调度中心。他抽了一根烟，又给泡着六安瓜片的茶壶里添了开水，接着才带我进入西北女监。坦白说，刚进女监时，我的心情是有些紧张和激动的，有种念着阿弥陀佛的唐僧初入女儿国的感觉。

聒噪的如同热带雨林的女监突然爆发出一声尖叫："呀，小兽医来啦。"衢八两瞥了我一眼，眼神中充满戏谑和调侃。接着便是女人们一声高过一声的呼唤："小兽，来给老娘瞧瞧啊。""兽兽，我的痔疮犯了，好痒，你帮我挠挠！"

走在漫长的甬道中央，我低着脑袋不去回应那些声音。倒不是说我惧怕那些女犯人，而是觉得一旦我做了某种回应，我便成了那些女犯人的同道中人。

衢八两停在西北12号监室门外。一个老女人扒着栏杆说："兽医同志，我好像怀孕了，你给我开个单子，我去医院检查一下。"

衢八两笑骂道："你个老骗子，早该绝经了吧？还好意思说自己怀孕了。"

女骗子讪笑："好久没来这么嫩的小伙子了，我看着高兴。"

衢八两点头："也对，咱们所里就他一个90后，其他都是老头子，就连我看着也鲜嫩。"

我脸一红，自我介绍道："我是新来的……法医。"

衢八两乐了："法医是看死人的，咱们所里可全都是活蹦乱跳的。"

看到我卡壳了，女骗子反倒安慰我："在看守所里，你要学会放弃反抗，躺平接受一切，这样你才会觉得日子还能过得去。"

衢八两收回笑容，眼睛瞟向角落里的一个年轻女孩，低声问女骗子："她还好吧？"

"还行，虽然还是神神道道的，但也是该吃吃、该睡睡。"

衢八两说："过两天她就'大考'了，给我盯紧点。"

"放心，我们排了班，保证二十四小时都有人盯着她，绝对保送她上清华、北大。"

衢八两又看了角落里的女孩一眼，叹口气，带着我离开了。

角落里的年轻女子叫小安，是衢八两交给我的第一个工作对象，任务是确保她在执行死刑前身体健康。

这无疑是一个残忍的任务，就像辛辛苦苦地呵护一朵花苞，却是为了将她毁灭。

或许，我应该保持足够的冷静，甚至是冷漠，只关注自己手里不多的工作：每天检查两次她的血压、心率，每天监测她三餐的饮食情况，还有就是记录她的睡眠——通过监控视频看她呼吸的起伏和因噩梦而颤抖的眼睑。

但这是一个鲜活的生命，我无法保持那种工具理性。于是，我从女监的管教姜高音那里借了小安的资料，了解了她和她犯下的案子。

小安来自一个南方小城，后考到凡城师范学院，读的是音乐教育专业。小安家境不算宽裕，因此课余时间她找了不少兼职，其中就包括给一户人家的女孩带钢琴课。其间，男主人勾引了涉世未深的小安，给了小安一种虚妄的爱情。小安一直生活在黑暗中，同时扮演着家教老师和情人的双重身份。小安并没有向男主人索要过什么，更没有提出逼婚的要求。她想要的就是一份单纯的甜蜜。虽然男主人竭尽所能地采取了保密措施，最终还是东窗事发。女主人闹到了小安的学校，还把丑事告诉了小安的同学和家人。男主人迅速和小安做了切割，还把勾引者的帽子扣到了小安的头上。整个世界都成了小安的敌人。即便走到穷途末路，小安依旧爱着那个男人。她错误地以为，只要让搅动这一切的女主人消失，自己便可以和男主人重组家庭。于是，她用男主人早先给她配的钥匙潜入对方家中，将毒药掺进了女主人平日吃的减肥代餐里，却连带把那个无辜的小女孩一同毒死。小安潜回房间，看着死去的母女，拨通了男主人的电话，想向他当面忏悔。可男主人开车把小安送进了公安局。随后，男主人独自开车来到长江大桥中段，停下，只身翻过护栏，被江水不知冲到哪里去了。

小安一审被判了死刑，从法庭押解回看守所时整个人就没了魂儿，无论对她说什么都没有回应，仿佛因纽特人给自己砌了一个没有出口的冰屋，把自己冰封了。小安的父母代为提出上诉，要求法院对小安做精神鉴定。检察院公诉人员提供了案发后小安拨打男主人电话的录音，证明小安在作案时神志正常，负有完全刑事责任。半年后，省高院二审维持了死刑原判。又过了八个月，也就是五天前，最高院下达了死刑复核。现在距离行刑日只剩两天时间。

我无法判断小安是真疯还是装疯。因此，我自然也就不知道她是否知道自己只剩两天的生命。倒是同监室的女骗子告诉我，这几天小安一直在小声嘀咕。她们凑上去听，却一个字也听不懂，好像小安说的是来自阴曹地府的语言。这让西北12号监室的氛围变得古怪且凄冷。

行刑前一天，管教姜高音问小安："有没有什么愿望要实现？"

小安没有答话。

姜高音又问："有没有什么人想见？"

小安还是沉默。

姜高音有些急了："或者，你有什么想吃的？大娘出去给你买。"

依然是沉默。

最后，无可奈何的姜高音做了份长寿面，里面打了两个荷包蛋，给小安送进了监室。小安只吃了一个鸡蛋。

这些都是我从监控里看到的。我像个懦弱的旁观者，躲在镜头的后面，见证着生命的倒计时。我想过小安大学读的是音乐专业，或许我可以给她播放巴赫的《夜曲》，或者莫扎特的《安魂曲》，没准儿是一种慰藉。音乐都下载完毕了，我却出于说不上来的原因放弃了这个念头。

行刑前的晚上，按照规定，小安的双脚被锁上了几十斤重的脚镣。不知怎的，锤头砸脚镣的声音在我耳畔响了一夜。

2

行刑日，一辆大巴缓缓开进看守所，停在了西北监区外侧的院内空地上，车上走下几名戴着法徽的工作人员。另一边，几名武警已经押着小安来到了这片空地。我和副所长衢八两跟在后面。

我问副所长："姜高音哪里去了？"

衢八两淡淡地说："老姜在办公室抹眼泪呢。"

看到该到的人都齐了，负责监刑的法官开始向小安宣读最高院的裁定和执行死刑的命令。薄薄的一页纸，读起来却异常漫长。临近中午，日头有些毒，仿佛把冰封的小安解了冻。她微微抬起右手，想遮掩自己的脸，手铐的撞击声竟如同风铃的响声。法律文书宣读完毕，法官和衢八两核验了小安的身份。接下来，武警中队长命令战士把小安带上大巴。

大巴车通体黑色，车体外侧没有任何喷涂，就连窗玻璃也被内侧的黑色窗帘挡住了，不禁让人联想起巨大的棺材。中队长第二次下达命令，领头的小战士这才神情紧张地押着小安上车。结果一个趔趄，小战士被台阶绊了一跤，稳住身子才发现枪口把他的上嘴唇磕出了血。中队长见状撤换了小战士，亲自押着小安登车。

当小安登上最后一级台阶时，她回了一次头，目光看向远方。我从她的眼神中看到了光。随后，她便被那口黑色的棺材活活吞噬。

车外，衢八两问我："要不要上去看看？"

我虚弱地摇摇头。

就这样，我和副所长衢八两，还有那个嘴唇受了伤的小战士，安静地戳在院子的空地上。等了片刻，小战士像是鼓足了勇气，也提着枪上了车。可我还定在原地。黑色的行刑车占据了我的全部视线，也拉扯着我所有的感官。我试图探听车里的声响，眼睛死死地盯着车胎的起伏，无法挪动。随即，我意识到自己似乎魔怔了，赶忙去想一些无关紧要的闲事，可意识神游一会儿又回到了车内正在发生的事情上。

我感到有东西堵塞了我的胸口。

大概四十分钟后，武警官兵从车上下来了，随后下来一名法官。法官告知我们已经执行完毕。衢八两点头，在法律文书上签了名，然后用对讲机通知开门。行刑车缓缓驶离了看守所，带着那个已经逝去的生命，去往凡城火葬场。

"走吧，结束了。"衢八两对我说。

我一愣，才明白是真的结束了。

食堂已经过了饭点，大厨为我和衢八两专门留了饭菜，三菜一汤。汤是清炖鲢鱼头，汤碗里的鱼头瞪着眼珠子看着我。我没有任何胃口，只勉强扒了两口。衢八两见状也放下了筷子："走，带你出去散散步。"

我们出了监区，接着路过连排的审讯室和会见室，最后穿过前面的办公区，绕着高墙兜了大半个圈，来到监区后面一片平坦开阔的土地上，目测大概有二十多亩的样子。土地的中央是一片小树林，不是很密，但足以为下面的花草提供一片阴凉。

衢八两说："原来枪毙犯人，就是在这片小树林里。"

我一怔。

衢八两接着说："我记得看守所最后一个被执行枪毙的也是一个女的，叫李清。"

衢八两点燃一支烟抽了一口，徐徐地开启了话匣子："我刚当警察那会儿，还时兴公审公判。判决结束后先带着死刑犯遛一圈大街，最后才拉到城外的老虎洞枪毙，弄得不像是行刑，倒像是明星开演唱会。那时候人比较无聊，没有现在这么多娱乐项目，所以街道上响起枪毙犯人的喇叭时，大伙儿菜也不买了，班也不上了，乌泱泱地都往老虎洞赶，漫山遍野都是人。

"老虎洞不是山洞，而是一个防空洞，边上还有一家机械厂。我原来是那家厂的厂警，一旦有犯人要枪毙，公安就会跟厂里协调，让我们这些厂警维护外圈的治安，防止有人闯进执行现场。虽然厂警也配枪，也戴大檐帽，但毕竟不是真正的警察，所以那会儿看到在内场的公安，我还是很羡慕的。"

"说远了。"衢八两笑笑，"公开行刑是想起到震慑效果，但毕竟不太人道。而且想制止人犯罪，根儿还是要让老百姓过上好日子，不要让他们因无路可走而走上犯罪的道路。因此，到了后来，大概是二十世纪九十年代末，枪毙犯人的场所便转移到了看守所，不公开执行了。那会儿正赶上下岗潮，机械厂破产倒闭。我发狠看了半年书，加上自身体能和警务技能都不错，就考上了公安，被分配到了看守所。"

"你最初不是想到看守所工作吧？"我插了一句话。

衢八两笑笑："当然，那会儿考公安的，都想当刑警、破大案、当英雄，谁会想到看守所这个发闷的地方待几十年。不过时间过得也挺快，到了2010年9月22日，那天正好是中秋节，我记得很清楚，最后一个被枪毙的犯人李清就是在这儿走的。之后再执行死刑就是通过注射了。你看，社会一直在进步啊。"

"为什么会选择在小树林里枪毙？"

"这个问题问得好！"衢八两拍了拍我的肩膀，"咱们站的这块地本就属于看守所。二十世纪八九十年代的犯罪率还很高，在押犯数量不断上升，所内已经人满为患。市里本打算在这块地上扩建看守所的二期工程，可进入新世纪后，随着经济形势越来越好，大家都埋头工作挣钱了，犯罪率开始大幅下降，这块地也就空了下来。看守所承担行刑任务后，老所长觉得死刑犯临到终了还是应该享受一份自由，所以决定不再在高墙里面执行死刑，而是拉到这片有花有树的地方来行刑。枪毙李清的时候，就是老所长带我一起来的。"衢八两说完最后这一句，便闭上眼陷入了长久的沉默。

我看着林间空地上长出的白的、黄的、紫的野花，煞是热闹，却一种也叫不上名字。一走神，我想起了鲁迅先生那篇《药》里的人血馒头，想必这些花草也曾受过人血的滋润。

衢八两睁开眼，接着讲述："和小安一样，李清也是预谋杀人，身上也背负了两条人命。巧合的是，当年扣扳机的，正是今天你见到的武警中队长，不过那会儿他也是个新兵蛋子。李清有一条大辫子，行刑前她把辫子在头上盘了两圈，又在头发上插了一朵野花。不知是辫子还是野花影响了行刑的中队长，结果第一枪虽然打进了李清的后脑勺儿，子弹却没有切断脑干，弹头留在了她脑袋里。李清头一点地随即弹跳起来，鲜血、脑浆飞溅得哪儿哪儿都是。好在另一名军官及时上前补了一枪，才结束了那恐怖的一幕。"

衢八两的喉头动了动，又陷入沉默。

我小心翼翼地问："所以执行死刑时，你也会害怕？"

"废话，人又不是畜生，都有共情的本能。眼见生命在自己面前终结还无动于衷的，那是法西斯！"

"但他们都是犯了大罪、罪大恶极的人。"

衢八两转过头看着我："你真的这么想？"

我摇摇头。

衢八两叹了口气："知道那些在押人员为什么喊你兽医吗？"

"不知道。"

"他们觉得自己就是牲畜。是啊，成天被关在监室里面，除了吃饭睡觉、背诵监规、学习法律，唯一等待他们的，就是法庭最后的有罪宣判。这和那些待宰的牲畜似乎有着某种共性。对于他们来说，三年、五年，或无期、死刑，结果无非是糟糕和更糟糕的区别。但是，他们自己轻贱自己，我们不能。对于在押人员来说，在看守所等待审判的这段时间是他们人生的最低谷，我们可不能落井下石，而是应该给他们一些温暖、一点关怀。如果可能的话，要让他们感到未来还有希望。再说了，虽然身份不同，但我们和他们往日无怨、近日无仇，也应该像对待一个正常人那样尊重他们。"

我点头："明白，应该尽可能地关心他们。"

"这还不够。"衢八两说，"你是医警，既要医病，也要医心。你要理解他们为什么去犯罪，要站在他们的立场上，感受他们的挣扎和局限，然后帮助他们度过这段最艰难的日子。"

说着，衢八两递给我一张发黄的信笺纸："这是李清托同监室的狱友交给我的，对我的影响很大，有空你可以看一看。"

衢八两走了，留我一个人在原地，和挺拔的大树以及许多在此终结生命的鬼魂在一起。风带来了花的香气，我深深地吸一口气，然后打开了那张信笺。

死亡独白

尊敬的衢管教：

你看到此信时，我已经在黄泉路上了。很快，人们就会把我淡忘。我也一样，我会抹掉全部过去，投胎转世，成为另一个人，又或者，只是变成一朵花。因此，为了那些不能忘却的回忆，我写下如下的独白，暂存在你这里，信或不信随你便。

在我不长的人生中，我杀了三个人，非杀不可的三个人。

杀第一个人时，我犹豫了很久，或许因为那是我的父亲，又或许是因为那时我只有十四岁。他是个酒鬼，也是一个赌徒。我将水银温度计折断，让那些晶莹的汞珠流入他的饭里，又紧张地看着他吃进肚子。我的父亲终究是要死的，只不过死亡也像一个老妪，拖着缓慢的步伐，走了许久许久。我前后下了五次毒。半年后，他死了，尽管我不知道他的死因是水银还是酒精，抑或是绝望。总之，我知道，我自由了。

杀第二个人时，我筹划了一周。尽管他是我的丈夫，是我曾经的亲密爱人，也是与我一道奋斗的伙伴，是我所有光辉与荣耀的象征。当然，金钱背后是无数觊觎的眼睛。当有人拉他进入赌场，一次、两次，又一次时，我知道潘多拉魔盒又一次为我打开了。其实他并没有输很多，但为了止损，为了再次开启一段新的生活，我必须尽快下手。

杀第三个人时，我没有任何迟疑，将羊角镐很轻巧地揳进那个无名之辈的后脑勺儿。咔嗒一下，他带着他关于我的全部性冲动，一头扎进他刚为我丈夫挖掘的坟坑里。他只是一只蝼蚁，却膨胀着一个吃天鹅肉的痴想。因此，在欢愉中走向灭亡，对他而言未免不是一个很好的选择。

杀人是一件事情，吃饭是一件事情，解一道数学题也是一件事情，关键在于熟能生巧。不管分析合理与否，铃声响的时候，你都答不完所有的题目。这是曾经作为一名数学老师的我，对世间所有庸人的忠告！

真正要关心的，是未来！

可我的未来将在明天画上句号。

宣判死刑后，我总会想象走上刑场的那一天。正如"多年以后，奥雷连诺上校站在行刑队面前，准会想起父亲带他去参观冰块的那个遥远的下午……"我应该会回忆起十四岁生日那天，当时我用攒来的钱偷偷乘火车来到上海，找寻离我而去的母亲。我没有看到她，却透过外滩大饭店的雕刻玻璃看到了里面盛装华服的女人。年少的心灵暗暗发誓：窗外的小女孩一定也要变成那样。

或许是那个少女的誓言毒害了我，但我不后悔，毕竟每个人都有自己需要完成的使命。来生，希望我的运气能够好点吧。

最后，感谢你、姜高音，还有你的其他同事对我的关照，希望你们能够始终保持一颗温暖且平庸的心。

此致

敬礼

李清

2010年9月21日

3

整个下午，我的脑袋一直被李清的那封《死亡独白》缠绕着，尤其是那句"非杀不可"。我不明白为什么"非杀不可"，人生为什么不会有更好的选择，比如放弃、一走了之。

我就这样一直挨到了晚上，直到衢八两在医务室找到我，要我给上午那个行刑的小战士治一治。

我说："是嘴巴磕破了吧，我给他找点创可贴。"

衢八两摇头："那个小战士晚上爬到瞭望哨上坐了两个小时，刚被劝下来。"

我一怔，想起他提着枪上行刑车的背影，这孩子一定是受刺激了。我有些为难："我又不是心理医生？"

"你是兽医嘛，啥都能治，你就先陪他聊聊天。"

说着，衢八两出了医务室。不久，武警中队长把那个小战士带了过来，自己则退到门外等着。

小战士皮肤黝黑，头发有点自来卷，五官标致，有点像小了二十岁的古天乐。我给他倒了一杯茶，小战士握着纸杯的手在微微发抖。

"第一次执行死刑吗？"

"是的。"

"我也是。"我说，"你比我勇敢，我没胆量上车。"

小战士挤出了个笑容，气氛稍稍缓和。

"为什么安排你参与执行死刑呢？"

"是我主动要求的，我想表现得好一些，对以后转士官有帮助。"

"是想帮家里减轻负担吗？"

小战士摇头："家里条件还好，我就是想在部队里待下去，我喜欢这儿。可是我爸想让我退伍接他的班。"

"那当初他怎么同意你当兵的呢？"

"他就是想让我在部队里锻炼锻炼，变成真正的男子汉。"

"能问一下你父亲是做什么工作的吗？"

小战士的脸红了："我爸是煤老板，在山西、贵州和内蒙古都有矿。"

我差点被自己刚喝进去的水给呛住，平复下心情，接着问："你父亲是想让你去山西、贵州还是内蒙古？"

小战士的脸更红了："我爸在北京买了一百多套房，他想让我去北京，把这些房子管理起来。"

我的第一个念头是加一下小土豪的微信，以后常保持联系，转念才想起手机不能带进监区的规定。

小战士的眼圈红了："我搞砸了。"

我拍了拍他的肩膀。

"我忘不掉上午的场景，我觉得自己有罪。"

"你只是在履行你的职责。"

我的解释有些苍白，沉默两秒后，我问小战士："为什么后来你还是选择到车上去？"

小战士想了想说："我觉得除了跟着上车，我没有其他选择。"

我一怔，想起李清《死亡独白》里的那句"非杀不可"。我不知道该说些什么，只是握住小战士的手，我能感受到他掌心的那些茧子。我说："你只是在执行任务，你没有做错什么，你没有错。"我轻轻地搂住小战士，让他靠在我的肩膀上哭了会儿。然后，小战士和我分开，抹了把眼泪，带着几分倔强说："你说得对，我什么也没有做错。"

我把小战士送出诊室，交还给中队长。他让小战士先回营房，然后问我情况如何。

我说："可能是一种临时性的应激障碍，但他还年轻，认知上也没有偏差，应该问题不大。"

中队长对我表示了感谢，准备离去。

我突然开口问："中队长，你枪毙过多少人？"

中队长的剑眉慢慢竖了起来："杀人不是件值得炫耀的事情。"

我的舌头有些打结："我只是想知道扣扳机的时候，你是怎么克服心里那一关的。"

中队长犹豫了一下。"我的家在川西北高原，祖辈父辈都是牧民。在野外放牧时经常遇到野狼群，有些狼饿急了会袭击我们的宿营地，我和父亲就必须扛起枪保护自己和牛羊群。如果真有必要，我们会开枪杀了那些野狼。"中队长冷冷地说，"不管是开枪杀野狼，还是枪毙犯人，都是本能行为，没必要想太多。"

我补充道："都是非做不可的事。"

中队长点头："你是新来的吧？我想告诉你，在看守所这种地方，善就是善，恶就是恶，没有中间地带，希望你也不要走进中间地带。"

中队长走了，我躺在医务室里间的病床上回想这漫长的一天，想活着的人说的话，还有死去的人说的话。与此同时，监区里不断传来铁门开合的声音，间或还有人在尖叫。我的脑袋乱成了一锅粥，唯一做出的决定就是，明早交班后去找同一批入警的李庸医，问问他有没有当年李清那个案子的资料。

李庸医和我同一批参加招警考试。当时招录简章里写着要招两名临床医学专业的警察，我想当然地认为是要招法医。顺利通过笔试后，我在面试环节遇到了李庸医。那天正是头伏天，气温高达三十八摄氏度。李庸医高度紧张，有些轻微中暑的症状，多亏我在边上帮他解暑放松，他才勉强撑过面试。因为他笔试的分很高，最后我们两一同被凡城警方录取，进入了培训新警的训练营。

李庸医性格腼腆，同一批的战友找他咨询保健养生的知识时，他经常支支吾吾的，总不能第一时间给出明确的答案。大伙儿就嘲笑他是庸医，并给了他"李庸医"这个绰号。

训练营培训结束后分配工作时，我才知道李庸医的父亲是号称"凡城第一警探"的市局刑警支队副支队长李石。更令我措手不及的是，虽说招了两名医生，可只有一个法医职位，另一个空缺的职位则是看守所医警。很自然地，李庸医当上了法医，成了全市刑警眼中的香饽饽，而我这个外地佬只能去看守所，和那些犯罪嫌疑人关在一起。

记得那天从市局政治部领过分配通知单后，李庸医在走廊上等我，一脸歉意。我耸耸肩："照顾自己人，是人之常情。"

李庸医说："以后咱俩吃饭，全都由我买单，我带你把凡城的特色小吃吃个遍！"

早上八点半，和看守所的另一名驻所医生也是我的师傅陈拒收交完班后，我穿过层层铁门，在更衣室里取回手机，拨通了李庸医的电话。

李庸医说他正在解剖一具非正常死亡的尸体，是在山洞里发现的，已经呈巨人观了，问我要不要去练练手。

我连连说："打住，谢谢，不用。"

李庸医说："回头把尸检记录发你一份，帮我看看有没有问题。"

我没有理会，而是问他中午有没有时间一起吃个饭。

他说："市局后面的巷子里新开了家血豆腐店，很不错，一定要尝一尝。"

我又问他："十年前有个叫李清的女杀人犯，你知道不？"

"知道啊，当年那个案子就是我爸办的。"

"哦，那你能把当副支队的爹请出来吗？"

"难！"李庸医顿了一下，接着说，"不过，我能把他的搭档喊出来。"

"谁？"

"曹大元，外号曹大牙，刑警支队重案大队副大队长，我爸的搭档兼徒弟。"

4

中午，市局后面巷子的黔南小酒馆里，四人坐定。除了李庸医和曹大元副大队长，来的还有李庸医的女友、市局指挥中心接警台的辅警莫小米，一副白净文弱的样子，很难想象她每天是如何劝报警电话另一端那些歇斯底里的受害人保持冷静和克制的。

考虑到莫小米的临时工身份，李庸医本欲将恋情暂时保密，想待时机成熟再和家里说，但他太低估他老爹作为刑侦专家的情报能力了。不过，当爹的李石一直没有明确表态，大概还处于考察这个女孩的阶段。

这种考察可以从曹大元乜斜的眼神里看出端倪。虽然他在看似百无聊赖地一粒粒啄盘里的花生米，但那两颗动来动去的眼珠子实则在窥探在座所有人的底细，还有挂在他那对龅牙（也是因为这对龅牙，他才有了曹大牙的绰号）上的微笑，也泛着一股寒光。

等上菜时，李庸医刚把在座的介绍完毕，曹大牙就突然问我："那个小安昨天被执行了吧？"

我点头称是，又反问他是如何知道这个女孩的。

曹大牙笑了："我是重案队的，凡城去年十八起命案，每一起我都参与了。"

"这个女孩可惜了。"我叹了口气。

"可惜？死者不可惜？！特别是那小孩儿，没招谁没惹谁，就这样陪她妈一起死了，难道不可惜？"

我有点卡壳，李庸医则一副爱莫能助的表情，倒是莫小米替我打了圆场："或许他是觉得那个死刑犯脑袋犯糊涂了吧！"

曹大牙叹口气："去年全市十八起命案，全部是因为矛盾激化、脑袋一热引发的激情杀人，没有一起是高智商预谋杀人。"

李庸医问："曹叔是不是觉得现在破案没意思了？"

"当然，贼是越来越笨了，技术却越来越发达，的确没有我们当年靠推理破案有趣。"曹大牙拿筷子尖指着李庸医，"原来法医在命案侦破中的确发挥了很大作用，可现在真正厉害的是视频，是网络，是那些高科技！"

我插话道："衢副所长说，那个死刑犯小安让他想起了另一个女人。"

曹大牙夹花生米的筷子不动了："你是说李清吧？"

我点点头。

"那个案子倒是有趣，也很有挑战。"

"你能说说案情吗？"

曹大牙白了我一眼，反问："你想听？"

李庸医在边上拱火："曹叔，在座的都是公安人，就给咱们讲一讲你的光辉岁月呗。"

曹大牙嘿嘿一笑，伸出两个指头。李庸医明了，立即将一根软中华奉上并点燃。在一阵烟气中，曹大牙慢悠悠地开始了讲述。

"这个案子有点敏感，因为那个李清有个堂弟叫李林，是咱们局的刑警，长得高高大大、白白净净，很英俊。至于李清本人，则更有气质，穿着打扮得体大方，一看就像是大城市来的，比咱们凡城人高好几个档次。有人说这个女人像郁金香，高贵但色彩富于变化，让人摸不清她的底色是什么。直到一起强奸案撕开了一道口子。

"那是 2010 年开春的一天早上，李清来公安局找当刑警的堂弟李林。她只是抹眼泪，并不说发生了什么，但从她身上的瘀青可以猜测，应该是受到了暴力侵害。等把她送到医院检查才发现，她身上有被性侵的痕迹。接着，法医在她的下体提取到了沾有精液的擦拭物。

"技术部门的同志立刻赶到李清的住所进行勘验。在那栋当时在凡城还算稀有的独栋别墅内，警方发现了明显的打斗痕迹。经过认真勘验，警方从地板上提取到了血迹残留，还有花瓶残片上的一枚指纹。另一边，在堂弟的劝解下，李清告诉我们发生了什么：当天凌晨，李清听到客厅有动静，还有牛多宝讲话的声音，便从卧室起床，想出门问问丈夫这段时间都逃到哪里去了，没想到从后面遭人攻击，昏了过去。次日清晨，她发现自己下身裸着被绑在餐桌腿上，丈夫牛多宝已经不见了踪影。另外，放在家里的 10 万元现金也没了踪影。

"我们分析凶手是冲牛多宝去的，家中的打斗痕迹是凶手和牛多宝造成的。对了，要补充一点，牛多宝原先做建筑生意，家产少说也有一两千万，但是后来迷上了赌博，不仅输光了产业，外面还欠了高利贷。债主多次到家里催债，后来为了躲债，牛多宝便不怎么回家，只把老婆李清一个人丢在家里。至于强奸，应该是凶手制服牛多宝后顺道劫了个色。毕竟面对李清那么漂亮的女人，想坐怀不乱是有些难。

"因此，我们将放贷的邢六视作调查重点。邢六在山里有个流动赌场，不是特别熟悉的人一般潜不进去。我们抓了一个输急眼的赌客，做通了他的思想工作，由他领我们进山。一路上拔了七八个放眼线的'钉子'，一直摸到一家废弃窑厂，把里面聚赌、参赌的人员包圆了，一共抓了八十多人，收了一百二十多万现金。被抓人员中就包括在赌场里放爪子钱的邢六。

"邢六落网后，承认多次上门逼债的犯罪事实，其中一次还对李清实施了猥亵。但对于绑架牛多宝、强奸李清这件事，他断然否认，还提出了好几条不在场的证据。我们把邢六和他的马仔们的指纹与花瓶残片上的指纹做了比对，没有一个吻合。另一边，返回家中的李清收到一封绑架勒索信，信是由从报纸上剪下来的字拼凑出来的，就一句话：'今天下午四点李清到下龙山30万元熟人。'绑匪显然是找不到'赎'这个字，便用了'熟'这个错别字替代。我们检查了信纸和信封，没有发现任何指纹印记。

"我们立即展开布控工作，希望能在下龙山完成营救行动。另一边也让李清准备赎金，从牛多宝的亲戚那里东拼西凑了30万。下龙山是光秃秃的石头山，除了遍山的公墓，没有什么可以遮挡的地方。不仅绑匪没法儿隐藏，警察也很难埋伏。为了不打草惊蛇，我们只能远远地躲在山脚下的车里。

"到了下午四点，李清拎着装钱的旅行包如约到了山下后接到一个电话，说要她拎着包到山顶上。李清便攀上山顶，在顶上空无一人的小凉亭里站了片刻，又接到一个电话。挂断之后，李清没有征得我们的同意便松开了手，旅行包立刻没了影。我们预感到不妙，冲上山顶，看到凉亭中央有一口竖井，竖井下面是一条暗渠，从前山抽上来的井水经过这条暗渠流到后山去。绑匪正是通过这种非接触的方式完成了交付赎金的过程，而绑匪和人质牛多宝连面都没露。有人说牛多宝早已在案发当晚就遇害了，因为地板上的血迹经过检测，和牛多宝的DNA相吻合。

"在案件陷入僵局时，当时的重案大队大队长，也就是李庸医他爸李石，让大家开拓思维，不要拘泥于惯性思维。于是，有的侦查员认为这一切都是牛多宝自导自演的，是他策划了绑架案，目的是再榨出一笔钱拿去赌博；另一种说法是，有人觊觎李清的美貌，本想趁夜实施性侵，没想到碰上了牛多宝，发生了打斗，当场把牛多宝杀了。

"根据不同的假设，我们请痕检方面的专家对现场重新进行了勘察，又围绕李清的社会关系，特别是隐性的追求者们展开调查。这一查就有了线索交集。勘验专家在李清的卧室里发现了一组光脚印。从脚印受力程度判断，脚印的主人是一个男性瘸子，身高在一米六五左右。另一边，走访组发现有个小花匠时常到李清家里的小花园修枝剪叶，小花匠单身，且左脚有些跛。我们迅速赶到小花匠的出租房，发现早已人去屋空。在对屋内进行搜查时，我们发现了藏在被褥下面的被剪碎的报纸，上面缺了一些字。自然而然地，我们想到了那封索要赎金的勒索信。

"小花匠成了我们的头号嫌疑人，但这个人此时已踪迹全无，根本不知道逃到了哪里。另一边，李清对破案遥遥无期表示厌倦，丢下一句'想换个活法'，便一个人拎着行李箱离开了凡城。就这样，案子再次僵了下来。

"一转眼，一个春天就过去了。小花匠虽然还是没有踪影，李清家的小花园里却郁郁葱葱长出了一小片郁金香。这些郁金香引来很多人围观，还有人夜里偷跑到小花园里摘花，想把这些郁金香连根拔了，移到自家的菜园子里。这一拔不要紧，居然拔出了一具尸体。各路警察又蜂拥到现场。根据尸体的腐烂程度和身体的残疾状况，法医初步判定这个人就是我们一直寻找的小花匠。等把尸体身上破烂的衣服抖开，我们发现了一些没有开花的郁金香种子。大家把小花匠的尸体挪开后，觉得下面的土质不太对劲，便接着往下挖，结果把牛多宝的尸体给挖了出来。

"所有人都傻眼了，这和所有的假设都不一致。经过法医检查，牛多宝是被人从后面割喉杀害的，小花匠则是后脑勺儿遭受了重击后肺部又挨了两刀而毙命的。由于两人被葬在同一个坑里，且作案的刀子也在坑中被发现，我有了个推测：小花匠先在别墅内杀死了牛多宝，在埋尸过程中遭到同伙偷袭，被推到坑里一同埋了。那么问题来了：这个同伙到底是谁？"

说到此，曹大牙停了下来，直勾勾地瞅着我。

我回答："是那个叫李清的女人。"

曹大牙点头："所以我们立即查找李清的下落，发现她一直没走远，就在城郊山里的一个花卉市场待着，时不时还会通过他的堂弟李林了解一下案情。当李清看到我们带着手铐时隔一年再次登门时，单是眼神就已经认罪了。到案后，李清承认自己是恨丈夫牛多宝赌博被邢六追债，让自己蒙受了羞辱，才想把丈夫除掉，再把赃栽到邢六身上的。至于小花匠，是李清色诱了对方，让他帮自己处理尸体，顺带又布了个迷阵，不仅杀人灭口，还把警方引向了新的怀疑对象。"

曹大牙顿了顿，接着说："有个侦探剧叫啥来着，好像叫《阳光下的罪恶》。李清本来导演了一出移花接木的好戏，只是没想到小花匠的口袋里装了一把郁金香的种子，经过一个春天的萌芽，让罪恶以这种鲜艳的方式大白于天下。"

曹大牙说完案件后，大家还有些意犹未尽，想把其中的细节问个清楚。于是，我先问了个问题："所以绑架案、勒索信，还有被性侵的伤痕，都是李清自己伪造的？"

"是的。"

"她写了一封自白书，交给了衢所长，说她还杀了自己的父亲。"

"那只是李清的一面之词。不过，我们也对那段过去进行了调查。据邻居介绍，李清的父亲嗜酒如命，经常对母女俩实施家暴。李清的母亲忍受不了，很早就随情夫去了上海，扔下还没成年的李清跟她父亲一起过。只是没过两年，她父亲就在一次醉酒后猝死了。李清在那封信中说是自己毒死了她爸，但因为她爸早就被烧成了一把灰，连葬都没葬就被扔到河里去了，自然也就没有任何证据可查了。"曹大牙把烟头拧灭，"我怀疑李清这样说，是在故意玩咱们这些当警察的。"

此时，小酒馆的老板把他们家的特色菜血豆腐端了上来，满满一盘。曹大牙正要夹菜，却发现大家都没动筷子。曹大牙哈哈一笑："怎么？被女人的故事给怔住了？你们可是警察啊，以后会见识各种各样的犯人。尤其是你，在看守所工作，全市的犯罪分子你都能见到，可要把握好自己。对就是对，错就是错，千万不要被那些表面的伪善给骗了啊！"

我只是笑，同时想起那个武警中队长昨天晚上也和我说过同样的话。

曹大牙边嚼着血豆腐边说："有的人哪，看起来光鲜，肚子就是一个垃圾桶，没安什么好心眼儿；有的人哪，看着不咋地，内心却十分美好，就像这血豆腐！来，别光我吃，你们都动筷子啊！"

我夹了一块放进嘴里，只是一嚼血腥味便立刻充斥了我的口腔，直冲大脑。我忍着没吐，又问了曹大牙一个问题："听你的叙述，那个叫李清的女人好像没有任何后悔的意思。"

"没有，的确没有。如果换个环境，再把她逼到一个角落，她还是会起杀人的心。"

"非杀不可？"

"对她来说是这样的。"

"我不理解。"我看向李庸医和他的女朋友，"你们俩能理解吗？"

李庸医摇摇头。莫小米倒是说："如果我是李清，或许我能理解。"

李庸医立刻问："为什么？你该不是个冷血杀手吧？！"

莫小米说："上大学时，心理学老师说过一个术语，叫作'窄化'，是指有些人的情感和思维高度集中，造成认知范围越来越狭窄、局限，以致到了某个时刻，一些非理性的事情在他们看来就是情理之中的事情。"

曹大牙瞥了眼莫小米，眼神中流露出一丝欣赏。接着他转向我："所以，这才是我刚刚劝你的真正原因。有句老话说，如果一个正常人置身于一群疯子当中，那么这个正常人便会被他的同伴看作疯子。"

我被曹大牙说愣住了，直到李庸医用筷子敲了敲我的脑袋。然后，他夸口道："我看，你这脑瓜子都被曹叔给洗成血豆腐了吧？！"

我尴尬地笑笑："洗脑也分低级和高级，以后有空还要向前辈多学习啊！"说着，我以茶代酒敬了曹大牙一杯。

第二章

疯狂的 AB 面

人们不能用禁闭自己的邻人来确认自己神志健全。

——陀思妥耶夫斯基

1

看守所原本只有一位医警，姓陈，外号"拒收"，五十多岁，就是一小老头儿，头发脱得厉害。如果他脱去那身警服站到火车站广场上，别人会把他误当成外出打工的农民工伯伯。

陈拒收的阵地就是这间十八平方米的医务室，外间是诊疗室，里间是留观室，同时也是我和陈拒收的值班休息室。除了巡诊和治疗工作，陈拒收还兼着药剂师的职务。我到看守所报到前，他老人家独自撑了十年。这十年来，陈拒收没请过一次公休假。

虽然看守所医生负责处理的都是一些轻症小病，那种真正危及生命的，甚至罹患绝症的，还是要送去医院处理，但毕竟会有些突发事件，需要驻所医警快速做出反应和现场处置。在这一点上，陈拒收的价值就体现出来了。

陈拒收从警前是当地一家煤矿附属医院的骨科医生。遇到井下发生安全事故，特别是那种磕了碰了的骨折病例，不方便移动伤者时，陈拒收便会像矿工一般戴上矿灯、穿上窑衣，下到井下为那些伤者治疗。别看陈拒收身形瘦小，却生了一双大手。用不着X光机，只要他的手一摸，便知道骨折的位置和程度。做好安全措施后，他再陪伤者一同升井。

后来企业改制，陈拒收参加社会招考，成了一名警察。他的愿望是当一名交警，却因为一流的急救能力被看守所看中，当了驻所医警。从井下到看守所，虽说地方不一样，沉闷、压抑的环境却没有改变。因此，看到我来报到时，陈拒收长长舒了一口气，然后立刻向所领导请了公休假，说要趁这个机会出去旅旅游，看一看祖国的大好河山。他走之前像是不放心似的，对我交代道："收押犯人时，一定要把好关啊。"

我点点头。

听说"拒收"这个外号是外面那些办案单位的警察喊出来的。按照规定，每名犯罪嫌疑人在投送看守所前，必须被带到二级甲等以上的医院做身体检查，体检项目包括血压、血糖、血脂一类的基础检测，以及肺结核、艾滋病等相关的传染病检测，还要拍摄胸片，确保其没有吞噬回形针、打火机等异物。之后，办案民警才会押着犯罪嫌疑人来到看守所，将体检报告交给医警，由他评估决定是否收押那些犯罪嫌疑人。

曹大牙后来对我说，他谁都不怕，就怕陈拒收在收押单子上面盖上"拒收"的公章。不管是杀人犯还是盗窃犯，不管是局长协调还是办案民警哀求，只要犯罪嫌疑人存在因为身体健康问题在看守所内非正常死亡的风险，陈拒收一律拒收。拒收就意味着变更强制措施为监视居住或取保候审，这不仅会延长诉讼时间，也会增加办案成本。因此，很多民警对陈拒收是又恨又怕又无可奈何。

那些办案民警可能不知道的是，在陈拒收手中没有任何一名在押人员因为假装托病而逃出看守所。面对在押人员报上来的各种疾病，不管有多么严重或古怪，陈拒收只需望闻问切便可洞悉他们的谎言。但陈拒收并不揭穿他们，他喜欢听那些在押人员像祥林嫂一样唠叨他们的过往，似乎通过这种方式可以进入对方曾有过的丰富多彩的世界。

我明白，作为一个在看守所工作了二十多年的老警察，陈拒收有多么向往外面的大千世界。

正如女管教姜高音所说，我这个年轻男民警的到来引起了女监区的骚动。

陈拒收离开后，我在医务室接收的第一个问诊病人是一个女人。她今年三十五岁，体态丰腴，自带香气，举手投足都比别人慢半拍，拿东西总是轻拿轻放，不禁让我联想起杨贵妃。因此，我暂且就把她唤作"贵妃"吧。

姜高音把她带到医务室，指着冷藏柜说："里面有她的眼药水。"

我一愣。

"贵妃"笑说："我前夫送的诀别礼物。"

对讲机里，监控室在呼叫姜高音，要她把另一名女在押人员送往审讯区。姜高音对我说："去去就回。"接着，她就把"贵妃"撂在了医务室。

我打开冷藏柜，发现一个容量为三百毫升的玻璃瓶，里面装有液体，瓶上贴有印着她名字的便笺。"贵妃"在我身后说："找眼科专家配的，给我续命用的。"

我有些不放心，便先查了"贵妃"的治疗用药记录，然后用吸管吸了很少的剂量，向仰面朝天的"贵妃"走去。左眼三滴，右眼又是三滴。"贵妃"眨了眨眼，溢出的药水滑过脸颊，就像她流下的两行清泪。

"贵妃"睁开眼，用有些浑浊的眼睛看了看我，又侧耳听了听门外，接着说："姜管教还没回来？"

我"嗯"了一声。

"贵妃"笑说："我的这个管教啊，见人先听音，到哪儿都哼着歌。"

我附和道："心态保持得好呗！"

"有时也挺折磨人的。"她说，"陈老头儿的书柜里有茉莉花茶，你给我泡一杯吧！"

我愣在那里。

"产自台湾彰化，挺不错的茶，他当宝贝藏起来了。"

"你怎么知道的？"

"贵妃"笑了："眼睛不好，鼻子就特灵，我嗅出来的。"

我犹豫片刻，然后打开了陈拒收的书柜，果然看到一罐茉莉花茶。我拧开盒盖，捏了一小撮给"贵妃"泡了一杯，香气开始随着水蒸气飘散。"贵妃"把纸杯放在鼻尖嗅了嗅，问我："你知道我嗅到什么味道了吗？"

我开玩笑说："自由的味道？"

"贵妃"笑着摇头。"轻浮的味道，正如那些不知愁滋味的少年。"她轻轻抿了一口，像是在自言自语，"我刚刚说过，这眼药水是前夫给我配的。"

我"嗯"了一声。

"贵妃"再次把头侧向门外，走廊上依然没有姜高音哼歌的声音。"贵妃"转向我问："想听听我的故事吗？"

25

我一怔，故作样子抱起了胳膊："如果你愿意的话。"

2

她姓黄，出生于一个普通工人家庭。技校毕业后，她到一家玩具厂当女工，专门给娃娃的眼睛、肚脐和衣服扎纽扣，扎了不知多少万枚扣子。当然，她也和同学、工人谈过几场恋爱，并在一次次分手后逐渐明白了自己想要一种怎样的生活。

有一天，银行派一个小伙子到厂里面催收贷款。小伙子个头儿不高，发际线却很高。"黄贵妃"很有眼力见儿，看出小伙子对这个世界而言尚稚嫩，对女人尤其经验不足，便制造了一场偶然的邂逅。然后，像煲汤一样，她把小伙子下到了自己的锅里。不到两个月，两人便成了蜜月夫妻。

小伙子的父母本来反对这桩婚事，但知识分子家庭倡导民主，完全不像"黄贵妃"家中一贯"先下手为强，后下手遭殃"的风格。所以反对也是软弱无力的，只是走走过场。结婚后，两人和正常夫妇没两样，男主外女主内。小伙子业务精干，且靠着家族关系能拉来大笔业务，没两年就高升为银行副行长，发际线因此更高了。"黄贵妃"则辞掉了玩具厂的工作，一心相夫。

两人每个月都会尝试要孩子，但"黄贵妃"始终没有怀上宝宝。男人不言语，"黄贵妃"也没有把偷服避孕药的事情告诉他。究其原因，"黄贵妃"后来自我剖析，觉得是因为自己那段时间对未来很迷茫。虽然房子、车子、票子和空闲时间都有了，但生活中似乎缺了点什么。此外，危机感也始终缠绕着她，丈夫各种应酬不断，回家越来越晚。虽然她没有从他身上寻到任何可疑的长发和香水，但她明白，自己已经远离情场好几年，久疏战阵，已经打不过外面的那些小妖精了。

在无聊和危机感的双重夹击下，"黄贵妃"开始跟踪自己的丈夫。不过，她跟了几天并没有任何收获，丈夫还是那个丈夫，老实、木讷，没花花肠子。但外出跟踪让"黄贵妃"的生活发生了变化，让她从一只慵懒的猫变成了一只到处嗅闻的狗。是的，她无法拒绝外面精彩的世界。她开始频繁外出，到城市的各个角落，走进别人的生活。

一次，她偶然来到一处老旧的矿区家属楼，看到一扇敞开的院门，院子里有花，还有猫。"黄贵妃"进了院子，喊了两声，没有人应。她又进到屋里，心脏扑扑跳了会儿，才确定屋里也没有人。她左右打量，发现屋里陈设老旧，显然没有什么可偷的，所以主人才没有锁门。"黄贵妃"没有久留，离开时，折了一朵月季花别在耳朵上。

从那天起，"黄贵妃"便经常去那一片老矿区的家属楼，在逼仄、泛着酸腐味儿的巷子里寻找自己的过去。她看中了几户人家，其中一户门前落了一层落叶和狗屎，像是有一段时间没住人了。在一个安静的午后，她从香奈儿手提包里掏出一个小盒，里面有不同尺寸的小铁棒和铁片。她将小铁棒和铁片塞进门缝轻扭两下，门便开了。

房间里打扫得很干净，显示出女房主的勤快。越是干净的房子，"黄贵妃"就越想留下些什么。看到泛着硫黄和皂角味道的床单，她忍不住躺了上去。她闭上眼，阳光透过木制框架窗户投射在她的脸上。她感觉很舒服，就像回到了小时候。她告诉自己不能睡着，勤快的女房主随时可能回家。她翻开床头柜，除了劣质的避孕套，里面只有一些不值钱的首饰。她拿走了一副耳环中的一只。

床头的墙上挂着一张合照，在红色背景中男女主人坐在一起，笑得有些僵硬。合照下面有一行字：安全生产，幸福一生，××矿工会。"黄贵妃"的手指在照片上摩挲，划过男人和女人的面庞。然后她关门离开，好像什么都没拿般回到家中。

日头西沉，小保姆已经离开。她把那只耳环放在客厅的茶几上，期待半夜归家的丈夫可以看到。然后她吃晚饭、洗澡，之后躺在床上看时尚杂志，不久便沉入梦乡。第二天她起床时丈夫已经离开，耳环还在客厅的茶几上。"黄贵妃"瞅了眼耳环，把它放进了一个小木盒，然后把木盒塞到了床底。耗过整个上午后，她又拎起香奈儿包出了门，坐上公交。另一处早已踩好的点正在等她。

十年前，"黄贵妃"谈过一个男友。对方是维修摩托车的，精通开各种车锁，后来触类旁通，也学会了开各种门锁。男友没钱，为了给她买生日礼物，一晚上偷了十家住户。偷到第十家时，他在床下发现一个箱子，打开后傻了眼，里面放了好多捆票子。男友咬咬牙，拿床单把钱包起来并打好结，可刚出门便撞见了回家的男主人，于是盗窃变成了抢劫，还把人捅成了重伤。

后来，法院判了她男友二十年有期徒刑。那段爱情就此结束。男友没留下什么，只有一个小盒子，里面是各种开锁工具，算是一个如毒瘤般的念想儿。当在越发乏味的婚姻中喘不过气来时，"黄贵妃"翻出了那个小盒子，沉默地瞅着。

"黄贵妃"频繁造访那些陌生的空房子，与其说是在向"银行家"丈夫无声示威，不如说是在释放自己心中那朵罂粟花的毒汁。每次躺在别人家的床上或坐在别人家的梳妆台前，或站在别人家厨房的灶台前，她都能更真实地感受到自己，不仅是心理上知觉的真实，更是味觉、视听、触觉等感官上的真实。只有那时，她才感到自己真正存在。

当然，"黄贵妃"也有反侦查的意识。她只挑选老旧偏僻的小区作案，那里没有视频监控，更不会有保安，人员的流动性也大。更关键的是，那里的门锁好开。最初作案时，她被兴奋与恐惧摄住心魄，生怕打开门会看见屋内的人向她投来探询的目光。随着作案次数越来越多，她变得越来越平静、淡定。有一次，在她作案时，女主人突然回家。她主动开门，凝视着傻了眼的女主人，然后轻声地告诉对方："我把你的丈夫还给你吧。"说着，她摸了摸自己的肚子，然后飘然离去。女主人完全傻眼地戳在原地。

"黄贵妃"最终还是"翻车"了。一个夏末的傍晚，当她被人推醒时，脑袋里的第一个想法是：糟糕，怎么睡着了！但她很快恢复平静，直面女房主的质询。"黄贵妃"故技重施，摸着自己的肚子羞涩地说："我怀了你丈夫的骨肉。"女主人沉默片刻，然后笑出声来："我丈夫死了十多年了。"

女主人打电话报了警，警察把"黄贵妃"带回派出所采集了指纹。将指纹输入系统后，警方一下便侦破了近期连发的八起盗窃案。警察还从"黄贵妃"家的床底搜出一个小盒子，里面全是偷来的物件，一件不少。警察问她丈夫见没见过这些赃物，惊呆了的"银行家"根本说不出话来。

"黄贵妃"说完了自己的故事，然后举起杯子，示意我给她添热水。我问她："你的眼睛怎么了？"

"十八岁的时候，我到医院动了个手术，把近视眼给做了，想变得更漂亮点。没想到医生手法不精，眼睛落下了病根，现在看东西越来越模糊了。眼药水也就起个维持作用，不让眼睛那么疼。"

我又问："你说这眼药水是你老公给你配的？"

"前夫。"她顿了顿，接着说，"其实他对我挺好的。当然，他没法儿接受一个小偷老婆，所以才选择离婚的。"

我大胆地说："比起给你送眼药水的前夫，你好像更喜欢那个送你盗窃工具的前男友。"

"黄贵妃"捋了捋额前的刘海儿："当然，一个是爱我的，一个是我爱的。"

"有什么区别吗？"

"黄贵妃"想了想，答道："其实爱别人就是爱自己。"

我沉吟了几秒，听到走廊里传来姜高音哼歌的声音，起身说："那么，祝你幸福。"

"黄贵妃"笑了："会的。他们说，判刑后我会被投送到我前男友服刑的小孤山监狱，没准儿我在那儿还能和他见着面。"

说完，"黄贵妃"站起身，向在门边站着的姜高音点了点头。

"黄贵妃"走后，我坐在板凳上嗅着茉莉花茶的余香，不禁想起她提到的那座小孤山监狱。巧的是，我家乡的小镇上也有一座监狱，据说还是全省规模最大的，里面足足关了两万多名犯人。两万多名犯人就意味着两万多个家庭，以及来此地探视犯人的数量成倍的亲友。人流就是现金流，监狱成了小镇的经济支柱。

我曾看过一则关于"高考小镇"的报道，说是每年都有上万名高三学生从那里步入大学校园，上万陪读家庭带火了小镇的租房业。反之，为了让学生安心学习，当地政府和家长们联手清除了小镇上所有的网吧、影院、KTV 等娱乐场所。

有趣的是，我家乡的小镇情况刚好与"高考小镇"的相反，宾馆、KTV、洗发屋、按摩房鳞次栉比——刑满释放者想体验"自由"，探视者摆脱压抑环境后想发泄。

镇子和监狱被一条人工开凿的小河隔开，河的这边霓虹烂漫，河的那边高墙森严。监狱高墙下有几块耕地，被铁丝网围着，有些灰头土脸的囚犯在铁丝网后面耕作。据说这些人的刑期都只剩下几个月了，犯不上此时越狱。

小时候，我爸会指着高墙告诫我："以后要是不听话，就把你关到那里面去。"当时我并没有被吓住，少不更事的我自然无法想象里面的幽闭、恐怖。事实上，那时候我还蛮想进去瞅一瞅里面的光景。后来，这种好奇慢慢消退，我心底开始滋生一种压抑感，不知道是不是监狱的高墙给我造成了某种潜移默化的影响。虽然在家人眼中我是个听话的男孩，但他们想必听不到我心底那试图挣脱、逃离的呐喊。

终于，我鼓起勇气参加了社会招警考试，离开了家乡的小镇。可老天爷和我开了个大玩笑，我刚摆脱监狱的魔爪，就一头扎进看守所的怀抱。也许，这就是生活吧！

3

两天后，我刚完成巡诊回到医务室，就看到一个红鼻子管教和一个套着黄色马甲的犯罪嫌疑人坐在医务室里，两人还在交流有关离婚官司的问题。

看到我进屋，红鼻子管教指了指对方，说："给你送来一个病人，王律师。"

我有些迷惑。

红鼻子管教笑了："既是犯人，也是律师。"

对方摆摆手："律师资格证已经被吊销啦，现在就是一普通犯人。"

红鼻子管教起身："不，你还是律师。回头我弟和他老婆打离婚官司，我少不了要向你咨询。"

王律师也站起身："有事儿您说话，反正闲着也是闲着。"

红鼻子管教出了房间，守在门外。我请王律师坐下，问："你进来前真的是律师？"

"真是律师，专门做刑事辩护的，里面有好几个我以前的客户。"

"那你是怎么进来的？"

王律师笑了："难道我看病前还要做有罪忏悔？"

我耸耸肩："好吧，身体哪里不舒服啊？"

"我浑身都不舒服，但你能检查出来吗？"

我摇摇头："条件有限。"

王律师又问："之前那个老头儿呢？"

我知道他说的是我师傅陈拒收，便告诉他老头儿请了一个星期的公休假，正在外面享福呢！

王律师哼笑道："对啦，老头儿说要骑行穿越全中国来着。"

我从文件柜里调出王律师的病历，上面的记录显示他正在服用一种名叫盐酸多塞平的药，一种抗抑郁的药。

王律师的脸上堆满了笑："我又抑郁了。"

"看起来不像啊。"

"你知道世界上从事哪三种职业的人最会撒谎吗？美国总统、保险电话销售，还有就是辩护律师。"

我把药片递了过去。王律师看着掌心的药片，露出一丝苦笑，然后一口吞下。接着，王律师冲门外的红鼻子管教喊道："我能在医务室多待会儿透透气吗？"

"给你半个小时。"红鼻子管教说。

王律师瞥了眼墙上的挂钟，吐了口气："半小时够我忏悔了。"

意识到有故事可听，我用自己买的茶叶给他泡了一杯黄山毛峰，然后问他从茶叶里嗅到了什么味道。

"希望。"王律师笑着摇头，"希望可不是一个好东西。"

案子起源于一个夏日清晨，那天王律师正开车上班。刚出小区，他就被一辆缓行的洒水车堵在了后面。王律师打开雨刷，借着喷来的水擦拭挡风玻璃，突然发现上面有一片小小的雪花，呈放射状，顽固地趴在玻璃上。他不由得纳闷：大夏天的，怎么会有雪花？

王律师下车查看，发现那不是雪花，而是一道被砸出的涡状裂缝。雨刷器下方还有一块小石子，大拇指盖儿般大小。电光石火间，王律师想到了昨晚停车的单元楼。

王律师掉头回小区，在昨晚停放车子的位置发现了好几块大小相似的石子。这栋楼一共有三十二层，两梯两户，共计六十四户。王律师住在七楼，平时一个人住，周末回省城和老婆、孩子团聚。王律师扯了扯领带，开始一户接一户地跑，他要查清楚肇事小石子的来源。

经过一个半小时的核查，王律师有了结论：整栋楼共有三家在装修，两家在做瓦工，一家在做木工。做木工的已近装修尾声，而其中一家做瓦工的才刚进场，且位于二楼，小石子落下不会产生很大冲击力。那么，唯一的可能就是十八楼正在砸墙的那一家。

王律师重返十八楼。他并没与砸墙的瓦工废话，只是拍照取证。他正拍着，业主来了，是个老大爷。王律师把前因后果说了一遍，然后告诉大爷，这是装修公司的责任，和他老人家没关系。

大爷有些慌，声明房子是儿子的，准备结婚用，因为儿子工作忙，所以他来替儿子看着装修。

王律师再次安抚大爷，说自己就住在楼下，并说他不只是在追究车子前挡风玻璃被砸这件事，更是在保护邻里的出行安全，总不能让大家出门都戴着安全帽。王律师的话让大爷稍稍松了口气，然后大爷把装修公司的地址和电话给了王律师。

当天下午，王律师来到装修公司。公司老板是个胳膊上有刺青的男人，王律师向他提出了索赔要求。刺青男要王律师拿出证据。王律师用手机播了一段视频，是他拷贝的小区内部监控视频，证明车子一晚上都停在发生事故的单元楼下。刺青男提出车子早上离开了一段时间，怀疑事故可能是在那个时间段发生的。王律师又播放了行车记录仪里的视频，否定了对方的质疑。

接着，王律师从包内掏出一份4S店开具的定损单，上面标注更换挡风玻璃需要一千八百元。

刺青男对王律师的身份产生了兴趣，问他是不是警察。

王律师说自己是律师。

刺青男松了一口气，接着他问王律师有没有拍到石头从十八楼的窗户上落到车窗玻璃上的过程。

王律师反问对方，是不是认为小区的监控探头都是高速摄影机。

刺青男接着便摆出一副"你拿老子没办法"的态度。

王律师见惯了这样的人，因此还留有后招。他从包里取出一份小区物业开具的文书，要求装修公司配合业主调查高空坠物的原因，否则将取消该公司进场装修的资格。

第二天，王律师从修理厂淘来一块从报废车上拆下来的前挡风玻璃，用支架撑好，由助手将那块肇事的小石头从十八楼往下扔。第一次没砸准，小石子掉进了路边的绿化带，没了踪影。助手又从屋里找了一块大小相似的往下扔。这下砸准了，玻璃上出现一道放射状的裂缝。

被迫到现场的刺青男要起了无赖，说小石子可能是哪个熊孩子从其他楼层扔下来的。

王律师压住怒火，要求在场的物业负责人取消这家公司进小区装修的资格。

刺青男则在旁边一再保证会在施工住户家外围设置防护网，采取万无一失的保护措施。物业负责人有些为难。他向王律师表示装修公司已配合了调查，也承诺采取更周全的保护措施，至于实验的结果和赔偿，建议还是当事双方协商解决。

王律师这下恼了，说："要不是地下车库漏水，我也不会把车停在楼下，更不会被高空坠物砸中。"王律师的话音刚落，其他业主便开始骂物业，什么单元门坏了、消防设施破损等毛病都被爆了出来。

王律师本是想拖住物业的，没想到引爆了业主们的积怨。在一片哄闹中，头号反派刺青男趁乱溜出了小区。

既然集体靠不住，曲线维权也达不到效果，王律师便打起精神，带着律师函重返装修公司。进门后他便大声宣读律师函，指控装修公司不顾施工安全，造成重大隐患。刺青男上前抢夺律师函，两人随即发生推搡。

王律师被一种强烈的兴奋和恐惧所支配。这正是他期待的结果，他既想像真正的男人一样和对方硬干，也希望对方能够冲自己挥拳，甚至把自己的鼻子揍歪，这样对方便会掉入他设置的文明陷阱。他一定会让刺青男为自己的冲动付出沉重的代价。

可刺青男只是比画，并不动手。显然，他是个行走江湖多年的老手。僵持间，派出所的警察来了。面对警察，两方各说各话。警察问他们能不能当场把矛盾解决，两人都摇头。老警察见状就让他们到所里慢慢说。

刺青男倒是爽快，说走就走；王律师为难了，他偷偷拉过老警察，出示自己的律师证，表示不想把事情搞得太难堪。

警察早已听明白是怎么一回事，便劝王律师说，凭他现在搜集的证据，就算把装修公司的老板押到审讯室，对方也不会承认玻璃是他砸的；反过来，如果对方告王律师故意扰乱单位秩序，则一告一个准。

王律师沉默了。

回到家，王律师发现，物业和业主之间的互相指责转移到了微信群。物业被逼急了，竟然威胁说要起诉那些没交物业费的业主。吵着吵着，有人多了句嘴，说要是那个车主不去闹，物业也不会提物业费的事。

王律师第一时间就想回嘴，刚打开输入框却又作罢，觉得下场和那些乌合之众争吵完全是在浪费生命。王律师有自己的"核武器"。

次日清晨，王律师来到法院的立案庭，给前台负责受案的小姑娘递了一份民事诉讼状。

看到王律师要起诉六十三户居民，小姑娘完全傻了，立马请来了立案庭长。庭长看了诉状，明白按照《民法典》的规定，高空坠物若是找不到肇事者，是可以起诉案发楼宇的全部住户的。不过，庭长还是反复向王律师确认了起诉的决心，力劝他走庭前调解的程序。

庭长的建议被王律师果断地拒绝了。

庭长叹口气，安排了四个前台人员办理立案手续，一共开具了六十三份《民事诉讼送达书》。之后庭长再次找到王律师，问他能不能把这些文书带给他的那些邻居，说这样能提高送达效率。

王律师再次拒绝，申明一切都得按规矩来。

庭长无奈，安排人连发了六十三份邮政快递。

小区的微信群里一下就炸了锅，有臭骂的，有看热闹的，有表示无语的，还有帮着算账的——最后算得的结果是，每户要赔王律师二十八块五毛七分，大抵能买一只咸水鸭。

王律师冷笑着退了群。

事后，物业负责人找上门来，说事情闹大了谁都不好看，并表示只要王律师撤回诉讼，明年的物业费就全免了。十八楼那个帮儿子监督装修的大爷也来了，要自掏腰包赔钱给王律师。王律师觉得他们有些犯傻，这已经不是钱能解决的事情了。

审判庭挤不下那么多人，法官便把开庭地点移到了法院内的广场上。原告席上只有王律师一个人，被告席上满满当当挤了一百多人。台下还有闻风而来的新闻媒体。上午开庭，下午审判。结果确如预料：对于由无法确定来源的高空坠物造成的损失，由事发楼宇的全部业主承担。

对于这个结果，没有人提起上诉，也没人站到媒体的摄像机前谴责真正应该担起责任的小区物业或装修公司。事实上，那些业主被告一点也不在乎那二十八块五毛七分，他们只是不想继续丢人现眼了。当然，也有脑路清奇的被告拍照连发了几条朋友圈，毕竟绝大多数业主是第一次站上被告席。

接下来的两个月，被骂惨的小区业主委员会集体请辞，物业公司也没收到下一年度的续约合同。自然，地下车库的漏水问题仍没得到解决。至于那家出了名的装修公司，因为遭到大量客户退单，撑了一段时间后便关门大吉了。据说，刺青男转行做起了赌博游戏机的地下生意。

王律师的生活回归正轨，工作日上班，周末回省城和老婆、孩子团聚。他从来没把这场诉讼告诉自己的家人，在他看来，这不是什么值得炫耀的事情。

只是，每次乘坐小区电梯时，王律师都能明显感到邻居们充满敌意的目光，狭小的电梯里充斥着怨气。又过了两周，王律师发现车胎跑气，送到修理厂才发现轮胎上被人扎了好几个图钉。王律师找物业调取地下停车库的监控，却被告知因为漏水，车库的监控系统已失修许久。王律师质问他们为什么不修，物业只说他们是代管的，等新物业进驻后自然有人会修。

接着，王律师新更换的挡风玻璃上又出现一个小孔，和之前被小石子砸破的裂缝在同一个位置。这一次，王律师选择了沉默，沉默地开着车子上班、下班，出入小区。

随着时间的推移，破裂的小孔慢慢变大，在玻璃面上，也在王律师的心里。一次，在一个暴雨来袭的午夜，保安挨家挨户地敲门，说地下车库渗水厉害，让大家赶紧把车挪到地面上。王律师没有挪车，他只是站在窗前，看着邻居们把车全部开到了单元楼下。

阵阵风雨中，王律师仿佛听见有人在恶狠狠地喊自己的名字。王律师耸了耸肩，从床下拿出一包从绿化带里捡来的小石头，冲着那一面面前挡风玻璃，一块块扔了下去。

4

说完自己的故事，王律师斜着脑袋问我："你觉得，从我的故事中，你能吸取什么经验教训？"

我耸耸肩："冲动是魔鬼，人要学会控制这个魔鬼。"

王律师叹口气说："可那个魔鬼一直存在啊。"

我把药瓶举了起来，问："所以你才会吃抗抑郁的药？"

"我觉得我有歇斯底里的基因，本来还掩藏得挺好，只是这个案子把它激活了，所以得吃药控制。"

"怎么个歇斯底里法？"

"被迫害妄想症算不算？"

我默默地瞅着这个身陷囹圄的律师，觉得他的精神肯定受到了刺激，便换了个话题："在里面不太好过吧？"

王律师笑了："还行，同号房的犯人都找我做法律咨询，不要钱的，所以都对我非常尊敬。"

"法院什么时候判啊？"

"下个月就开庭。"

"能判多久，心里有数吗？"

"一年半吧，前后误差不会超过两个月。"

我"哦"了一声，不知道还能问些什么。恰巧这时红鼻子管教走了进来，他指了指手腕上的表，接着就把王律师带走了。走前，王律师丢给我一句话："如果有什么法律问题记得找我，不收费啊！"

总之，陈拒收公休的那一周，我接诊了不少求医的在押人员。他们患的大多是慢性病，如高血压、糖尿病，或一些器官的老化衰退。长远来看，这些病或许会影响寿命，但短期内并无大碍。多亏陈拒收记病历记得清楚，大多数病人只需要定期服药，便能撑到走上审判席的那一天。还有一些在押人员，身体其实并没有太大毛病，但因为不知道自己将要面临多重的刑罚，长期处在焦虑和恐惧之中，身体机能便处于紊乱的状态。对此，我能做的就是"常常安慰，偶尔治愈，一直帮助"。

七天后，陈拒收回到看守所和我交班。和他一起出现的还有一辆装有铃铛的自行车，铃铛被陈拒收弄得丁零丁零响个不停。这辆自行车是看守所所长特批他带进来的。理由是监区分散在不同方向的八条甬道上，如果有人突发疾病，步行会误事，骑辆自行车能赢得许多抢救时间。

交班的时候，我和他说王律师吃了盐酸多塞平后还挺管用，自称精神状态好了不少。陈拒收狡黠地看了我一眼，然后取出那个小药瓶，拧开瓶盖，往自己嘴巴里扔了一片。

我的嘴巴张成了"O"形。

陈拒收笑说："这哪是什么抗抑郁的药，就是普通的维生素片。"

我一愣，想起了心理学上的安慰剂效应。我说："那个王律师挺矛盾的，嘴上说希望是个坏东西，不应抱什么妄想，但心底还是希望过得好一些、坦然一些。"

陈拒收边用抹布擦拭自行车边对我说："其实他只是害怕希望最后变成失望。"

我"嗯"了一声，赞叹道："师傅，我觉得你都能当心理医生了。"

陈拒收笑笑："在看守所每天面对高墙铁网，时间久了，总有些压抑，得找点事情转移一下注意力。"

我指着那辆崭新的自行车，问："师傅，这是你转移注意力的方式吗？"

陈拒收直起腰，叹口气："本想趁公休出去旅游的，结果只是路过自行车店买了这么一个玩意儿。"

"挺好啊，有了它，就有了骑行全国的念想儿。"

陈拒收没再答话，他又洗了一遍抹布，然后一厘一寸地擦拭起车架来。

和陈拒收交完班后，我本打算回我空了一周的出租房里睡个天昏地暗，结果衢八两把我拦下，以副所长的口吻说要派给我一个任务，然后带着一脸坏笑把我带出了监区。到了看守所大门外，我看到一群叽叽喳喳的女孩。她们个个都举着手机，要么在拍看守所的大门匾额，要么在对着镜头自拍。从她们制服上的徽章可以看出，她们是一家银行的员工。

衢八两对我耳语："这些女孩是来接受廉政教育的，都办好入监手续了。你年轻，和她们有共同语言，就由你当向导啦！"说完他冲我挤挤眼，递过来一张活动安排表，然后把我一个人丢下走了。

我低头看了下参观计划，并借此定了定神，然后抬起头看着面前那几十个女孩。或许是乱花渐欲迷人眼，我一下子恍惚了，舌头也像打了结，一时竟说不出话来。

好在一个姑娘上前把走神的我拉了回来。她指着院内的一排警示教育长廊，问："要不要讲解一下？"

我点点头，然后拍了拍巴掌，这才把姑娘们带到长廊边上。可我还没来得及开口，她们又像一群散养的欢乐小羊般各自散开，只有刚才和我搭话的姑娘在认认真真地观看长廊上的图文介绍。

第一项参观结束后，我把姑娘们带到监区外的武警岗亭，协助核验了每个人的身份，并提示她们一定不要弄丢通行证，还开玩笑说："弄丢了就出不来了。"

一个胖姑娘说："出不来也好，在里面减肥。"

我暗想，这的确是个好主意。银行的用意是，员工们天天和钱打交道，很容易"湿鞋"，来看守所提提神，能让大家保持一份清醒。不过，在我看来，与其这样走马观花，不如真待在看守所体验几天，没准儿效果会更好。

当然，这只是我不足道的想法罢了。倒是那个最初和我搭话的女孩一脸严肃："里面不比外面，咱们该说的说，不该说的不要说。"

我看了下那个女孩的姓名牌：韩江雪。"独钓寒江雪"，很有诗意的名字！

接着，作为向导的我领着姑娘们进了监区内的办公区，向她们简单地介绍了收押流程，然后又带着她们参观了视频监控大厅和我工作的医务室。最后一项是今天的重头戏，参观在押人员的号房。

我正向大家反复交代"安全须知"时，衢八两不知从哪儿冒了出来，插话道："要睁大眼睛观察啊，这样回头写参观体验时才有话可说。"

少数几个姑娘笑了，但笑得有些虚弱无力。其他人则紧张得没了表情，唯有韩江雪一脸镇定。

参观监区有两条路可选：一条是在走廊里穿行，号房就在两侧，这样虽不必担心安全问题，但两边仅有铁栅栏挡着，号房内的犯人一起哄，参观者反倒容易变成被参观者，会带来不小的心理冲击；另一条路是走房顶，每个号房都有一扇被铁栏杆围住的天窗，里面的人可以抬头看天，上面的人可以低头观察，武警日常巡逻就走这条路。为了稳妥，我们选择了第二条路线。

或许是听到了说话声或脚步声，又或是闻到了姑娘们身上的香水味，号房里面正在劳作的犯人突然都停下了手里的活计，一个个仰着脑袋。至于他们流没流哈喇子，我没见着，但我能看到铁窗下面那一双双垂涎的眼睛。突然，一个男犯人喊道："上面的妹妹，干吗穿裤子啊，下次来一定要穿裙子！"

那些女孩像是真穿了裙子一样，纷纷从铁窗边上后退、闪躲。我想制止犯人起哄，但又觉得自己的话不会起什么作用。我无奈地环顾，无意间撞上了韩江雪的眼神。她眼中透着一丝鄙夷，不知是瞧不起那些犯人，还是受不了她那些一惊一炸的同事。参观完几个普通监室后，我带着大家来到了专门关押职务犯罪人员的监室。

这些职务犯罪人员原本多是社会上的体面人，因贪污受贿、玩忽职守或滥用职权等原因被关押，其中就有两个银行副行长。之所以将这些所谓的体面人单独关在一个监室，不是要厚待他们，而是怕把他们和那些抢劫犯、杀人犯关在一起的话，他们会被欺负。想想也是，对于这些社会蠹虫，谁不恨得牙痒痒呢？

姑娘们低头看着那些所谓的体面人，他们有的羞愧地低下了脑袋，有的则仰着头，像是在看自由女神像一般，眼中充满憧憬。有一个少年，右手背在身后，微笑着向上面的女孩挥舞左手，像是在邀请她们听他的故事。那个胖姑娘蹲下身子想和他说话，少年突然挥出背着的右手。韩江雪见状一把推开胖女孩，有东西穿过栏杆飞溅到韩江雪的裤腿上，是一团排泄物。下面，少年"哈哈哈"地贱笑出声。

我立马把韩江雪领回医务室，着急忙慌地翻出酒精和毛巾，又手忙脚乱地帮她擦拭裤脚。她倒是不以为意，反问我有没有黑裤子。我说警服裤子就是黑色的，衣柜里有一条新的。韩江雪说她借穿一下，回头还给我。

韩江雪走进用一扇布帘隔开的留观室，很快就换好了裤子，快到不容我胡思乱想。从留观室出来后，她问我裤子看着是否合身。我这才认真地看了看她：颀长的身材、饱满的额头、一丝不苟的马尾，还有酒窝里若隐若现的笑——这是一个称不上美女，但绝对能让人在人海中一眼认出的姑娘。

她问我："那个孩子怎么了？"

我摇头说不知道，接着补充说："回头我了解一下，让他给你写一封检讨信道歉。"

韩江雪笑了："那我得加你微信了。"

我的脸一下就红了，这才意识到对方以为我是在搭讪。我是在搭讪吗？我也不知道。

"回头我得把裤子还给你。"韩江雪说完摸了摸上衣口袋，然后拍了下脑袋，"想起来了，手机全部交前台保管了。"

说着，她拿笔在一张空白的病历单上写下她的手机号，申明那也是她的微信号。接着，她又在数字前认认真真地写下自己的名字：韩江雪。

第三章

女人、母亲、毒枭

妈妈们都有个通病，只要你说了哪样菜好吃，她们就频繁地煮那道菜，直到你厌烦地埋怨了为止。其实她这辈子，就是在拼命把你觉得好的，给你，都给你，爱得不知所措了而已。

——张爱玲

1

韩江雪一行人离开后，我到管教办公室找红鼻子管教，他是那个闯祸少年的管教。红鼻子管教不在办公室，倒是电脑屏幕上有一份呈请对吕毛毛实施禁闭处罚的报告，原因正是他违反监规对参观人员做出了不文明举动。

吕毛毛，原来那少年叫这个名字。

我默念着这个名字来到禁闭室，刚好撞见正在锁门的红鼻子管教。

我小声问："吕毛毛在里面？"

红鼻子管教点头："干吗这么小声，里面有消音设备，听不见外面的人说话。"

"能把他放出来吗？"

"那得找八两所长了，这是他的意思，也是他签的手续，我就是一干活儿的。"

接着，红鼻子管教把我领到了调度室。衢八两正站在电脑前看监控，而占据监控画面中心的正是吕毛毛。他正斜着脑袋盯着监控探头，仿佛可以看穿探头后面的窥探者。

红鼻子管教哈哈笑道："还挺倔啊。"

衢八两叹了口气："谁还没年少轻狂的时候。"

我问衢八两："关禁闭管用吗？"

衢八两答道："不管用。"

"那为什么要这样做？"

"规定如此。"衢八两回答，"知道为什么每天都让在押人员背诵监规吗？就是要让他们明白什么能做、什么不能做。如果我们不严格执行监规，那还有谁会遵守它呢？"

我有些赌气地说："明白了，这是做给其他人看的。"

衢八两说："看守所不是学校，很难做到素质教育和因材施教。即便我们有这个精力，那也得在确保安全的基础上。"

虽然还是有些不服气，但我必须承认，衢八两说的是事实。我转移了话题，问："吕毛毛是因为什么被送进看守所的？"

红鼻子管教回答了我的问题："我是从送押的办案警察那里听的。前段时间，这个吕毛毛和一群不良少年在街边的馄饨摊吃夜宵。摊主是外地人，不知道这群小子的厉害，结账的时候硬说他们少给了五块钱。可街边没监控，谁也证实不了。那群不良少年和老板争执了会儿便把钱补了，然后就离开了。周边的商户劝馄饨摊老板赶紧收摊离开，且近期最好不要出现在那条小吃街上。结果，大家还没做通馄饨摊老板的思想工作，十来个少年便各自拎着一桶屎尿把小摊泼了个透，连带遭殃的还有边上一家卖炸年糕的和一家卖变态（辣）鸡翅的。在这群少年中，领头的便是'一只耳'。"

"一只耳？"我有些疑惑。

"是啊，吕毛毛的外号就叫'一只耳'。你没发现他左边的耳朵少了半块吗？"

我盯着监控画面看，吕毛毛的左脸隐在一片阴影中。

红鼻子管教继续讲述："这次报复激起了小吃街商户们压抑的怒火。他们同仇敌忾，直接把派出所给围了，挨个儿控诉这群不良少年对他们的骚扰。少年们被带到派出所后大多都怂了，如实交代了自己干的坏事，写了保证书，然后由父母赔钱后领回了家。唯有为首的吕毛毛没人领，而且不认错，态度极其恶劣。那时吕毛毛刚满十六岁，已满刑事处罚的年龄。为了平息那些商贩的怒火，警察以涉嫌寻衅滋事罪给他办了刑事拘留，送进了看守所。"

"吕毛毛在看守所里的表现怎么样？"

红鼻子管教"哼"了一下："他把这儿当度假的夏令营了。"

"夏令营？"

"对啊。起先我们把他关在未成年人号房里，牢头是一个犯了重伤害罪的老犯人，挺有威信的，一屋小孩儿都听他的。结果，吕毛毛一去就想当老大，处处和这个牢头作对，把号房里弄得乌烟瘴气的。后来我们把他调到了现在这个职务犯罪的号房，希望那些文化素养较高的犯人能帮着管一管这个小孩儿。结果那小子反客为主，弄得那些犯人都不敢招惹他。"

"他为什么要这样？"

"他亲口对我说过，他进看守所就是来镀金的，这样以后出去了在同伙那里更有面子。"

"啊？！会不会是说气话啊？"

"这小孩儿成天都是一副气鼓鼓的叛逆样。"

衢八两笑笑："你十七八岁时不叛逆吗？"

我没有答话，而是提了个建议："要不让我去和他谈谈，劝一劝他？如果他承诺听话，就不关禁闭了，行吗？"

衢八两和红鼻子管教面面相觑，半是感慨半是无奈地笑了。

衢八两给了我半个小时的时间，谈话地点就是禁闭室。真正进到房间内，我才感受到那种强烈的压迫感。屋子里除了一盏灯和一个马桶，再无其他陈设，墙壁、地面和天花板上是无处不在的黑色软包，我仿佛置身于一个巨大的面包中。我想，用来窥探的监控探头一定隐藏在这些软包中。

禁闭室的门被关上的那一刻，坐在角落里的"一只耳"抬起头瞪着我，就像一只鬣狗瞪着闯入自己地盘的老虎，充满恐惧和敌意。我借此仔细端详了下他的面孔，鸡窝般的头发下是五官的胡乱组合：三角眼、塌鼻子、有些外翻的嘴巴，当然，还有那缺了一半的左耳。

大概是捕捉到了我的眼神，他用手拨了拨那半只耳朵，像是在和我打招呼。

为了营造平等对话的氛围，我坐了下来，告诉他："我是看守所的医生，是来带你出去的。"

过了许久，吕毛毛才说了句："去哪儿？"

"回监室。"

"有区别吗？"

我哑口无言。

"有条件吗？"吕毛毛问我。

我想起自己对韩江雪的承诺："你得写一封道歉信，检讨书也行。"

吕毛毛歪着头眨了眨眼，像是在思考事情，然后他说："这里挺好的。能静下来想想事情。"

"想什么事情？"

"比如，我的那半只耳朵是怎么弄丢的。"

我觉得他提供了一个展开对话的入口，便试着问："你能和我说说那半只耳朵是怎么没的吗？"

"你想听？"

我点点头。

吕毛毛向我招手："那你过来。"

我犹豫了一下，然后起身来到"一只耳"身边。刚弯下腰我就觉得裆下一凉，整个魂儿立即收缩成一团——吕毛毛用手掐住了我的睾丸。

与此同时，吕毛毛在我耳边低语："你以为自己是谁，想教育老子？"怪笑两声后，他接着说："要不把你一个蛋蛋挤碎，让你够格和老子说话？"

之后便是一阵漫长的沉默，仿佛我的喉咙也被人掐住了。我起初以为会有人来救我，突然意识到我的后背可能挡住了监控摄像头。我该呼喊求救吗？

终于，吕毛毛松开了他小小的魔爪，讥笑地看着我。我连连退步到门边，喘了两口气后逃了出去，把那个小恶魔独自留在了禁闭室。我一路逃回医务室，关上门，拉上布帘，然后给自己倒了杯水。举起杯子时，我发现自己的手在抖。

我明白自己受到了羞辱，被一个刚满十六岁的少年，用一种极为不堪的方式。这份羞辱可能会陪伴我许多年。最关键的是，面对这份羞辱我竟无力以对。首先，我不能公权私用，用其他方式报复这个少年；其次，我也不能上报这件事，这会让我没法儿在同事间混下去。

为了掩盖这份羞辱，我用拳头狠狠地砸了一下墙面，随之而来的痛苦让我有了片刻冷静，也让我意识到一件更为恐怖的事：那个小恶魔或许真的会对我的裤裆下狠手，然后造成永远的浩劫。

"兽医，你在哪儿？"对讲机里传来衢八两的声音。

我浑身一激灵，以为他要说吕毛毛的事情。

衢八两的声音有些急迫："陈拒收在你边上吗？"

我回过神来："他不在医务室，可能去巡诊了。"

"你从禁闭室出来了？"

"嗯。"

"抓紧去女监，有人犯羊痫风了。"衢八两命令道。

2

"羊痫风？"我默念了几遍，随即意识到情况紧急，赶紧把吕毛毛对我的羞辱甩到脑后，拎着医药箱向女监奔去。

两分钟后，我赶到女监，看到衢八两和姜高音正跪在地上，身边躺着一个全身抽搐的女在押人员。

我犹豫了一下，然后上前，凭着在学校学习的急救知识先将女人侧翻过身，血红色的唾沫随即从她发颤的牙缝里渗了出来。为了让她不至于被自己的唾沫呛住，或不小心咬到舌头，我让衢八两用力掰开她的上下牙，然后自己在医药箱里找到纱布，叠了几层后往她嘴巴里塞，没想到被她猛地一咬。我急忙缩回手，衢八两的食指和中指仍然卡在她的上下牙间。衢八两疼得眉毛都拧到一起了。

姜高音的调门又高又细："兽医，想想办法，她要翻白眼了！"

我看向医药箱，里面都是些常规器械和药物，似乎无法缓解羊痫风的症状。我正急得干瞪眼时，走廊上传来一阵清脆的丁零声。陈拒收骑着那辆自行车像超人一般赶来救火了。

到达现场后，陈拒收立即将一管口服药水顺着女人的嘴巴灌了下去，然后他半跪在地上，让女人的脑袋枕着他的膝盖。慢慢地，女人僵直的身体有所放松，衢八两把手指抽了出来。看到他指节处那一排深深的牙印，姜高音浑身直哆嗦。

等到女人的身体软下来，大家合力把她抬到了医务室。

我们刚忙完消停下来，结束视频会议的赵所长便脚步匆匆地赶到了医务室。看着病床上的女人，赵所长的眉头蹙成一团。他先让陈拒收把女人的入所体检单调了出来，详细看完后又向姜高音询问了其在所里的表现，最后才问衢八两是否能以患病为由，通知办案单位变更强制措施，让人把那女人从看守所里保出去。

虽然刚到看守所工作，但我明白，赵所长今年已经五十八岁，即将退居二线，他希望在这之前看守所里不要出现类似在押人员死在所里的负面事件。衢八两没有直接回答赵所长，而是看向陈拒收，让专业人士先发表意见。

陈拒收捂着自己肋下，脑门儿上渗出豆大的汗珠。他摆摆手说："刚才被担架戳了一下，有点岔气儿，没关系。"接着，陈拒收灌了口茶，严肃地说："如果把她放到外面，要是再犯病，不一定会有人管她。"

赵所长提高音量："你能保证她在看守所里犯病后，每次都不出问题吗？"

"只要药品充足，我会尽量保证她不犯病。当然，我也会采取防护措施，避免发生初期处置不当致伤致残的情况。"

听了陈拒收的话，想到自己刚才处置时的手忙脚乱，我的脸有些发烫。

衢八两接过话来："赵所长，我和办案单位聊过，这个女人被抓前临时藏了两千克毒品。除了她自己，没人知道毒品的下落。如果我们就这样把她放了，她很有可能会把毒品转移，甚至全部卖掉，毒害社会。"

赵所长犹豫了。

陈拒收的表情虽痛苦，但语气中透着坚定："领导，请您放心，我一定会把她照顾好的！"

赵所长这才决定让女人留下，但要求我们一定盯紧看牢，千万不能出事。赵所长走后，陈拒收扶着椅子坐了下来。虽然此时我已经可以下班，但考虑到在里间留观的女人，我决定留下来盯着，让师傅先回去休息。我劝了几番，陈拒收才答应离开。走之前，他叮嘱我在陪床的时候加紧熟悉病人的病历，方便以后的现场处置。陈拒收的话再一次让我红了脸。

衢八两搀扶着陈拒收离开了。我来到病床前，为这个还没恢复意识的女人检查了身体指标，然后翻开了她的资料。在基本信息页，我知道了她的姓名和年龄：岑远梅，四十八岁。接着是入所体检单，里面罗列着她身体方面的各种糟糕状况。之后是违法犯罪记录，一共有三条：两次吸毒，一次非法持有毒品（她正是因为这个罪名被关进了看守所）。合上资料，我又看向女人，她脸上没有一丝血色。我想起衢八两刚刚提起的那两千克毒品。我拉了张板凳坐下来，凝视着女人的脸，仿佛如此对方的灵魂就能出窍，然后张口告诉我那两千克毒品的下落。

最终灵魂出窍的不是这个叫岑远梅的女人，反倒是我。直到有人把手放在我的肩膀上，我才一激灵回过神来，差点从板凳上摔下来。

"想什么呢？"衢八两的嗓音里透着一丝疲惫。

"啊，瞎想。"

"很漫长的一天啊！"

"是啊。"我点点头。

衢八两伸了个懒腰："成天耗在监所里面，神经都跟着麻痹了，忘了时间的存在。"

我抬起头，看到墙上的挂钟显示时间已过了夜里一点一刻。

"对了，忘了问你，和那个被关禁闭的'一只耳'谈得怎么样？"衢八两的提问虽然漫不经心，却突然把白天那令我羞耻的事情翻了出来，我甚至感到裆下有一丝痛感。

我支吾道："不，不怎么样。"

"没出什么事吧？"

这下我的脸更红了，只得把脑袋埋得很低，兀自摇了摇头。

好在衢八两并没有深究，只是轻描淡写地说："没出事就好，人心隔肚皮，本来也没指望你能说服那个小王八蛋。"

我低声说："可是，管教管教，一是管，二是教啊！"

"那只是这个单位和这身警服赋予我们的职责。而且，无论你承不承认，也正是这份职责让犯人觉得我们是讨人厌的权力执行者。一旦他们认为这是不平等的对话，就很难被说服。"

我想了想，说："到禁闭室后，我是坐下来和他说话的。"

"不错，至少你摆出了一副平等的姿态。"衢八两说，"但这还不够，我们还必须把他当成一个完完整整的人，去了解他，去感受他的感受，然后用他的语言和他对话。"

"是我想当然了，我会先努力了解那个少年，找出和他对话的合适方法。"

衢八两笑了："晚了。"

"晚了？"

"是啊，下午办案单位已经给他办了取保候审，吕毛毛已经不在所里了。"

"啊？"我的语气中透着失望。

一阵沉默后，衢八两看向床上的岑远梅，问："她醒过吗？"

我摇摇头："打了安定，应该能睡到明天。"

衢八两压低声音："你倒是可以了解了解她，女毒枭，还藏了两千克的毒品。"

"行吗？"我心里有些发虚。

"行，你今天救了她的命啊，她醒来一定很感激你，或许愿意和你聊聊她的人生。"衢八两沉思两秒，接着说，"刚才你不是说要寻找对话的合适方法吗？回头我帮你联系下办案人，你可以从他那里了解一下案情，或许对你找到突破点有帮助。"

3

　　衢八两帮我联系的是刑警支队的副支队长，也就是李庸医他爸李石。我有点诧异，心想，一个刑侦专家怎么会掺和到毒品案件中？

　　衢八两看出了我的疑惑："你想想，李石这种专家都参与了，说明这个案子真的不小啊。"

　　借着到市局送材料的机会，我拜访了李石。敲他办公室的门时，我的心情还是挺忐忑的，可看到开门的是一副丧气模样的李庸医，我心里乐了。

　　我问他："你爸去哪里了？"

　　"临时被局长喊去开专案会了。"李庸医答道。

　　"你怎么在这儿？"

　　"还不是老头子想听听他宝贝儿子对近期发生的几起大案子的分析。"

　　"原来是老刑警想给菜鸟刑警上小课啊。"

　　"我是法医！"李庸医边强调边翻箱倒柜，要找茶叶给我泡茶。可他找了一圈只找到一点茶叶末儿，不禁抱怨："我爸这人，除了破案还是破案，一点也不懂享受。"

　　"你不也一样嘛，只对解剖尸体感兴趣。"

　　李庸医耸耸肩，问我来干吗。

　　我说，衢八两副所长介绍我来了解岑远梅的案子，顺便提出了心里的疑问："为什么刑警会办禁毒的案子？"

　　"还不是因为案子大嘛！"李庸医抱起胳膊，"这不只是一个毒品案件，还涉了枪，闹出了人命。全市局参与办案的部门多了去了，我爸只是负责线索摸排和审讯工作的专案组副组长。"

　　"看样子，你对这个案子很熟悉啊。"

　　"主要是那个岑远梅名气太大了，被捕前竟不声不响地藏了两千克毒品。没人知道她把毒品藏哪儿了，不仅警察犯愁，那些毒品网络上的毒贩也很抓狂。"停了两秒后，李庸医反问我，"你怎么这么想了解这个女人的故事？"

"我想写小说，你信不信？"

李庸医吐了吐舌头。他刚想说话，门开了，李石副支队长回来了。李庸医像是触电一样从椅子上弹起来，朝他爹敬了个礼。

李石一脸严肃："少耍花样，给你布置的功课后天必须交上来。"说完，他转向我："你是？"

李庸医抢话："他是'兽医'，和我同一批入警，也是学医的，被你挤到看守所去了。"

李石白了儿子一眼："哦，衢副所长和我说过了，说你想了解岑远梅的案子。"

我点点头："想多了解了解这个人，方便以后进行狱侦工作。"

"能帮着让她开口说出那两千克毒品在哪儿吗？"

我没有接话，生怕多说一个字就会显得自不量力。

"那你想了解什么呢？"

"案子。"

李石抬手看了眼手表："你听着就行，不要记，也不要打断我。"

接着，李石快速地介绍了这个案件。

"去年年末，南方沿海的一个制毒重点区域被连根拔起后，周边零星的制毒窝点为了逃避打击，急于将手中制成的冰毒出货，向内地市场转移，甚至倾销。于是，上级领导决定借机对隐藏在各地级市的毒品分销网络展开集中清查。咱们凡城就是冰毒倾销地之一。

"通过摸排，我们掌握了本地的毒品经销商范家两兄弟的情况：老大叫范志刚，三十一岁；老二叫范志云，二十九岁。他们俩原先一起干建材生意，后来亏了钱，就一头扎进了赌场，结果又欠了一屁股债。为了赚钱，哥儿俩走上了贩毒的道路。不像那些小打小闹的毒贩，他们是奔着发大财去的。兄弟俩四处凑了一笔钱，直接去南方沿海联系上了制毒的窝点。因为他们省去了许多中间环节，减少了暴露的风险，较晚才进入禁毒部门的视线。上面下达统一抓捕行动指令时，专案组对他们的情况掌握得还不是很全面。

"抓捕那天是平安夜，城里热闹得很。两辆SUV从凡城的三个高速路口驶出，放下六名运毒人员后重新返回高速，去往下一个城市。我们不知道这六个人谁身上藏有毒品，也可能每个人身上都带有毒品，所以就派了六组人分别盯着他们的动向。这些运毒人员并没着急去往目的地，在凡城转了好几圈。一直等到庆祝平安夜的人群散了大半后，他们才开始陆续往洞泉小区赶。根据情报，范家哥儿俩在洞泉小区有一个藏毒的窝点。

"小区里面的楼间距比较宽，照明也不错。我们不敢跟得太近，怕某个窗户后面有人在做反侦查工作，只偶尔放一两个人进小区，大概掌握一下交易的进展情况。当然，我们也并非完全抓瞎，毕竟范家兄弟的手机都被技术人员监控着，有任何通信联系我们都会察觉。就这样，一直等到黎明五点一刻，当最后一个人把毒品交割完毕后，我们开始集中抓捕。老大范志刚和六名运毒人员先落了网，弟弟范志云想逃回窝点处理毒品，被守在单元楼外面的便衣给抓了。我们从范志云身上搜到了一把自制的手枪和一千克毒品。根据对运毒人员的现场审讯，我们得知，除了被搜到的毒品，当晚早些时候范家兄弟还收过两千克毒品。

"接着就是对毒品藏匿窝点进行搜查。窝点在一栋五层住宅楼的三楼东户。出乎意料的是，屋里非常干净整洁。专案民警耗费了三个小时，几乎把墙都拆了，却一点毒品都没有搜到。我们觉得情况不太对，又沿着哥儿俩在小区里的取货路线反复搜找。我们翻了所有的垃圾桶，仍没找到那两千克冰毒。

"就在案件一筹莫展的时候，一名专案组侦查员说了一个情况：就在大伙儿在楼道口对范志云实施抓捕的时候，有一个穿着环卫工服装的女人进了楼门，只是她没有在藏毒的三楼停留，而是径直上了楼，然后就没人再留意她的行踪了。听到这个消息后，我们立即对四楼和五楼的住户进行了走访，结果发现所有住户中没有人是做环卫工作的。另外，我们发现，五楼顶上有一个天窗是开着的，下面还搭了一架木梯。有住户反映说，三楼的兄弟俩在楼顶建了一个鸽笼，里面养了几十只鸽子。我们听后立即爬上楼顶，发现鸽笼的门敞开着。直到此时，我们才意识到，很有可能是那个女人在最关键的时刻将藏在鸽笼里的两千克毒品转移到了其他地方。

"负责视频侦查的同志立即对这个环卫女工进行轨迹追踪，发现她曾拎着一个布袋子换了好几种交通工具，最终消失在监控探头的盲区。办案人员拿女人的视频截图给范家两兄弟辨认，从他们的神情可以看出，两人认识这个环卫女工，但他们不肯交代那个女工究竟姓甚名谁。实在没有办法，我们只能一边对全市的环卫工人进行秘密摸排，一边在内部发通报，组织全市公安民警、辅警对视频截图中的女人进行辨认。没想到，还真有一个基层派出所的警察认出了这个女人。是的，她就是看守所里的岑远梅。归案后，岑远梅很快就承认那两千克毒品是被她从鸽笼里取走并转移的。至于她为什么这么做，以及毒品究竟被转移到了哪里，她则一个字也不愿多说。"

说到这里，李石接了一个电话。他"嗯"了几声后挂掉了电话，对我说："行了，案件就是这么个情况，我现在得出一个任务，就不和你们多说了。"说完他抄起公文包起身，走到门口又回过头来，"对了，那个认出岑远梅的派出所民警在公众号上写过一篇关于她的随笔。我对那篇文章印象很深，回头我把它转给你，你也可以找他聊聊。"

4

在回家的公交车上，我收到了李庸医从他爸那里转发过来的文章，标题很简单，就叫《娇娇妈》。公交车上人不多，太阳光透过玻璃照进来，晒得人暖洋洋的。我推开窗户，在徐徐吹进来的风中点开了那篇文章。

　　她曾是一个美丽的女人，至少，我曾经是这么认为的。
　　她住我家楼上，我住她家楼下。当然，那栋四层的老楼上还住着许多男女，大多数人我已印象不深。
　　小的时候，我经常在楼道里见到她，或单独遇到，或跟在我妈后面。我听到妈妈和她打招呼，称呼她"娇娇妈"。我妈走路没有声音，不是因为她身子轻盈，只是因为她脚上穿的是平底布鞋。

娇娇妈的脚步声则不然，她脚下传出的是高跟鞋敲击地面的清脆响声。木门关闭后，我总会想到红色高跟鞋坠落在地板上的画面。

当然，随着年龄的增加，这些想象在记忆中不断被篡改，已经无法回到人生初见时的场景。

娇娇妈——娇娇的妈。是的，娇娇妈的女儿被唤作"娇娇"。在那个不到千人的小学，她低我两个年级。如今，她的面容已经模糊，给我留下印象的只有粉粉的公主裙，还有一个红色的发卡。

说实话，我不太喜欢那样的打扮，因为穿公主裙的女孩总是很霸道，就像我上学前班时那个同样穿公主裙的同桌。

娇娇和娇娇妈形影不离。她们不逛街、不买菜，也不看电影。她们只是从楼上飘然而下，牵着手穿过陈旧的巷子，从巷尾到巷口……从巷口到巷尾，然后飘然回到楼上的房间。

无疑，她们是美丽的；无疑，她们也是骄傲的。

词穷的我无法形容她们的美。如果一定要把她们比作什么的话，我愿意把她们比作每晚少儿节目中的姐妹主持人。

多么美啊，多么无法触及的美。

是的，我只能透过窗栏偷看她们的美。

当然，不只我一人认为娇娇妈美，整栋楼里的男人和女人都这么觉得。只不过男人和女人对于这种美的反应是不同的：男人的眼神中更多的是觊觎，女人的眼神中更多的是嫉恨。

在娇娇爸从西北某个叫不上名字的县城返回时，男人们的觊觎会有所收敛。

我听家里人说，娇娇爸是做石油钻探的，半年在家，半年在外。在我们这个煤城，搞钻探的并不稀罕——我们叫他们"煤黑子""油黑子"，他们都是在挖掘地下的财富。

如果说娇娇爸和楼里的男人有什么区别，只在于他们脸上的褶子。

楼里男人的笑纹里是细细的煤灰，娇娇爸的笑纹里则泛着光亮的油渍。

其实，对于这区别，大老爷们儿是感觉不到的。只有我们这些小孩儿，还有老娘儿们，被男人们强吻的时候，才会留意到这细微的区别。

很明显，娇娇妈不太愿意和散发着油渍味道的娇娇爸一同出门。即便一起出门，他们也像是同极相斥的两块磁铁，一前一后地走着。

因此，从我年少浅薄的理解来看，她更爱娇娇。尽管我并不知道每当夜晚降临时，娇娇家木门后面的卧室里正发生什么。

的确，那时，我不懂得爱与爱、情与情有什么分别。

毕竟那时我只是一个躲在窗栏后的小学生，胆怯、懵懂，充满仰慕。

生活中的一切都在按照既定的规律演绎。直到某一年夏天，一封电报取代了那个散发着石油味道的男人飘然而至。一整天，楼里没有出现高跟鞋的声响。第二天清早，娇娇妈带着娇娇和那封电报去了大西北，领回了一笔抚恤金。

听我妈说，她连男人的骨灰都没有带回来。

夏日将尽，树叶初黄。

巷口出现了一个烧饼摊，娇娇妈戳在冒着热气的炉子后面。

娇娇妈依然穿着未过膝的裙子，依然戴着镶嵌着红宝石的耳坠，红色的高跟鞋鞋跟陷在脚下的泥土里。娇娇妈依然很美丽，不过你得忽略她那一身葱油味。

因而，娇娇妈成了被男人们暗地里唤作"烧饼西施"的女人。除了啤酒，她的烧饼是楼里男人最爱买的食物。不管遭遇什么冷遇，依然无法降低他们光临的热情。后来，楼里的女人们发现了这一现象，便剥夺了男人买烧饼的权利，只派自家的孩子去买。

我因此和娇娇妈有了接触，虽然这不是一个好活儿。

娇娇妈虽然对来买烧饼的小孩儿现出长辈应有的和颜，但是在交付烧饼前，她会让孩子们算一道两位数乘以两位数的数学题。如果小孩儿面露难色，娇娇妈就会说，这些简单的题在娇娇那里只用五秒钟就能得出答案。当然，娇娇每次都会亲自证实她妈妈的话。我的小伙伴小辉曾拿同样的题目考过娇娇，娇娇每次都能迅速作答，还炫耀自己是数学课代表。

我不是那种能迅速算出24乘以42等于多少的小孩儿，但是我总能察觉别人发现不了的问题。

我最近发现，娇娇渐渐不和妈妈肩并肩地走在一起了，她们也成了同极相斥的两个人。

娇娇妈的隔壁住着梦梦妈，另一个失去丈夫的女人。娇娇爸还在世的时候，人们从来没见过娇娇妈和梦梦妈讲话。如今都成了寡妇，两个人的话多了起来，不过不是聊天，而是争吵。

她们会因为放在门边的垃圾争吵，会因为中午电视发出的声音争吵，会因为两个孩子的争吵而争吵，会因为对方的摊位占了自己的地儿而争吵。对了，忘了说了，梦梦妈在娇娇妈的旁边经营一个卤菜摊。

梦梦妈是个大骨架的女人，她的女儿也是，嗓音厚重、穿透力强。如前所述，娇娇妈和娇娇则正好相反：身形娇小、嗓门儿细弱。可细弱的嗓门儿发出的声音尖厉刺耳。

因此，如果梦梦妈和娇娇妈在楼道里吵起来，堪称惊天动地。梦梦妈的咒骂、娇娇妈的讥讽、梦梦粗而响的哭喊、娇娇尖而细的号叫，伴随着摔板凳、踢木门的响动，还有事不关己的邻居们在一旁五花八门的解说、评论，小楼里热闹非凡。

这时，置身事外的我妈会告诉我："以后不要娶那样的女人。"

我会接着问我妈："那娶哪样的女人呢？"

我妈说："娶我这样的。"

吵到一定程度，看样子必须抄家伙动手了，才有人上前拉架，拉不动时就喊警察。警察把两个女人带到派出所一顿训诫，威胁她们要是继续吵闹就各自拘留十五天，两个女人这才耷拉着脑袋回家。

吃过晚饭，入夜已深，梦梦妈开始向她死去的丈夫哭诉，哭喊声一阵儿高一阵儿低，像是在唱戏。我张大了耳朵，想捕捉其哭诉中是否夹杂着娇娇妈的啼哭。我没有捕捉到。

我妈感慨道："两个可怜的女人。"我爸跟着感慨："两个可怜的女人。"我妈对我爸说："我觉着可怜就够了。你该上班上班、该下井下井去。"

后来我爸告诉我，娇娇妈是不屑于和梦梦妈吵架的，但是她太骄傲了，太骄傲就会太敏感，太敏感就会脾气不好，脾气不好就容易伤人伤己。

我表示不太懂这种三段论似的推理。

第二天清早，梦梦妈会整理好心情带着笑脸出门，买来猪蹄，改刀、煮熟、剔毛、卤好，卖给邻里。

娇娇妈则不然，她会把自己关上一天，独自在屋里舐舐伤口，只让女儿给自己买些吃的。不会买烧饼，她痛恨烧饼。

娇娇妈和梦梦妈的争吵就像女人的例假，每隔一段时间就要来一次，警察们也会跟着来一次。窗栏后的我因此记住了那几个警察的样子。

后来，我妈下岗了，我爸靠每个月几百元的工资勉强养活我们一家五口。

小楼里的人因为艰难的生计而迅速老去，甚至有人因此死去。三楼的韩叔从煤矿下岗后干起了出租车生意，一天晚上遇到劫道的，被捅了个透心凉。韩婶因此成为我们这栋小楼里的第三位寡妇。

我妈有时候会劝我爸："还下个什么井哟，不要黑不要白的，不要生不要死的。"

那时我已经上初三，大概明白我妈的话。因为无法感同身受，我只能选择沉默。

没有了可以炫耀的物质财富，邻里们便拿孩子攀比。我没给我妈争面子，依然无法一下算出两位数的乘法，也无法一口气背出白居易的《琵琶行》。楼里还有些比我聪慧的小朋友，但是他们都在娇娇妈的考题中溃败。娇娇妈是个"与时俱进"的女人，总会想出比我们的能力高出不多的题目。娇娇妈依然会说，她的女儿能在五秒钟内给出准确答案。可娇娇再也没帮娇娇妈证实过。

除了一如既往的聪慧，娇娇仍然始终穿着雪纺的裙子，始终梳着顺滑的马尾，始终蹬着各式的小皮鞋，走过那段不长的巷道，独自一人。

而娇娇妈已经不再穿红色的高跟鞋，也不再戴镶嵌着红宝石的耳坠。她的胸前多了围裙，手上沾满了面粉和葱花。男人们已不会在众人中多留意她一眼。我依然认为，如果细看，还是可以在这个女人的面孔上寻得残留的美丽印记。

又过了一年，娇娇考上了省重点，去了市中心的高中就读；我考上了市重点，去了一所稍偏的高中住校；梦梦则辍学了，开始与她的妈妈一起做卤菜生意。

入读不同的学校后，小楼里各家孩子的人生道路开始分岔。故乡则成了陈旧印象与现世流言交织的复合体。

高中毕业后，我考上了一所二本大学；大学毕业后，我到外面混了一年，不得意，便回了老家。在那里，我看到了还在卖卤菜的梦梦和她的妈妈。有时，我还会看到一个男人骑着摩托车把许多猪蹄送到梦梦家。

我妈告诉我，那个男人是梦梦的男朋友，是一个屠夫。

梦梦妈起初会把那些猪蹄从窗户扔出去，便宜了不少路过的街坊。但经过梦梦一次以命相搏的谈判后，梦梦妈无奈地接受了这个身为屠夫的女婿。那年夏天，梦梦妈给小楼里的所有住户发了喜帖，包括娇娇妈。但是，梦梦的酒席，娇娇妈缺席了。

又一年的夏天，梦梦与屠夫有了一个男孩，大大的脑门儿，吊着的眉毛，活脱脱一个小屠夫。梦梦妈会唤外孙"宰宰"。

当然，也有可能是"仔仔"。原谅我这个不常回家的人的穿凿附会。

后来有一天，我问我妈："怎么看不到娇娇了？"

我妈说："你从小时候就惦记她。"

我问："她去哪儿了？"

我妈说："死了。"

我哑然。

我妈说："娇娇得了白血病，从大学退了学，回到家里治病。这种病怎么可能治得好嘛，到医院住院也只是烧钱。有天晚上，娇娇妈陪护时睡着了，娇娇从病房翻出了窗户，摔在了楼下的小轿车车顶上，死了。"

我妈还说："医院赔了娇娇妈几万块，娇娇妈又赔了车主几万块，没剩下几个钱。"

我说："妈，你干吗要告诉我后面那段有关钱的事情？"

我妈感慨了一句："可怜的女人。"

我爸也跟着感慨了一句："可怜的女人。"

这次，我妈没有拦着我爸。

后来，我开了窍开始好好学习，考上了公务员，当了警察，成了那些曾经到我们这栋楼出警的警察叔叔的同事。

娇娇妈依然和楼里的住户们吵，或者反过来说，是住户们在和娇娇妈吵。

娇娇妈不再经营她的烧饼摊，开始酗酒。她经常喝得酩酊大醉，然后敲每一家的木门，讲述她的悲惨。她会拉住见到的每一个男人，不分老少，讲述她的孤独；她会搂住所有孙儿辈的小孩儿，一会儿哭一会儿笑。

不堪其扰的住户们因此经常打电话报案。

他们有时候会直接跑来敲我家的门。他们知道楼里住着我这个警察。

有时候，我费半天劲才能把娇娇妈劝回屋里休息。离别前，她会醉醺醺地问我："你知道24乘以42等于多少吗？"

我关门而出，看到我妈站在二楼的楼道口等我。她轻声感慨："可怜又可恨的女人。"

烧饼摊没了踪影，卤菜摊也没了踪影。梦梦妈只顾着带外孙，娇娇妈则消失了很长一段时间。

再次见到娇娇妈，是在邻县警队的一次娱乐场所清查行动中。在KTV的包间里，几个大叔靠左墙蹲着，几个阿姨靠右墙蹲着。有位阿姨抬起头喊了我的名字，我转头，看到了脸上画着青黑色妆容的娇娇妈。

那一刻，我不知是否该回应她的招呼。幸好包间里的音乐声足够大，幸好包间里的灯光足够暗，我转身，悄然从包间退了出来。

带队清查的队长问我认不认识她。一瞬间，我突然想起了我妈多年来的那句感慨。

我告诉队长："她只是一个寂寞的女人。"

5

文章读完了，我心中三分难过、五分叹息，还有两分感慨，感慨于这位基层派出所民警心思的温柔与细腻。的确，在我原有的刻板印象中，警察都是些五大三粗、几乎没有任何儿女私情的动物。自从加入公安队伍、结识那么多同事后，我才发现，警察队伍里真的是藏龙卧虎、人才济济。比如，女监的管教之所以被冠上"姜高音"的外号，是因为她能完整地唱完歌剧《图兰朵》里的全部唱词。与之相对的是衢八两副所长，只要喝的酒超过八两，他便能飙起陕北民歌。据说，他和姜高音曾在酒桌上比拼过歌喉，结果平分秋色，谁都不服谁。

文章作者的微信名叫"陈梅西"，头像是巴塞罗那足球俱乐部的徽标，想必是个球迷。我试着把他加为好友，没想到对方很快便通过了好友验证，然后发来一个问号。我做了自我介绍，说我已经拜读了那篇长文，想就娇娇妈再和他聊几句，不知他有没有时间。他说没问题。于是，我们便一来一往地聊了起来。

我：你在文中提到，你在KTV里抓到过娇娇妈一次，之后发生了什么？

陈梅西：我只抓过她一次，之后她就离开了我的片区。

我：她去哪里了？

陈梅西：起初我不知道，后来在协查通报上看到她的照片，才知道她去做环卫工了。

我：有些出乎意料吧？

陈梅西：有点，不过赚钱吃饭也不寒碜。

我：可她和毒贩搭上了线。

陈梅西：她被抓后，我和她见面聊过一次。

我：聊了什么？

陈梅西：我是去当说客的，想让她吐出那两千克毒品的藏匿地点。

我：她不说，是吧？

陈梅西：是的。但也不是没有收获，她说了她和那兄弟俩是怎么认识的。

我：哦？

陈梅西：也很简单。有次娇娇妈烂醉，躺在街上没人管，是那兄弟俩带她去医院醒了酒，然后送回了家，走时还留了一笔钱。

我：所以，娇娇妈把毒品藏起来，是为了报答那兄弟俩？

陈梅西：有可能她是把那两兄弟当自己的孩子看了。娇娇妈跟我说，当上环卫工以后，她专门选择了兄弟俩住的那一片儿工作，不仅经常给兄弟俩送吃送喝，还帮着打扫房间的卫生。

我：贩毒和报恩，她分不清轻重吗？

陈梅西：她已经死了一个女儿，大概不想让那兄弟俩死在她前头吧。

我：就算搭上自己的性命？

陈梅西：我觉得她对自己的生死已经不在乎了。

聊到这里，我有些困惑，但也十分理解。看起来，说服娇娇妈岑远梅的前景非常渺茫。我谢了对方，然后提出最后一个请求，请他方便的话帮我找一找娇娇的照片。他答应试试看。结果不到一个小时，这位陈警官便给我发来一张小学毕业照，说是娇娇的班主任翻拍给他的。我问他照片上哪个女孩是娇娇。陈梅西回复道：只要把照片拿给娇娇妈，她自然会认出来的。

次日早上，我回看守所上班。借着巡诊的机会，我来到关押娇娇妈岑远梅的号房，把她喊到门边，问她身体状况如何。娇娇妈叹了口气，轻声道："谢谢你救了我。"

"应该的，这是我的工作。"缓了一秒，我又问，"什么时候患的癫痫？"

娇娇妈低下了头："有段时间净糟蹋自己了。"

"糟糕的日子都会过去的。"

娇娇妈苦笑一下："我无所谓了。"

我打开巡诊记录本，把打印出来的小学毕业照递给了她。娇娇妈一愣，眼神立刻聚焦到照片上，肩膀跟着抖了起来。我在边上没有说话，任由她沉浸在自己的情绪里。

过了几秒，娇娇妈猛然抬头，眼神中放着寒光："你这是什么意思？"

"就是给你留一个念想儿。"

她将照片撕成两半扔在地上："你不用来可怜我。"

"我没——"

"你是想跟我打感情牌，让我说出那两千克毒品藏在哪儿，是不是？"

"为了那两个毒贩不值得。"我争辩。

"用我这条贱命换两个年轻人的性命，我觉得值。"

"可他们贩毒是在危害社会。"

"那我看不到，我只知道在我最不成人样的时候，他们救了我。"

"我也救了你啊。"

娇娇妈冷笑一声："你刚才不是说了吗，那是你的工作。你并没有把我当成一个人看，你只是想把工作做好，包括拿这张照片来套我的话。"

我哑然了。

娇娇妈背过身子走到号房的另一端，独自坐下。与此同时，号房里的其他女人都看着我，她们的眼神灰暗、呆滞，一如我此刻的心情。又等了几秒，直到确定娇娇妈不会再理会我，我才弯下腰将那张被一撕两半的照片捡起，离开。

娇娇妈的反应虽然可以理解，但还是像在我的心口压了一块大石，堵得我难受，一整天都心神不定。到了晚上，衢八两到医务室找我，手里端着一个不锈钢茶缸，馥郁的浓香从里面散发出来。茶缸里是咖啡，而且是美式的。

我问他："晚上不想睡觉了？"

衢八两笑答："越到晚上越精神，你呢，晚上能睡踏实吗？"

"原来睡前必须玩会儿手机，现在手机不能带进监区，还挺不适应。再说了，就算是睡着了，我也得留一只耳朵听对讲机。万一有什么突发情况呢？"

衢八两笑着拍了拍我的肩膀："还得适应。"

我点头："是得适应。"

"白天你去找岑远梅了？"

"你怎么知道的？"

"我是带班领导啊，什么事我不知道？"

我拉开抽屉，拿出里面那张已粘好的毕业照，说："这里面有她女儿。"

"你想以情动人，然后让她说出毒品的下落，对吧？"

"我——"

"既能挽救一个灵魂，还能破一起大案子？"

"好吧，可能是我操之过急了。"

衢八两笑了："反正睡不着，咱们出去走走吧。"

我随衢副所长出了医务室，向南区走去，一直走到头，过了两道小门，离开了监区。我们绕着外围的高墙默默地走，就像黑暗中的两个鬼魅。突然，一束光打在了我们身上。那是武警瞭望塔上的射灯发出的光，明亮且刺眼。衢八两迎着光转过身，挥了挥手。那道光点了点"脑袋"，然后移动到我们前面，始终与我们保持两三米的距离。我意识到，武警小哥在用光给我们领路。

几分钟后，衢副所长再次把我领到了那片小树林前，我们停下了脚步。半月苍白，夜色如洗，衢八两深深地吸了一口气说："在这里被枪毙的人没有上百也有七八十个了。有时候要是屏住呼吸，你仿佛还可以听到他们最后的挣扎。"

我打了个哆嗦："衢所，你这话说得可够瘆人的。"

衢八两转过身："你不是学医的吗，想必面对过许多死亡吧？"

"学习解剖时见过不少'大体老师'，不过都已经死了许久，没有那么恐怖。"

"大体老师？"

"就是用来做解剖实验的尸体。"

"你们好像很尊敬那些人？"

"是啊，必须尊敬，死后还在造福社会。"

"原来有些死刑犯，枪毙后无人领尸，估计也拉去给你们解剖了。"

我"嗯"了一声，没再接话。

衢八两接着说："我突然想起一个连杀四人的男人。那个男人常年在外面打工，回到家后发现自己老婆上了别人的床。他想都没想就把自己老婆杀了，又闯到奸夫家中杀了三人。杀完人后，男人回到家，竟然躺在床上睡着了。直到警察把屋子包围起来他才醒，还冲逮捕他的警察笑了笑，似乎已经忘了自己刚刚犯下的惨案。这人被关进看守所后，脸上总挂着莫名其妙的笑。号房里面的人知道他手上有四条人命，都不敢靠近他，还把最好的床铺留给他。虽然所有的证据都指向他，但他一直没做任何有罪供述。事实上，面对审讯他的警察，他只是傻呵呵地笑个不停。有人分析，说他是在用这种方式对抗审讯，也有人说他是人杀多了，脑子里的弦一下子绷不住就断掉了。

"咱们看守所的主要职责就是一收二看三管四送，和消化道的作用差不多。面对这样一个危险程度极高的犯人，作为他的管教，我心里没底，生怕他闹出什么事情来。毕竟他一句话也不说，谁都搞不清楚他到底在想什么。万一他自残了，或者把别人给伤了，我们肯定是要担责任的。于是，我每天都会把他带到问话室，看着他笑。他笑，我也笑，两个人就一直在那儿笑，一直笑到嘴角抽筋才让他回去。第二天仍然如此。就这样，一直笑到第八天，他终于憋不住了，抽了抽鼻子，眼泪就掉了下来。接着他便失控了，抱着屋里的一盆绿萝边哭边吐，我站在边上没干预。一直发泄了半个多小时，他才平静下来，向我完整地讲述了杀人灭口的全部经过。"

"真够邪的。"我说。

衢八两眨了眨眼睛，反问我："是啊。不过，你能从中学到什么？"

我打趣道："始终要笑对人生。"

衢八两哈哈大笑几声，回音在小树林里兜了几圈。接着，他拍了拍我的肩膀："狱侦这件事啊，不要急，得慢慢来。"

我明白他指的是娇娇妈的事情，便点了点头。

衢八两打了个哈欠，感慨道："才十来年的工夫，这些树已经长得有模有样了。"

第四章

爱，突如其来

爱情把我拽向这边，理智却要把我拉向那边。

——奥维德

1

自从我到凡城看守所工作后，不断有人给我介绍女朋友，其中以李庸医最为积极。想来他应该是觉得自己挤占了法医的位置，心中对我有所亏欠。于是，经他介绍，我见了不少女孩，有相貌姣好者，也有家庭条件优越者。有一次，我见了一个长着龅牙的女孩，她姓曹。我们很礼貌地见面、吃饭、逛街。把曹姑娘送上出租车后，我立即打电话问李庸医："这个曹姓女孩的父亲是谁，该不是刑警支队的曹大牙吧？"电话里，李庸医讪笑着夸赞起基因的伟大力量。

身边的同事帮我张罗，还在我的理解范围内。最奇的是，看守所里的在押人员也有想把女儿介绍给我的，说是作为医警的我既能保证她的安全，也能照顾她的健康，还许诺结婚时会陪几十万的嫁妆。

突然成了众人的香饽饽，我有点不适应。大学毕业后，的确有不少人给我介绍过对象，但基本上都被我父母挡了回去。我原以为他们是想让我好好奋斗几年，但我的亲姐姐告诉了我真正的原因：父母觉得那些女孩的条件一般，没必要浪费时间。

说实话，我没觉得自己的条件有多好，个子不够高，长相不够帅，也没有化腐朽为神奇的才艺和变废铁为黄金的口才。像我这样的人，何德何能可以坐在咖啡馆里，让女孩对我另眼相看？

最后帮我解疑释惑的是陈拒收。他说，在凡城这个不大的地方，年轻适龄且有公职铁饭碗的男青年本来就少，在相亲市场上自然是热销产品，毕竟大家都想过安稳的日子。

平心而论，在看守所工作的日子可以说是非常安稳的。而且，随着时间的推移，我也适应了那些始终存在的背景音：脚镣拖地的声音、门禁开合的声音，还有每一间号房门后的窃窃私语。正是这些窃窃私语，让我在安稳的日子里同时感受到某种涌动的暗流。我努力想看清那些在押人员的本来面目。这种努力会不经意地渗透到我的生活中。比如，相亲时，我总会试图透过那些女孩或甜美可人、或漫不经心的神态，猜测她们究竟有过怎样的故事，又有着怎样的心思。有些女孩被看得心虚，便掏出镜子左右端详自己的侧脸，看看哪里的妆花了。

好吧，啰唆了这么多，还是不能遮掩我的悲剧：在凡城，我一共相了八次亲，全部以失败告终。慢慢地，身边那些"媒婆"开始消停，我的心也随之消停。

这一天，早上交完班，刚从保管柜里取出手机，就发现韩江雪给我发了条消息，说是要把裤子还给我。

我恍惚了片刻，才想起把警服借给她的事情。我回复说："不用，你留着就好。"

韩江雪坚持要还。

我想起今天没有其他安排，便提议："要不中午我请你吃饭？"

韩江雪回了个笑脸："我中午带了饭，鲍汁鹅掌、杭椒牛柳和蒜蓉西蓝花，我自己做的。"

这应该是在拒绝我吧，但我还是回了个点赞的表情。

一分钟后，韩江雪发来定位，是一家专门做鱿鱼虾的排档，并说这家的菜味道不错，晚上她请客。

"你做东，我买单。"我回复。

聊天结束后，我才想起曾承诺韩江雪让吕毛毛给她写道歉信的事情。我正思量时，两个警察押着一名犯人来到值班室。那个犯人顶着个青皮脑袋，吊儿郎当的，乜斜着眼看警察给他办理入监手续。这种人一看就知是惯犯。

我问"青头皮"："什么学历？"

"青头皮"说："小学没毕业。"

我说:"好,你帮我写个东西。"

"青头皮"歪着脑袋问:"晚上能给我加餐吗?"

我说:"包在我身上。"

接下来,"青头皮"按照我的要求仿写了一封道歉信,不到二十个字。那些字看着就像一群蝌蚪,其中还有三个错别字。不过,我挺满意的。

整个上午,我都窝在出租屋的榻榻米上补觉,楼下是车水马龙的噪声,和看守所的那些噪声一样,一点点地消磨人的精力。

在此,我要介绍一下我这个一室一厅的蜗居:三十七平方米,位于城市的中心,距离看守所一个小时的车程,每月房租八百元。因为位于三十一楼,纵然下面的世界发生了小型核爆,传到上面也有种朦胧的不真实感。我很喜欢这个房间,身处凡城又能俯瞰凡城,这是一种令人舒服的距离感。

下午一点,饥饿唤醒了我。我在厨房灶台上简单烧了一盘鸡翅,又拌了一盘蔬菜沙拉,主食是在楼下超市买的燕麦面包。吞咽到一半,我突然想起正在享用鲍汁鹅掌、杭椒牛柳和蒜蓉西蓝花的韩江雪,竟有些出神,嘴巴里不知怎的多了许多唾液。

饭后,我开始收拾房间,花了两个小时把屋子打扫得干干净净、纤尘不染。然后,我洗了个澡,又把卫生间擦拭得看不见一滴水渍。和大多数学医的一样,在卫生方面,我有一种要把自己逼死的强迫症。

临近傍晚,在晚高峰到来前,我打车到了那家排档。尽管我早到了二十分钟,却看到韩江雪已经站在马路边等着我了。我本想选靠角落的位置,她却把我领到了人多拥挤的区域,说那里热闹。呵,奇怪的姑娘。

刚一坐下,还没寒暄两句,服务员就端来一个超大的碗,里面装满了鱿鱼虾。这道菜是湖南菜做法,加了许多小米辣和酸豆角,入口先吃出的是酸,接着是辣,辣完了还有一丝甜。我的舌头到第二阶段就基本报废了,尝不到甜的味道。吃了一阵,韩江雪为我叫了份冰粉,我麻木的舌头才慢慢恢复知觉。韩江雪说:"上次裤子的事情谢谢了,我送去干洗了。"

"哎，你知道这些警服都是哪个厂做的吗？"

韩江雪摇头。

我说："我的家乡有一座监狱，里面有一家电缆厂和一家制衣厂，男犯人每天在电缆厂里穿电缆，女犯人则在制衣厂里做衣服。我们的警服都是那些女犯人做出来的。"

"也就是说，警服里包含了浓浓的恶意？"

"也不见得，警察和犯人并不是对立的。在看守所里，管教和在押人员大多能融洽相处。管教常挂在嘴边的是，犯人违的是国家的法，不是我个人的法。"

"那个小孩儿倒是挺愤怒的。"韩江雪双手合十，目光越过我的肩膀，看向我身后。我回过身，看到里间的一张圆桌旁围坐着七八个少年，其中埋头看菜单的正是"一只耳"吕毛毛。我愣住了。

"是他吧？"韩江雪的声音很平静。

我点点头。

"他被放出来了？"

"嗯，被取保候审了。"

"真巧啊。"韩江雪幽幽地感慨了一声。

"是啊。"我附和道。

"他还欠我一个道歉呢。"

我想起口袋里那封伪造的道歉信，暗想幸好没有拿出来。韩江雪突然起身，看架势是要去找吕毛毛理论。我伸手拉住她的手腕。韩江雪一怔，眼神中先是疑惑，然后是不屑。或许，她觉得我是怕了。

我搪塞了一句："先看看他们要干什么。"

韩江雪这才坐下。只见一个男孩拉开书包拉链，将里面的开心果、碧根果倒了一满桌。随后，另一个男孩拿出一个用报纸包着的长条状物体，是一条中华牌香烟。接着，又有两个男孩分别从自己的包里取出两瓶梦之蓝白酒。

眼前的这一切就像一场梦。

韩江雪说："看样子是发横财了。"

我心里也泛嘀咕，这些衣着邋遢的男孩绝不会有如此的消费能力。我拨通了李庸医的电话，让他查一下这两天全市的盗窃案，看有没有烟酒店被盗的案子。

李庸医照例叫苦："老大，我可是法医，又不是侦查员。"

我揶揄道："就当你爹给你布置侦查任务了。"

电话挂断不久，李庸医发来微信，说今天凌晨有一家烟酒店被盗，损失了梦之蓝、中华烟等共计两万多元的货品，作案手段类似抄家洗劫，一看就很不讲究。窃贼连柜台下面的一包开心果都没放过。

韩江雪把手机抢了过去，我的心脏扑通扑通地加速跳了起来。我是一名警察，但从没抓过一个贼；我是一个成年男性，却在和未成年人吕毛毛对话时被他偷袭。我鼓起勇气再次瞥向身后那一桌小贼，下一秒我和吕毛毛四目相对。接着，我们都看向了那一桌烟酒干果，吕毛毛露出怪异的笑容。

我站起身，向那伙少年走去。"轰"的一下，少年们抱着烟酒就往外冲，撞翻了桌子，也撞倒了韩江雪。我伸手要去扶她，韩江雪却喊道："追啊。"我一怔，转身便追了出去。

这伙少年一出门便分道扬镳，一路向东，一路向西。我看准吕毛毛的逃跑方向，一路紧追不舍。追出两个路口后，韩江雪发来了位置共享请求，我不解何意，顺手点击通过，然后一门心思地追吕毛毛。不知不觉间，吕毛毛脱离了所有同伴，距离我不过十来米之遥。我心里有了底，觉得凭自己的力量制服他应该问题不大。

又过了一个路口，吕毛毛闪身进入一条巷子，不见了踪影。我追进巷子，看到两栋标记着"拆"字的三层小楼。楼里的大部分住户都已搬走，唯有一个老奶奶和一条杂毛老狗在三楼俯瞰我，一脸沉重，仿佛我要倒大霉似的。

一恍神，吕毛毛已经站在了我面前，而在我身后，七个少年堵住了巷口。原来，我钻进了他们的圈套。吕毛毛笑着说："没想到吧？"

我努力控制自己："你们偷了烟酒店，我得把你们带去公安局。"

吕毛毛哼了一声："你以为自己是谁？"说着，他便领着同伴向我走了过来，自信满满，没有迟疑。我则僵在原地，看着危险越来越近。吕毛毛走到我面前，抬头看着我，冷冷地问："这次是你放过我，还是我放过你呢？"

吕毛毛回头问他的同伴："你们说说，要不要放过警察叔叔？"

吕毛毛的话音还没落，我的手仿佛突然拥有了独立灵魂，紧紧抓住了吕毛毛的胳膊。

吕毛毛一愣，猛地甩膀子，却没能挣脱我的手。

"你想干吗？"吕毛毛质问我。

"跟我回公安局！"我的血气在上涌。

在我们身后，那些少年早已惊呆。

吕毛毛吼道："上啊，给我揍他！"

我也吼道："我是警察，谁敢袭警？！"

少年们犹豫了。

吕毛毛又命令他的喽啰："拿砖头砸他！"

地上有石子，但没人去拾。吕毛毛踹翻了一个垃圾桶，那些少年从里面翻拣出易拉罐、包装盒和烂苹果，向我砸了过来。我一边躲避这些污秽之物，一边死死地攥住吕毛毛的手腕。

吕毛毛急了，张口咬向我的手腕。在难忍的疼痛中，我听到一阵刺耳的警笛声由远及近传来。接着，一辆巡逻车出现在巷口。在那些大块头巡警身后跟着的，是拿着手机的韩江雪。她喘了口气说："还好开了位置共享。"

2

把一群小坏蛋押回属地派出所后，我借他们单位的浴室给自己冲了个澡，把身上发馊发臭的垃圾味冲洗干净。然后我才见到案件的主办警官，也是之前抓吕毛毛的那个警察。他比我大几岁，肩章上比我多两个豆，我喊他师兄。

师兄说："一对八，你胆量可够大的。"

我故作轻松："都是些小屁孩儿嘛！"

"你可不要小瞧这些小屁孩儿，他们下手没轻重。去年一个小孩儿抢劫了出租车司机，抢完后还在司机屁股上戳了两个血窟窿，说是要留点印记。"

我一哆嗦："何至于此？"

师兄像说绕口令般回答："问题少年的脑袋也是有问题的。"

我沉默了片刻，问他"一只耳"吕毛毛的情况："为何年龄不大，干的事情却这么恶毒？"

师兄摇摇头："他爸妈是什么情况，我不是很清楚。我只知道这么多年吕毛毛一直是一个人野蛮成长的。我第一次抓到他的时候，他还不到十岁，跟在一群大混混儿的后面当马仔，脏活儿、苦活儿、累活儿都由他干，还经常被欺负。"

"都是怎么被欺负的啊？"

"有一次，他跟一伙贼去运输公司的大院里偷柴油，结果被院子里的两条狼狗发现了。其他人跑得快，冲出院子后还顺手把门关了。吕毛毛就这样被丢在了院子里，那半只耳朵就是被狼狗咬掉的。"

旁边一直没吭声的韩江雪插话道："他就没有任何理想吗？"

师兄问："她是？"

"报警人。"我支吾道，"也是我的朋友。"

师兄暧昧地笑了笑，回答韩江雪的问题："我问过他，他说自己只有一个理想，那就是等满十六周岁后，就可以因为犯罪被关进大牢，那样便可以过一种安稳的生活了。"

师兄敲了一下键盘，屏幕上出现审讯室内的画面：吕毛毛坐在审讯椅上，虽然手脚都被束缚着，但屁股仍像在发芽一样不住地扭动。"你看，他还挺自在的。"

"我能和他聊聊吗？"

师兄摇头："现在还在录笔录，要不等录完再聊？或者，等把他送进看守所，到了你的主场，你想怎么聊就怎么聊。"顿了顿，师兄又说："对了，那个被盗的烟酒店的老板想给你送锦旗，当面感谢一下。"

我有些犹豫，便没有吭声。

师兄说："回头我把你的名字和单位地址跟他说一下，让他和你联系。"

韩江雪倒是替我做了主："这是他的本职工作，没必要送锦旗。"

师兄看了她一眼。

韩江雪又说："警官，现在挺晚了，我们可以回去了吗？"

师兄狡黠地一笑："你们？对，你们可以回去了。"

从派出所离开时已经是晚上十一点半，按理说应该各回各家、各找各妈。不过，我们俩谁都没说话，似乎这样惊心动魄的夜晚如此收场未免太过潦草。微妙的沉默中，一辆出租车停在了我们面前。我拉开车门，韩江雪钻了进去。我弯下腰，正准备一气呵成地完成关门、说再见、祝一路顺风的标准程序，却看见她往里挪了挪，放大瞳孔看着我，就像一只深夜猎食时发现老鼠的猫。

在她的注视下，我的腿仿佛有了独立灵魂，不觉一弯，猫腰坐到了后座。我弱弱地说了句："我送你回家。"韩江雪微微一笑，眼中那咄咄的光消失了。随后，她对司机说了个地点，在城南，到我住的地方单向车程要四十分钟。我在心中暗暗叫苦。

路上，韩江雪有些疲倦，靠在车窗玻璃上默不作声，眼皮似乎也合上了。这让我得以窥探她的脸庞。这是我第一次认真地看她的脸，先前因为都是面对面，不能盯着她看，所以只有一个总体印象：长相中等、个子挺高、皮肤略黑、眼睛很有神、下巴挺尖，但绝非那种网红脸型，反倒给我一种林青霞的飒爽气。此时，她的面孔一半沉在深深的黑暗中，一半沐浴在街边路灯的柔光中，神秘中透出一股温婉，清冷中透着几分凄凉。我的心不由得动了一下，手腕一抬，发现手环显示心率达到了99。这是心动的感觉吗？

车子在一个黑灯瞎火的老旧小区外停了下来。为了安全只能从右侧下车，我先从后座钻了出来，她跟着下了车。

我没话找话："你住这儿？"

她说："在最里面那个单元楼。"

我说："我送你进去。"

"好。"

司机从车里探出脑袋："小伙子，要不要我在这儿等你？"

我胡乱地摆摆手。司机嘿嘿一笑，开车走了。

我和韩江雪开始往巷子里走。巷口有一盏灯，我吼了一嗓子，但灯没有亮。韩江雪说："搬来时就是坏的。"

"你搬过来？"

"是的，我在这儿租的房子。"

"你不是本地人？"

她摇摇头，接着便说了一串外地话，我一个字都没听懂。

我说："可是你的本地话说得很好啊。"

"我专门学的当地话，有时和同事学，有时去菜市场学。"

"挺有意思。"

说话间，我们来到了最里面的那个单元楼门口，两个人定住了。沉默片刻后，韩江雪问我："你在哪儿住？"

我说了那个小公寓的位置。

"很远。"

我的嘴巴有点干，便只耸了耸肩。

"明天上班吗？"

我摇头。

"你晚上在我这里休息吧，两室一厅，房间够。"韩江雪说话干脆利落，就像是军官在收拢逃兵。

事到如此，我不能不勇敢一把了，但我一张口还是感觉嗓子发涩，便只潦草地说了句"谢谢"。通过余光，我瞥见手环上的心率已经飙到了120。

韩江雪微微一笑："我这儿可没有速效救心丸。"说着她便领我上了楼。

讲到这儿，我知道你们肯定在想进屋后干柴烈火、火星撞地球般的场景，实际上我也是这么想的。可就算是雷管，也需要根引线。对我来说，别说是引线了，就连点火的打火机都没有。

进屋后，我才发现韩江雪口中的两室中有一间已经被一把铁锁锁上，不知里面有什么奥秘。韩江雪解释说里面是房东的杂物，她也打不开。我"哦"了声，眼睛瞥向了虚掩着门的主卧。身后，韩江雪弯腰猛地一下把客厅的沙发拉成了一张床，然后把被子、枕头放在了沙发上，接着问我："晚上还要洗澡吗？"

我想起在派出所已经冲过一次，便摇了摇头。

韩江雪说："好，我冲个澡。"

接下来，我躺在沙发上，听着浴室里的动静，幻想着接下来要发生的不可描绘的事情。大概过了一刻钟，韩江雪从里面出来了，套着一件长及膝盖的睡裙，裙子中央是两个大大的英文单词：Calm Down（冷静）。

好吧，别胡思乱想了，还是冷静冷静吧。我说了声"晚安"，她"嗯"了一声，接着便进了卧室关了门。

接下来，我盯着黑魆魆的房顶想着白天发生的一切，想着夜里滋长的情绪，想着韩江雪，想着那些我曾有过好感、如今已印象模糊的女孩。我想着未来，想着会拥有怎样的恋爱、怎样的婚姻、怎样的小孩儿。我越想越远，本以为陌生的环境会让我无法入眠，事实却不然，不觉间我已经沉入梦的海洋。

不知过了多久，我听到了门锁转动的声音。

我以为自己还睡在看守所的值班室，便立即惊道："谁？！"

对方停下了动作，原地站定。

顺着声音的方向，我迷迷糊糊地看见一个穿着吊带衣和三角裤的高挑女孩站在卧室的门外，一动不动，月光把她的腿照得像古代大臣上朝用的玉制笏板。停了几秒，我咕哝了一声："动静小点，去吧。"接着我再次闭上眼，沉沉睡去，一点也没觉得有什么异常。

天亮后，我撑起身子，确认了自己的坐标，才明白昨夜究竟发生了什么。另一边，韩江雪进到客厅，穿着白领的长衣、长裤，手里拿着一件科比的24号篮球背心。她对我说："你的衬衫昨天弄污了，我给洗了，上午你就先穿这个吧。"

我接过背心，还有些发怔。

韩江雪边往包里收拾东西边说："这是我前男友的，搬家没搬干净，留下这么一件，可不算是什么纪念品。"

我点点头。

"我要去上班了，家里也没有什么吃的，就不给你做早饭了，反正我的早饭也是在外面解决的。你走的时候把门带上就行。"

我"哦"了一声。

"那我先走了。"

"哎——"

韩江雪转身来到我身边，看着我的眼睛："你想说什么？"

她的声音里有一种安静的力量，这让我鼓起了勇气："以后还可以约你吗？"

"以什么方式约？"

"男女朋友的方式呢？"

"我们还不是情侣，"韩江雪顿了顿，接着说，"但我们可以试着往那个方向努力。"

从韩江雪的出租屋离开后，我整个人还是蒙的。坦白说，即便是在十二个小时前，我也没想过自己会陷入一场恋情。现在，我却像是签了一份建筑合同，承诺和她一起向恋爱的方向努力。我总感觉哪里怪怪的，感觉我们不像是男女朋友，倒像是工程合伙人。不，更准确地说，是我成了她的工程分包商。

我反复回想早上的对话，想为什么我会说出那句"以后还可以约你吗"。想来想去，我只觉得，在那种场合这似乎是唯一礼貌的问答。

是啊，在大家的眼中，我似乎就是个彬彬有礼的大男孩儿。当然，这和我的家庭环境有密切的关系。

我出生在一个相对传统的家庭。父亲在政府机关当司机，不是公务员，但给三任县委书记和两任县长把过方向盘，还挺受大家尊重。我的母亲是保健所的护士，虽然是编外人士，但也吃财政饭。我还有一个姐姐，比我大七岁，在中学当数学老师。她的丈夫是政府机关的一个小科长，衣柜里有好多件白衬衫。在这样的家庭中，铁饭碗的理念深入人心。

我家里虽然提倡民主、活泼，但也号召严肃、谨慎。什么该说、什么不该说，似乎都有一条看不见的约法管束着。更何况，作为家里年龄最小的人，我基本上没有什么话语权，充其量只是一个起立鼓掌的角色。除此之外，小时候我还被姐姐灌输，说因为我的出生违反了计划生育政策，父亲一辈子没转正，只能当一个人前人后伺候的司机。这句话像是一句恶毒的咒语，让我始终觉得欠着父母什么，因此一直不敢表达自己的想法。

所以，不管家里说什么，我都会不折不扣地执行。中学时，他们说早恋会耽误学习，我就和女同学划清界限，安心高考；高考后，他们说家里缺个医生，我就报了临床医学专业。毕业后，我在一家医院当住院医师，可家人说医生没公务员安稳，不好找对象，不如考公务员。我姐还把公务员招录表打印出来拿给了我，那是一个偏远乡镇的公务员。我以为他们是想让我闪得远远的，才挑选了那个岗位。结果，我妈跟我解释说，那个岗位的报考竞争没有那么激烈，可以先考进去，再让我爸和我姐夫想办法把我调到县政府去。

这就是他们给我规划的人生道路，平坦、无聊，还让我充满了困惑，困惑于我存在的意义。坦白说，我还挺想接着当医生的，治病救人，善莫大焉。因此，对于他们让我报考公务员的安排，我有一种消极抵抗的态度。

可就在那段时间，医院里发生了一件事（现在我还不想去细细回忆），让我萌生了离开的想法。

我不想再按照家人的规划生活，因此便在网上偷偷找工作。看到距老家三千多公里的凡城正在招警，其中就有面向临床医学的职位，我便偷偷报名，开始认真备考。白天我在单位看专业课的书，晚上在家看行测和申论。我妈把消夜端到书桌前时，还以为我正在备考那个乡镇公务员的职位。一直到笔试前夕，我在网上订宾馆时，家里人才傻了眼。更令他们惊讶的是，我的笔试和面试成绩都排名第一。记得在政审前，爸妈专门找到我，我爸问我："为什么要报考那个警察职位？"

我的回答略带隐喻："我想去寻找真相。"

我妈问："从尸体上？"

我说："是的，我想当法医。"

我爸又问："为什么是凡城？"

我的回答既骄傲又有点底气不足："我随便选的。"

我爸叹了口气，我妈则信誓旦旦地表示："我们一定会找关系把你调回老家的。"

就这样，我带着自己博来的一份自由离开老家，来到凡城，准备迎接每天和死者相伴的日子。不料，我迎头挨了一闷棍，被踢到了看守所当驻所医生。

啊，自由啊，可怜又可笑的自由啊！

也许这就是我的命运吧，在一个又一个棋盘中被别人挪来挪去。

当韩江雪对我说可以一起向恋爱的方向努力时，虽然感觉像在做梦，但我很开心。我可以问心无愧地说，至少爱情是我自己争来的。

我并未察觉自己又跳进了另一个棋盘。

3

大概我只身来到凡城，本就是为了追求一种不确定的生活。因此，当韩江雪走入我的世界并带来一份不确定的爱时，我非常着迷。

这种不确定性在我们接下来的相处中逐渐显露出来。比如，她既能讲多国语言，也能模仿不同省份的口音；她既有广泛的爱好，在某些问题上又展现出非常专业的知识素养。她就像一只机器猫，和她在一起的时间越久，我越觉得自己所了解的只是世界很小的一部分，还有更多地方蒙着神秘面纱等待我去发现。

于是，我试着了解她的私人世界，比如她的父母、她的童年，还有几乎所有情侣都会八卦的恋爱史。但这些问题到她那里都碰了壁，得不到任何回复。直到此时，我才将好奇的矛头从她身上转回自己身上：为什么她会看上我？是啊，她究竟看上我哪一点？

我相信世界上没有无缘无故的恨，也没有莫名其妙的爱。如果一时间看不透爱恨背后的深层逻辑，那只能说明我的修行还太浅。

现在先把这份迅速升温的恋情放一放，回到我的工作岗位上。

最近一段时间，我经常在医务室的办公桌上看到一盘新鲜的时令水果。虽然作为医生的我有洁癖，但令我惊异的是，这些水果都被洗得干干净净。葡萄上看不到一点白霜，哈密瓜不仅削了皮，还被切成大小一般的方块，整齐地码放在一起。味道如何暂且不论，单是看着就很诱人。

起先，我以为这是所里的从优待警政策，以犒劳我们这些没日没夜工作的警察。后来我发现不然，似乎只有我自己享有这样的待遇。那么谁在默默地关心我呢？我有点忐忑，因此特别留心。暗中观察后，我发现是一个穿绿马甲的男人把果盘端进屋的。

在此要插话介绍下看守所里的四种马甲：还未被判刑，或者已经判刑还没有投送监狱的在押人员穿黄色马甲；未成年在押人员穿蓝色马甲；死刑犯穿红色马甲；已经判刑但剩余刑期不满半年，在看守所内服刑的犯人穿绿色马甲。

在上述四类犯人中，那些穿绿色马甲的短刑犯安全系数较高。他们大多都可以掰着手指算出狱时间，没必要犯傻做危害监所安全的事情，所以常被分配去做一些劳务，比如开荒种地、缝补衣服。有一个被判了侵犯公民个人隐私罪的研究生甚至得到所长特批，开发了一卡通智能管理系统，不仅适用于犯人，也适用于所有的警察。

这个偷偷给我送水果的"绿马甲"被分配的工作是协助窗口接待民警，将在押人员的家属送来的衣物、食品、钱财和信件进行安全检查、登记，再分发到监室犯人手中。所以，从某种角度来说，他就是看守所的邮差。大家都唤他"爬虫"。

我把"爬虫"给我送水果的事情汇报给了衢八两。

衢八两听后反问我："他为什么要讨好你呢？"

我耸耸肩："无事献殷勤，非奸即盗。"

衢八两笑了："有这个安全意识就好。"

"你们为什么都叫他'爬虫'？"

"他经常克扣外面的家属送给在押人员的物品，不是背地里做，而是当面儿友好协商，毕竟有些在押人员和家属会托他办点事。"

"不会是递信串供吧？"

"这倒不会，大多都是给亲属带个话儿什么的，或者和其他监室的犯人做以物易物的交易，诸如此类。再说了，爬虫的刑期就只剩一个半月了，犯不上帮那些犯人串供。"

"那他干吗讨好我这个小医生呢？"

"说实话，我也不知道。你可以探探他的底，看看他有什么需求。"衢八两的眼睛眨了眨，"不过，你不要轻易承诺什么，这个人鬼得很。"

第二天一早，我守在里间的留观室，听到有人脚步轻盈地进了屋，便从里间出来，正好看到刚把果盘放下的爬虫。他吃了一惊，然后咧嘴一笑，将两只手在裤边上蹭了蹭，指着盘里的圣女果和香蕉段说："菲律宾进口的，吃了有助于消化。"

我拉着脸问："榴梿是怎么回事呢？"

"这是泰国的，送给您尝尝鲜。您要是嫌味儿大，我可以拿走。"

"我是问榴梿哪儿来的？"

"泰国啊！"

我不知道他是不是在和我装糊涂，便直话直说："我是说，这个榴梿是从谁那里弄来的。"

爬虫"哦"了一声，像是恍然大悟："有个女人因为组织卖淫被关了进来，她喜欢吃榴梿，她丈夫就在外面买了榴梿，经过接待处送了进来。榴梿太大了，吃不完，就送了两瓣给我。"

"可真是夫妻情深啊！"我讽刺道。

爬虫的脸上浮起了笑："哪是夫妻情深啊，那个男人是想让我把离婚协议书递给他婆娘，让他婆娘签了。结果，你猜怎么着？"

"怎么了？"

"那女人把离婚协议书撕了，塞进榴梿壳里，又让我给外面等着的男人送了出去。"

我附和着笑了两声，请他坐下，然后去拿茶叶罐。爬虫像是受宠若惊一般，连连摆手，然后从口袋里掏出一包软中华要递给我。

我说："我不抽烟。"

"呀，医生不抽烟，还挺少见，所里有个医生特能抽烟。"

"你是说我师傅？"

爬虫摇头："不是陈拒收。我说的是东17监的一个医生，杀情妇的那个。那个医生就特能抽烟，一审开庭前，他平均每天抽五包烟。"

"他干吗要杀情妇？"

"小三想逼宫上位呗，结果被医生灌醉后注射了过量麻药。"

"你对所里的情况很熟啊。"

"多认识个人，多一条路嘛。"

我用眼神示意那盘水果："你为什么想认识我呢？我只是一个普通的小警察。"

"看您的面相，以后一定能当局长。"

"你能真诚点吗？"

爬虫收回了脸上的嬉笑："我就是觉得你和那些老警察不太一样，不油腻，满满的正义感。说了你别笑话啊，我小时候特想当一名警察。"

"可是你最后被警察抓了。"

"世事难料啊。"爬虫叹了口气，接着压低声音，"我知道现在说这些很可笑，但我经常各个监室来回跑，有时候能听到一些有价值的线索。那些老警察在看守所里面待久了，脑子不太灵光。我把这些线索告诉你，兴许能帮你破大案呢。"

爬虫的话让我心动了，但我随即想起衢八两的忠告，便反问他："你这样做的目的是什么，你想从我这里得到什么？"

爬虫使劲地摇头："我没有目的，也不想从你这里得到什么。"

"我不明白。"

"我不是说了吗，我从小就想当警察，如果能帮着警察破案，也算实现了一半的梦想。"

我看着他，有些半信半疑。

爬虫叹口气说："谁都想走正道儿，但人都有犯浑的时候。这牢我也坐了一年了，受的教育也够了，我想做点好事啊。"

我斜眼瞥着他，还是不相信他的话。

在和爬虫对话前，我对他的人生已有了大概的了解。爬虫出生在矿工家庭。父亲很早就患了硅肺病，丧失了劳动能力。亲生母亲不堪家庭重负，只身离家，再没见踪影，爬虫由继母带大。因为经济窘迫，爬虫从小便精打细算，倒买倒卖，市场里面什么来钱就干什么，但折腾来折腾去仍然处于社会底层。

穷则思变，他动起了脑筋，开始依傍比自己有权势和实力的人。能拉拢的就拉拢，如果拉拢不来，他就威逼利诱，欺强凌弱，不断实现自己人生的进阶。当他通过各种手段承包了一个大型农贸市场的摊位管理工作时，他才二十一岁。

后来，他结识了一位看起来神通广大的大哥。在一次不经意的聊天中，爬虫听说了一个秘而不宣的建设项目，说是一旦参与，就可以从政府和开发商那里扒两层皮。爬虫听了非常兴奋，缠着大哥要参一股，一起去"扒皮"。

大哥勉为其难地答应了，收了爬虫30万元。结果，工程都完工了，爬虫不仅一分钱的收益没捞到，连30万的本儿也没收回来。多次催要无果后，爬虫急了，到公安局报了案。结果发现，这位大哥确实参与了大楼的建设，但因为他所负责的那部分工程质量不过关，不仅没捞到好处，反倒被别人扒了层皮。

公安局认定这属于债务纠纷，让爬虫到法院起诉。爬虫到法院立案庭一打听，发现他已经是第二十二个起诉这个大哥的原告了。爬虫一时间傻眼了，但他没有坐以待毙。他听说那个大哥最近离了婚，把房子、车子都给了他老婆。这不是明显在转移财产吗？爬虫开始跟踪对方的老婆。跟了两天，他终于找到了机会，趁着女人刚停好车的工夫，一屁股坐进了副驾驶座，又一把拽走了车子的钥匙。爬虫以为靠着自己并不厚实的小身板可以把女人吓跑，然后把车子占为己有。没想到那女人很强悍，只用两招就把爬虫打得找不到北了。等他反应过来时，女人已经跑下了车，还用钥匙把他锁在了车里，然后报了警。法院最后以非法侵占他人财产罪判了爬虫一年零五个月的有期徒刑。因为诉讼程序费时许久，剩下的刑期不多，爬虫便留在了看守所服刑。

看到我怀疑的态度，爬虫拍了拍大腿："好吧，年轻人，我先给你爆个料，你再看我对你到底是真心还是假意。"

"嗯？"我还未有所反应，爬虫就问我对西区 5 号监室的老鲍有没有印象。

我知道那个老鲍，五十岁出头，高高大大，老实巴交的，平时给死刑犯砸脚镣这种重活儿都是他干的。和爬虫一样，老鲍也是已决犯，好像是按故意伤害判的，距离刑满释放只剩两个月。

我问爬虫："老鲍怎么了？"

爬虫说："老鲍这人脑筋死、嘴巴笨，不会讨好人，所以干的都是脏活儿、累活儿，再加上账上没钱，吃不到好的。得亏我没事想着他，常请他抽烟吃肉，老鲍的生活水平才能提高一点，也愿意和我多说话。"

爬虫乜了我一眼，看我没反应，便接着说："前些天，我和老鲍讨论出狱后到外地打工的事情。我问他去不去省城，说那里机会多。老鲍说不去，他对省城有心理阴影。但究竟是什么阴影，老鲍不肯多说。接下来的几天，我就和老鲍磨，磨得他放松了防备，说起他八年前去省城打工时发生的一件事。"

爬虫拿起一支笔递给我，笑着说："下面的事情，我觉得你应该拿笔记一下。"接着，爬虫讲起了案子。

"老鲍是在八年前的夏天到的省城，那天是二十四节气中的大暑。老鲍记得很清楚，那天也是他儿子的农历生日。下了长途车后，有摩的司机想做老鲍的生意，老鲍说了他老乡所在的那个建筑工地的地址。两人谈拢了八元钱的车费，摩的司机便载着老鲍出发了。不一会儿，老鲍就发现摩的司机在带他兜圈子。老鲍让司机停下，然后和他理论了起来。两人没讲上两句便爆发了争吵。老鲍一生气，顺手就拿摩托车头盔往司机的胸口抡了一下。司机捂着胸口靠墙坐在了地上。老鲍有点慌，便拎着行李回到客运站，直接坐车回了家。在省城，老鲍统共待了不超过一小时。"

我问："司机最后怎么样了？"

"老鲍不清楚，我自然也不知道。不过，你知道这次老鲍是怎么进来的吗？"

"故意伤害罪。"

"对，老鲍和别人打牌，对方怀疑他作弊藏牌，老鲍就捶了人家一拳，结果把对方的两根肋骨捶断了。"

"你是说那个司机可能受伤了？"

"没准儿小命都没了。"

我沉吟了一下，接着问："难道没有过路人看见，拨打110或120吗？"

"巧就巧在这里。"爬虫说，"两人是在两栋大厦中间的过道起的冲突，过道很长，也很偏僻。再说了，老鲍也就拿摩托车头盔抡了一下，一瞬间的事，应该没人注意到发生了什么。"

我想了一会儿，追问道："你说的都是真的吗？"

爬虫笑了："我骗你有什么好处呢？"

"我得把这个情况跟所里汇报一下。"

爬虫起身对我说："你忘了一个关键细节。"

"什么？"

"案发地点。"爬虫顿了顿，"在那个过道尽头，可以看见大润发超市竖着的广告旗杆。"

送走爬虫后，我没有耽搁，立刻赶到指挥调度中心，找到衢八两汇报了这条线索，尤其说明了案发时间和地点。衢八两也很重视，当即查找通讯录，联系到了省城管辖长途客运站的派出所，向他们了解八年前是否有一起关于摩的司机被伤害的案子还没有破。

对方迟疑了一下，然后我们听到他在喊同事："老高，八年前那个摩的司机被害的案件，你还有印象吗？"

电话开着免提。

"被害"两个字回荡在看守所的指挥调度中心，所有人都停下了手里的工作。

几秒后，电话里传来另一个男声："我姓高，是所里的办案队长，摩的司机被害的案件，你们有线索了？"

当天傍晚，省城公安那边来了两辆车和八名警察。在市局办好移交手续后，他们直接到了看守所。那个所里负责办案的高队长告诉我们："摩的司机的胸口被砸后，就把摩托车丢在巷子里，捂着胸口徒步向附近的一家医院走去。他一直走到了医院的门诊大厅，然后再也坚持不住，倒在地上死了。后来法医检查发现，那个男人死于血气胸。"

高队长还感慨道："当年我们花了大量精力梳理线索，情杀、仇杀、财杀都想过，没想到案子居然在这里破了。"

衢八两说："天网恢恢，疏而不漏啊。"

说话的工夫，走廊里已经响起老鲍咒骂"叛徒"的声音。我探出脑袋，看到老鲍一口唾沫吐在了在边上站着的爬虫脸上。接着，老鲍被移交给了省城警方。我来到爬虫身边，望着一行人离开的背影，把一张纸巾递给了他。

爬虫笑着说不用，然后用袖口擦了擦脸，对我说："你立功了。"

我有些尴尬，反问爬虫此刻是什么感觉。

爬虫想了想，对我说："感觉就像在打游戏，你把别人给淘汰了。"

"而且是以弱胜强。"我补充道。

"是的，大象踩死蚂蚁不是新闻，蚂蚁把大象绊倒才显本事。"爬虫从口袋里摸出一颗水果糖扔进嘴里，边嚼边说，"听说马克刘这头大象最近被关进来了。"

第五章

高墙里的背叛

那些背叛同伴的人，常常不知不觉地把自己也一起毁灭了。

——伊索

1

和我的老家相似，凡城是一个位于内陆的平静小城，经济结构不是很健全，容不下许多翻江倒海的富豪，真正能够许多年屹立不倒的，都是那种成功转型的人精。可这样的人精，也时不时会遭遇历史的拷问。

记得我老家就曾有这么一个本地富豪。起初，他只是一个开游戏机室的小角色。政府的几次严打削平了那些江湖大哥后，作为小弟的他反倒冒出尖来，干起了偷挖山石和河沙的生意，开始迅速积累资本。后来省里决定在我老家所在城市建监狱，他闻风而上，从建筑商那里转包了其中不少标段的工程。结果监狱刚竣工，他就被警察抓了起来，住进了自己亲手建起来的监狱。原来树大招风，作为大哥的他招来了太多的嫉妒和举报。据说，考虑到他很熟悉监狱的构造，管教专门把他关在了一间周边没有任何管道的号房。

当然，这只是当地风传的流言，真实性有待验证。有些大哥虽然不在江湖许多年，但他们的所作所为依然是人们茶余饭后的谈资，且少不了添油加醋。就像我老家动物园里曾有头大象，虽然后来被卖给了沿海更有钱的动物园，但人们还是会经常谈起它。

马克刘就是这样一头大象，五十九岁，曾经的凡城首富。表面上，马克刘并不做什么具体生意，但凡城百姓都知道，马克刘的钱已渗透到当地的许多产业中。钱不仅能生钱，也能带来影响力，这种影响力足以让老一辈的人们忘掉马克刘发家的那些黑历史。

就是这么一个光鲜的上层人士，却马失前蹄，被警察送进了看守所。

对于这样一位传奇大佬，爬虫有浓厚的兴趣，这不难理解，毕竟自带光环嘛。若能在这个禁闭的环境里攀附上他，没准儿日后还能沾点光。我劝爬虫趁早打消这个念头，因为据我所知，根据所里的安排，马克刘被关进了单人号房。

这种特权照顾虽源于他的身份，但并非完全因为他的身份。这说起来有点绕，最好先从看守所的关押原则说起。

性别、年龄当然是首要考虑因素，但除了犯罪嫌疑人的自身属性，最需要考虑的还是串供的风险。有些案件是团伙作案，所以警方行动时往往采取集中抓捕。一网把人全搂了，然后分开审讯。

想象一下，当你置身于森严的审讯室，面对毫无表情的警察，你的思绪肯定会飘到隔壁房间，猜想那个平时干啥都孬的同伙会不会顶不住压力，率先把你们干的那些坏事都吐个干净，甚或某些卑鄙无耻的下流之徒会不会避重就轻地把脏水全部往你身上泼。就这样煎熬了几个小时后，你会想：算了，什么攻守同盟啊，什么兄弟情义啊，在永恒的利益面前全都是扯淡。于是，你开始主动争取坦白从宽的机会。这在心理学中被称作囚徒困境。

在此之后，犯罪嫌疑人会被送进看守所羁押，但此时诉讼仍只完成了一小半。为了防止同伙之间串供和翻供，相关犯罪嫌疑人必须分开关押。

虽然马克刘这次犯的是单人单案，但毕竟他名头太大，有恩的、有怨的，还有那些想巴结他的，看守所里想必大有人在。所以谨慎起见，所里决定把他单独关押。

马克刘的入所检查是陈拒收做的。交班时，他嘱咐我监测马克刘的血糖，还有记得在饭前帮他注射胰岛素。接近中午时，我在红鼻子管教的陪同下来到单人病房。开门锁的时候，红鼻子管教冲我笑了一下，表情仿佛在说：今天要见大人物了。

我振作精神，然后进到号房内，却没有看到人。我先是一惊，随后听到有人在喊我："小伙子，你找谁？"

我侧过头，看到墙上贴着一个瘦子，目测有五十多岁，头上的发量稀少，脸却极长，眉毛也非常长，大滴的汗珠挂在他的眉梢摇摇欲坠。原来马克刘在蹲马步。

我平复呼吸，反问："这里还有其他人吗？"

马克刘扶着大腿站直身子说："没了，就我一个保护动物。"

"那就是你了。"我打开医药箱，取出胰岛素针剂。

马克刘叹了口气，掀起上衣，露出一小块肚皮。针头扎进他皮肤的那一瞬，我感受到他的身体微微一颤。注射完，马克刘觍着笑说："要是我自己下手，倒是不会觉得痛。"

我将针剂放回箱子里："所里没有护士，所以我既兼看病又要给病人打针。"

"这些天要麻烦你了。"马克刘说话很客气，就像他只是来看守所短暂做客的。

"你刚才在练功？"

"练练童子功，小时候跟着师傅学的，现在几乎都忘光了。"

我"哦"了一声，不知该如何接话。这时，红鼻子管教在我身后喊："兽医，该去看其他病人了。"

我转过身，看到一脸严肃的红鼻子管教，便立刻拎着药剂箱走出了监室。红鼻子管教重新把门锁上时，我看到马克刘笑着对我挥了挥手，然后又蹲起了马步。

回指挥调度室的路上，红鼻子管教告诉我，尽量少和马克刘交流。

我问他为什么。

红鼻子管教说："这种人能把别人看得透透的，却把自己隐藏得好好的。"

我"哦"了一声，问红鼻子管教："马克刘到底犯了什么事？"

红鼻子管教沉默了一下，建议我去问衢八两，说他是负责对马克刘开展狱侦工作的牵头人。说话间我们来到了调度室，正巧衢八两也在。他看了我做的关于马克刘的巡诊记录。

我试探着说："对他保护得还挺周全的啊。"

衢八两抬眼看了我一下，没吭声。

"我巡诊的时候，很多在押人员都对马克刘感兴趣，包括那个爬虫，都向我打听他的情况呢。"

"哦，爬虫也感兴趣？"

"也许他是想从这个黑老大身上挖出来点什么吧。"

"图什么呢？"

"他说，蚂蚁伸腿把大象绊倒才是本事。"

衢八两合上记录本，问我："你知道马克刘犯了什么事吗？"

我摇头。

衢八两转向红鼻子管教："兽医是所里为数不多可以接触马克刘的人，你把马克刘的案子和他说一下吧。"

红鼻子管教点点头，开始介绍："今年年初，市局扫黑队盯上了一个名为'向钱进'的套路贷团伙。你知道的，套路贷并不新奇，就是那种反复给借款人挖坑、抬高还款利息，然后暴力逼债的团伙。不过，这个团伙做事又毒又狠，甚至把借款人逼得跳楼自杀了。

"通过对涉案人员和资金进行核查，警方发现这个团伙的往来资金流水巨大，真正的老板应该不是面上的那几个年轻人，大概率有幕后金主在支持。也正是此时，有内部线人发现马克刘和'向钱进'团伙的头目潘某私下见了面。这让专案组困惑了好一阵。按理说，马克刘这样的大佬，即便和这个团伙有联系，中间也会隔着许多层级，以此逃脱公安的打击。又秘密侦查了一段时间后，警方发现，马克刘的女儿去年寒假回国时和'向钱进'的潘某厮混在了一起，还染上了毒瘾。马克刘大为光火，让潘某放了自己的女儿。潘某却以他女儿相要挟，让马克刘为他们的经营活动提供资金。如此争执几回后，双方的矛盾越来越激烈，也越来越公开。突然有一天，马克刘摆脱了专案组的盯梢，踪迹不明；不久，'向钱进'的潘某在一家夜总会的后门附近失踪。警方找了两人一夜，直到凌晨，才在市郊出山的路口拦下穿着一身运动服、独自开车的马克刘。

"警方随即对马克刘和其车辆进行了细致的排查，从后备厢里发现了疑似潘某的毛发，还从其运动鞋后跟处提取到了潘某的血样。专案组传唤了马克刘，讯问他当夜的去向和潘某的下落。马克刘只是笑，什么也不肯说。凭着在夜总会监控中调取的马克刘强行带走潘某的视频，还有从其车上和鞋底提取的微量物证，扫黑队以涉嫌故意伤害罪对马克刘执行了刑事拘留。拘留执行三天后，马克刘的女儿回到了家中。扫黑队立即对他女儿展开讯问，女孩像是被吓着了，什么都不肯说。警方在女孩的尿检中没有检测出毒品，倒是发现其血液里有不少促进新陈代谢的药物成分。"

衢八两插话问道："兽医，你不是对狱侦感兴趣吗？你来说说，本案的关键是什么？"

我想了想："潘某。"

衢八两点头："活要见人，死要见尸。只有这样才能让马克刘的罪行成立，否则就只能放人。不过，这起命案只是一个支点。"

"支点？"

"是啊，用一个案子去撬动其他案子。"

看着衢八两一脸的玄虚，我陷入沉思。"你是说，扫黑队有更大的意图？"话说到此，我突然明白过来，"扫黑队是想把马克刘涉黑涉恶的案子都查清楚吧？"

衢八两满意地点头："墙倒众人推嘛。扫黑队刑拘了马克刘，对外却没有公布刑拘的缘由，这会让外面的人生出许多议论和疑虑，没准儿就会冒出来个握有确凿证据、举报马克刘的莽夫呢。"

"可是刑拘的时间毕竟有限啊。"

衢八两皱起了眉头，摸着下巴说道："那个爬虫似乎对马克刘挺感兴趣啊？"

我点头称是。

衢八两和红鼻子管教对视了一眼，说："倒是可以让爬虫平时给马克刘送送菜饭。"

我一愣，有些犹豫地说道："爬虫这个人不太可靠啊。"

衢八两呵呵一笑："疑人不用，用人不疑嘛。"

2

接下来的几天，我每天准点到马克刘的单人号房为他注射胰岛素。马克刘的精神状态似乎变好了。有次打完针，马克刘让我多留一会儿，然后当着我的面虎虎生风地打了一套拳法。打完后，他问我拳打得怎么样，和公安的擒敌拳比起来可有高下。我只是竖了竖大拇指，并没有多搭话。

我注意到，爬虫最近开始出入马克刘的号房，为他送各种各样的补给。这些补给都是从马克刘在看守所的充值卡中扣钱支付的。据后勤部的人反映，马克刘入所时，他老婆给他充了五万块钱，让他在里面好好休息，仿佛马克刘不是来蹲监狱的，而是来度假的。

有时，在马克刘的号房外，我会和爬虫正面照面。有一次，我到号房门口时他刚从屋里送完饭出来，脸上巴结的笑还没完全退去。我哼笑着，其中不无讽刺的意味。爬虫则换上一副严肃的面孔，朝我点点头，只露出最低限度的敬意，然后便迅速离去。

就在我以为已经失去了爬虫这个耳目线人时，一天中午他突然跑进医务室，袖着手，像是一个犯了错的学生。

我的语气中不乏鄙夷："怎么，不给我送水果了？"

听到我说话，爬虫像是解了禁，凑上前来，压低声音："我给你带了一份大礼。"

起初我并没有显出多少惊讶的神色，但当我看到爬虫掌心那个黑色的塑料方块时，我还是愣住了。

爬虫说："这是上午在接待室，有人托我送进来的，点名要给马克刘看。"说着，爬虫按了方块侧面的按键，然后将其掉转方向，我居然看到了一面小小的发光屏幕。我斜眼看向爬虫。

爬虫解答了我的疑惑："这是老式的MP4，能播放视频。"说完，他比画了一个嘘的手势，让我专心看视频。

画面开始是一片黑暗，随即悬在天花板上的灯亮起，照亮了一个浑身赤裸的女孩。然后，在一阵阵尖笑和欢呼中，各种不同颜色的油漆被泼到女孩身上。女孩试图躲避，但她的手脚被绑住了，挣脱不了。此时，镜头一转，那些把作恶当成游戏的年轻男女一个个露出面孔。当镜头扫过一个穿着牛仔工装的女孩时，爬虫按下了暂停键。

爬虫问："你觉得这个女孩长的有什么特点？"

我想了想，说："脸有点长。"

爬虫狡黠地眨了眨眼。

我突然想到了另一个有一张长脸的人，我试探着问："这是马克刘的女儿？"

爬虫满意地点头："是她！"

"你是怎么确定的？"

"我已经把这段视频给马克刘看过了。播放到这个画面时，马克刘失控了，差点要了我的小命。"

"你把视频给马克刘看了？谁允许的？你知不知道这样做是违反监规的！"

爬虫"哼"了一声："我这不是要争取他的信任嘛！再说了，不给他看，我也不会知道这段视频的意义。"

我迟疑了片刻，爬虫立刻接着说道："有人想通过这个视频要挟马克刘。"

我没有被他带着走，而是追问："你是怎么把这个玩意儿带进看守所的？"

爬虫笑了："来送东西的是一个老头儿，他说要把衣物送给一个在普通监室的犯人。为了表示感谢，他送了我一包很普通的香烟当辛苦费。这都是在门岗那个警察眼皮底下进行的。那个警察不抽烟，就没把这包烟当回事。回到所里，我拆烟的时候才发现里面居然藏了这么个玩意儿。我把烟盒拆开，看到里面的包装纸上写着马克刘的名字，我就明白这个是给谁的了。"

"那你又是怎么把这个带出马克刘的监室的？"

"他那里是单人号房，不能藏东西，肯定还得我带出来。不过，离开前，我当着他的面删除了视频。等出了房间，我又把视频从回收站里还原了。"

我站起身，拿起那个MP4说："不行，我得把这件事汇报给所里领导。"

爬虫却坐了下来："你这样做可就失去了一个放长线钓大鱼的机会。"

我有些疑惑。

爬虫问我："你觉得我为什么会把这个玩意儿拿给你看？还不是想让你立大功嘛！"

我反问爬虫："你巴结我能有什么好处？反倒应该巴结马克刘这样的大佬，等他被放出去，就是你鸡犬升天的时候了。"

爬虫哀号一声："你真把我看成一个吃里爬外的人吗？"

我抱着胳膊，没有说话。

停了几秒，爬虫说："难道你看不出来吗？你们警察这次是下决心要铲除马克刘和他的团伙了。破鼓众人捶，马克刘离倒台不远了，我还敢搭他那条船吗？"

爬虫的一句"破鼓众人捶"让我想起了前些日子衢八两说的"墙倒众人推"。我惊异于爬虫对事态的洞察力，但还是逼问道："可这样做对你有什么好处？"

爬虫沉默片刻后说道："之前我不是和你说了吗，我就是喜欢追求蚂蚁绊倒大象的快感。"

对于爬虫提供的视频，我不敢隐瞒，立刻向衢八两做了汇报。看完后，衢八两对视频里的内容并没有感到很惊讶，而是反复问我爬虫对这件事的态度。他还把医务室的监控视频调了出来，看了我和爬虫对话的全过程。

起初，我并不明白衢八两这样做的目的。我试探着问："你是在评估爬虫的可信度吗？"

衢八两笑着问我："你觉得他可信吗？"

我张了张口却没有说话。我有种预感，爬虫是否可信和这个案子既有很大关系，又似乎没有半点关系。爬虫身上可能藏着更大的秘密。

一时半会儿想不明白，我便转移了话题："爬虫说，那人把视频送进来，目的是威胁马克刘。事实真是这样吗？"

衢八两还是用反问回答我的问题："你觉得这是好事还是坏事？"

"我说不好。"

衢八两笑了："说不好的话，我们就睁大眼睛，看这件事会往哪个方向发展吧。"

就在我一头雾水时，韩江雪居然也向我打听起了马克刘的事情。当时，我刚陪她看完最新一版的《碟中谍》，出影城时她开口问了我。

惊讶之余，我反问她是如何知道马克刘这个人的。

韩江雪对我的惊讶表现出了更大的惊讶："马克刘不仅是凡城的名人，还是银行的大客户。警察最近把他在凡城各大银行的账户都冻结了，经我手冻结的就有两千万。"

"啊？这我还不知道呢。"

"成天在看守所待着，把你关傻了吧。"韩江雪娇嗔道。

我挠了挠头，笑着说："我见过马克刘，给他打胰岛素的时候，他还会疼得龇牙呢。"

韩江雪说："也不知道这个老江湖能不能扛过这一波。"

我有些发愣，追问韩江雪那话是什么意思。

韩江雪的语气中有一种解谜的快乐："你想啊，警察又是冻结资金，又是向社会征集犯罪线索，表现出这么大的破案决心，马克刘的那些同伙肯定噤若寒蝉、人人自危啊。没准儿有人此时正在商量如何分马克刘的家产，再把脏水往他身上泼呢！树倒猢狲散嘛！"

韩江雪这句"树倒猢狲散"瞬间让我想起了爬虫口中的"破鼓众人捶"，还有衢八两的"墙倒众人推"。我心中暗暗惊异，身份背景如此不同的三个人，居然能在博大精深的汉语言文库中挑选出不同的词汇表达同一种意思。而他们那种极敏锐的洞察力，也让我自惭形秽。

韩江雪看我发愣，继续追问我："还有没有马克刘的消息啊，说出来给我听听。"

我连忙招架："我只是一个小医生，哪能了解那么多啊？"

"你啊，就知道治病救人了。"韩江雪拍了拍我的脑袋，"不过，好像距离马克刘刑拘期满没多少天了，结果很快就能揭晓了。"

我装着求饶的语气说："大姐，你好像更适合做侦探啊。"

韩江雪掐着腰，模仿警察："你，兽医！举起手来，坦白从宽，抗拒从严！"

或许真如韩江雪所说，在看守所里待久了，人会变得木讷，对于外面发生的事情，反应也会变迟钝。风起于青萍之末。回到岗位后，我开始寻找风暴来临的迹象。但不管是马克刘还是衢八两，都表现得极为淡定，一丝不苟地对待生活的每一个环节。就连爬虫此时似乎也老实了许多，面对我探询的目光，他只是对我点头哈腰，像一只缩头乌龟，一个字都不愿多说。我暗想，这家伙肯定是棵墙头草，倒向了马克刘那一头。

就这样又过了几天，就在我给马克刘注射胰岛素时，他突然对我说："听你的口音，不是本地人吧？"

我收回针头，看着马克刘，深深的皱纹围着他的眼眶。我想，那是一种极度的悲哀和无奈，我停下没走。

马克刘又问我："你的父母还好吗，他们不在凡城吧？"

我点点头。

"平时要多给他们打电话，过年时记得回家。"

一瞬间，我想起了马克刘的女儿。

马克刘张张嘴，停了几秒才说："麻烦你喊一下衢所长，我有话要和他说。"

我刚通过对讲机呼叫衢八两，他就像天兵降临一般出现在监室门外，脸上的表情好像在说他早已做好准备。两个60后在屋里密谈了半小时，之后衢八两让我亲自去厨房把饭菜给马克刘端过来，还特意嘱咐我盛一碗红烧肉给他。

马克刘吃完饭后，市局扫黑队的同志赶到了看守所。他们把马克刘带去了审讯室，而我则跟着衢八两去了调度室，通过视频观看审讯室内的画面。我注意到，衢八两的嘴角带着一抹笑容。我问他究竟发生了什么。衢八两像是一位大将军般，抱着胳膊感慨道："毕其功于一役！"接着，他向我透露了他在暗中下的那一盘棋。

"虽然身处看守所，和外界隔绝，但马克刘对形势看得很清楚。公安部门一定会以潘某失踪案为契机，翻出那些陈年往事，进而把他的地下团伙一网打尽。而他的那些团伙成员也是各怀鬼胎，有想取而代之的，也有惶惶自保的。另外，潘某的失踪也引起了老江湖们和小混混儿们的对立。总的来说，马克刘已经成了众人盯着的献祭品。但外面的人闹腾了一段时间后，并没有人提供任何能够直接威胁到马克刘的证据。这说明，马克刘这么多年来做事十分谨慎。后来，爬虫从外面带了一个播放器给马克刘。看到他女儿施暴的视频后，马克刘坐不住了。这明显是有人想通过这个视频相要挟，逼他认罪。马克刘不是会坐以待毙的人，他通过爬虫向外面传递了消息：一是把他的女儿紧急转移；二是安排人找到被施暴的女孩，用钱摆平她和她的家人，得到他们不会报案的承诺。"

"原来爬虫真的吃里爬外，给马克刘当了马仔啊。"我感慨道。

衢八两微微一笑："其实这就是我们所希望的。"

我表示不明白。

衢八两接着说："其实送那个播放器的老头儿是扫黑队从偏远派出所找的一位老警察。他化装成马克刘手下'四大金刚'中的一位，通过爬虫把播放器送了进去。"

我"啊"了一声，旋即明白："其实扫黑队早就掌握了马克刘的女儿犯罪的视频证据。"

衢八两点头："是啊，我们本想通过向社会各界征集证据的方式，鼓励人们，特别是他们团伙内部的'四大金刚'举报马克刘。但马克刘这么多年来似乎没有留下什么把柄，外围侦查的效果并不理想。于是，我们就想再使下力推双方一把。"

"所以，这个视频就是促成两边走向分裂的种子。"

"是的。把女儿和受害人安顿好后，马克刘就开始遥控指挥，对曾经和他一起打拼的'四大金刚'实施打压，而这引发了对方的激烈反抗。就这样斗了一阵后，马克刘眼看自己就要面临家破人亡的局面，便主动找我们，如实交代了所有的犯罪事实，包括杀害潘某并埋尸的事情。"

我听得有些发蒙，没想到表面平静的日子里居然暗潮汹涌。我说："看来马克刘是被逼急了，才会想着和'四大金刚'同归于尽。"

衢八两叹了口气："是啊，先是为了保护他的女儿，接着又要保护他的家庭，他不得不这么做。"

"结果他谁也保护不了。"

"咱们警察才是真正的保护神，我们已经把他老婆和女儿转移到了安全的地方。等到案件的主犯落网，我们就会传唤他的女儿。"

"不是说受害人承诺不报案了吗？"

"其实受害人早就报了案，我们也是因此才找到了马克刘的女儿施暴的视频。只不过为了能将涉案人员一网打尽，我们让受害人在面对马克刘手下的收买时故意承诺不会去报案。"

我想了想，接着问："那爬虫呢，他怎么办？"

衢八两笑了："我们已经剥夺了他的所有特权，就让他老老实实地在监室里把剩下的刑期服完吧。"

接下来的几天，马克刘的"四大金刚"陆续被抓进了看守所。接着落网的是更下一层的马仔，乌泱泱的好几十人。为了不让这些人串供，并且不让敌对方碰面，衢八两费了不少脑汁，把他们分别关进了几十间不同的监室。

检察院批准逮捕后，省公安厅派来专人直接将马克刘提走，异地羁押在邻市的看守所。办理交接手续时我也在场，当我将病历和胰岛素交给来提人的警察时，马克刘对我鞠了个躬，对我这些天的照料表示感谢。此时的马克刘更瘦了，几缕头发趴在脑门儿上，看上去既无力又凄凉。接着，马克刘对衢八两说："我女儿进来时，记得对她说，她爸爸爱她。"衢八两的嘴唇动了动，但没说话，只是默默地点了点头。

三天后，马克刘的女儿归案，被送进了看守所。衢八两履行了承诺，然后将女孩交给了女监管教姜高音，嘱咐她对这个女孩好一点。姜高音反唇相讥道："说得就像我对哪个在押人员不好似的。"

衢八两一副闷闷不乐的样子，没像往常那样和姜高音拌嘴。

也许是受衢八两的情绪影响，我的心里也堵得慌。巡诊时，我不停地走神。突然，我听到有人喊我的名字："兽医，兽医！"

我侧过头，看到爬虫正扒着铁门，半边脸贴着门洞，一副涎皮赖脸的表情挂在脸上。我站着没动，犹豫要不要搭理他。

"兽医，你这是用人朝前、不用人朝后啊！"爬虫的语气中颇有股讽刺的酸味，"我这里还有情报呢。"

我正色道："你是因为违反监规才被限制自由的。"

爬虫的笑声很尖厉："违反监规？这不是你们希望的吗？'螳螂捕蝉，黄雀在后'，我不就是衢所长手心里的那只螳螂嘛！"

我一怔，突然明白了衢八两闷闷不乐的原因：他应该是对自己利用马克刘的女儿还有爬虫感到有所歉疚。

"不过还是恭喜啊，"爬虫斜着眼看我，"这么年轻就立了个三等功，不容易啊。"

"什么？你是说我吗？"

"当然是说你啊。"

"我怎么不知道？"

爬虫笑了："可是我知道啊，我是爬虫啊，就属我消息最灵通了。"

说完，爬虫便转过身去，不再搭理我。

果然如爬虫所说，第二天清早，我刚和陈拒收交过班，衢八两便把一个小红盒子递给了我。我打开盒子，看到一枚小小的奖章。我的心过电般地颤抖了一下。

衢八两说："马克刘的案子，全市一共有八位同志被记了功，你是唯一一个来自监所系统的立功民警。"

我说："这案子，你的功劳最大啊。"

衢八两摆摆手："都老骨头一把了，对功名利禄早就没兴趣了。"

我还端着小盒子。

衢八两又说："我干警察二十年了，别说三等功了，一等功我也立过，所以早就不稀罕这些了。"

陈拒收在边上劝说："衢所长说得在理，我们这些老同志干好本职工作就行了，你们年轻人才应该多立功、出风头。"

就这样，我从保管箱里取出手机，带着小盒子离开了监区。一条短信随即传至我的手机，显示工资卡上到账五千元。我立即给单位里负责财务的民警打电话，他反问我："你不知道吗，这五千块钱是三等功的奖金啊？！"挂了电话后，我感到裤兜里的小红盒子更加硌大腿了。

一股强烈的倾诉欲望让我拨了韩江雪的电话，约她晚上一起吃饭。韩江雪反问我："发生了什么大事吗？"

我说："没事，就是想你了。"

韩江雪犹豫了会儿，答应了我的邀约。

随后，我在凡城顶级的海鲜餐馆订了位置，只等和韩江雪一起把钱花光。

当来自不同国家的海鲜被端到雪白的桌布上时，韩江雪笑着问我是不是在哪儿发了什么意外之财。

我打马虎眼说："今天是开工资的日子。"

韩江雪摇头："不对，是你立了三等功，上面给你发了五千块钱。"

我一惊，像做坏事被老师发现的小学生，筷子夹着的鲍鱼掉在了桌上。

韩江雪微微一笑，解释道："你们公安局除了内部专网，对外还有个网站，会把一些新闻和文件发布在外网上面。"

我摊摊手道："好吧，我总是最后知道消息的那个。"

韩江雪说："那也没必要这么奢侈。"

我赌气道："钱是王八蛋，不花不道德。"

韩江雪撇撇嘴："你是觉得这钱拿着烫手，是吧？"

我哑了几秒，随后不吐不快似的将这个案子的侦办始末和盘托出，包括衢八两的"黄雀在后"、爬虫的吃里爬外，还有马克刘的护犊之情。

韩江雪掰断海星的一只触角，说："我觉得你就是在庸人自扰。"

我摇头表示不明白。

"我觉得，你应该站在更高的视角去看马克刘和爬虫。他们是大恶人和小坏人，都违反了法律，都应该受到法律的惩罚。衢所长和你只是在履行自己的职责，是在维护法律。如果真让这些人脱罪了，那才是你们做错了。"

"可我还是觉得不舒服。不仅我，没准儿衢所长也感到堵得慌。"

韩江雪侧着头，唇角叼着饮料吸管，像是在等我继续说下去。

"我记得有句话是这么说的：当你和恶魔作战时，要小心变成恶魔。再说了，法律上本来就有毒树和毒果的理论。如果手段是非正义的，那么结果即便是正确的，也需要舍去。"

"程序正义，是吧？"

"是这个意思。"

韩江雪笑着摇头："不要忘了，别说是法律，就算是道德，在不同的时代背景下也是不断变化的，更别说人们制定的那些程序了。所以，我只在乎是否能得到我想要的结果。"

"优胜劣汰的进化论。"

韩江雪拍了下我的脑门儿："我从不相信一个人可以百分百说服另一个人。我只是说出我的观点罢了，信不信随你，反正我是挺享受这桌胜利大餐的。"

我尴尬地笑了笑："这倒是一个不错的结果。"

酒足饭饱后，我们走出餐厅。此时正是夜市最热闹的时候，韩江雪说："看你发的朋友圈，你就住在附近吧？"

我抬起胳膊，指了指马路对面的高层住宅。

"那请我到你家坐坐吧。"

我的心脏猛地跳了一下。

在沉默中，电梯带着我和韩江雪迅速远离灯火的尘嚣，来到我所居住的三十一层。我是个有洁癖的人，对我来说，在家里打扫卫生虽是体能上的加压，却是心理上的减压。因此，防盗门被打开的那一刻，一股淡淡的香气从房间里飘散出来。韩江雪闭上眼做了个深呼吸。接着，她打趣道："屋里住着小仙女？"

我红着脸摇了摇头。

韩江雪弯下腰脱掉鞋子。见她在找拖鞋，我才反应过来，带些歉意地说："屋里没有来过客人，所以只有一双拖鞋。"

韩江雪装着腔调："小仙女把她的拖鞋也带走了啊。好吧，那你和我一起光着脚吧。"

我把鞋子脱了，接着摁亮了客厅吸顶灯的开关。

韩江雪眨了眨眼："外面的灯光挺亮的，不如把灯关了吧。"

我关上了灯，看着韩江雪走到飘窗前的榻榻米上，席地而坐。窗外，城市各种招牌上的霓虹灯不停地闪烁，形成一道道互相交织的彩带，颇有点赛博朋克的调调。灯光透过玻璃映在韩江雪瘦削的脸上，形成薄薄的光晕，有如初冬叶片上的第一层白霜。韩江雪捋了捋额前的刘海儿，白霜碎裂，落在她的肩膀、裙摆和藕节般的小腿上，荡起一个个令人眩晕的旋涡。我沉醉了。

韩江雪侧过头，轻声问我："我是小仙女吗？"

我想回答，但不知怎的失了声，只是咽了咽口水。

韩江雪伸出左手，笑着说："你可以亲吻女王陛下了。"

当我将头伏在她的手背上时，我能感受到有一只手在抚摩我的后脑，摩挲我的头发。我抬起头，看到她的眸子在发光。我闭上眼，把嘴唇凑了上去，带着从未有过的神圣感。

几秒后，我和她分开。

韩江雪笑道："你为什么把眼睛闭上了，是不是挨近了能看到我脸上的小雀斑？"

我红着脸指着心口，说："我只是想用心体会这一吻的感觉。"

"什么感觉呢？"

"甜甜的、凉凉的，沁入骨髓。"

"想再感受一下吗？"

我点头。

于是，我们又接吻了。这是一个漫长的吻，而且时间越久越是激烈，激烈到牙齿开始打架，舌头开始纠缠，甚至我的下嘴唇都被咬出了血。在几乎窒息时，我们俩突然分开。韩江雪盯着我问："是不是觉得挺意外的啊？"

我不知该如何回应这个意外，只能故作腔调："人生如戏，戏如人生。"

韩江雪笑了："那我只能说，世间的每一次响应，都是久别后的重逢。"

我不知她是在说笑还是认真的，只是点了点头。

韩江雪捧起我的脸庞，对我说："我有点爱上你了，虽说就一点，但我是认真的。"

第六章

囚徒之匣

献身于正义是简单的，献身于邪恶则是复杂的，而且变化无穷。

——塞涅卡

1

掰着手指头算还有几天出狱的，除了爬虫，还有一帮警察。不是普通警察，而是市局的一群刑侦专家。

一种熟悉的氛围回到了看守所内，我明白，那是风暴来临前的短暂宁静。

事情要从一场牌局说起，一场由麻将馆老板阿花组的牌局。阿花曾在桑拿浴馆当过按摩小姐，努力工作了十年。眼看青春已逝、姿色不在，她便用几十万的积蓄开了家麻将馆。来光顾的大多是老客户，只不过她眼中的那些臭男人换了个身份——从嫖客变成了赌客。

"若是中意了哪个精神小伙，没准儿老娘还会倒贴钱陪他睡一晚。"阿花如实地告诉负责受案的民警。

受案民警用笔敲了敲办公桌，让阿花不要跑题。

几天前的一个午后，一桌麻将三缺一，阿花便上前凑了数。摸麻将牌的时候，有人提起了爬虫，说他大概很快就会出狱了。

阿花心思一动，没有说话。

那人继续撩拨："阿花，你不是和爬虫好过一阵吗，不知道能不能再续前缘？"

阿花摸了张白板，嘟囔道："爬虫就是一个彻头彻尾的变态加魔鬼。"

那人不信："就爬虫那小身板，还魔鬼呢？顶多是个软趴趴的魔芋。"

另一个牌友摇头说："不对。别看爬虫身板小，但精瘦精瘦的，这种人床上的战斗力超强。阿花，你说对不对啊？"

"好嘛，聊了一圈又聊到老娘身上了。"阿花故作生气，然后半真半假地自言自语，"那个爬虫啊，心里藏着很多事情呢。"

"都是什么秘密啊，该不会是背着你偷人了吧？"

许是刚和了一圈牌，阿花的心情不错，便有些口无遮拦："这货搬到我屋里时啥都没带，就带了一个半人高的木箱子。箱子里空空的，啥都没有。有时候老娘半夜起来撒尿，发现床上没了人，屋里找了一圈也没找到。你们猜猜，爬虫跑哪儿去了？"

牌友们面面相觑，都摇头。

"他钻到那木箱里面去了。"

"啊？"

阿花说得起了劲儿："既没枕头也没被褥，但人家睡得安稳得很，还打呼噜呢！"

有人问："他为什么要在箱子里睡觉？"

"我也不知道。我曾忍不住想问，但他看我的那个眼神，冷得像是要杀人，我就不敢问了。"

"后来呢？"

"我觉得那个木箱子怎么看怎么瘆得慌。有一天，趁爬虫出去办事，我就拿了把斧头，准备把木箱子劈了当柴火烧，结果我一掀开箱盖，我——啊啊——"

阿花的身子一阵发颤，然后咬着舌头继续打牌。

几个牌友当然不愿意了，催阿花接着往下说，还威胁阿花，说她要是不说，以后他们就不来打牌了。

阿花平复了下情绪，压低了声音："我在里面看到了一个小女孩。"

"小女孩？！"

"对，手脚都被绑着，嘴巴上贴着胶带。"

众人都不说话了。

阿花摇了摇脑袋。"或许是我产生幻觉了吧。那段时间我嗑药嗑多了，很可能是看花了眼。"顿了顿，阿花又说，"我赶紧把箱子盖上，跑出去喝了两瓶雪花啤酒，吃了两盘水煮毛豆。等我回来再打开箱盖时，里面是空的。所以说嘛，我肯定是产生了幻觉。来来来，都别愣着呀，咱们接着打牌。"

阿花的嘴巴没把好门，把不该说的事情说秃噜了，被有心的听众记在了心里。这人恰好欠了爬虫五万块钱，巴不得爬虫能把牢底坐穿，便偷偷跑到刑警队转述了阿花的话。一个老刑警听后心里咯噔一下，想起一起小女孩失踪的案件。女孩至今活不见人、死不见尸，而案发时间与地点都和阿花叙述的往事挺吻合。

刑警队立即找到阿花核实情况，阿花坚称那是自己的幻觉。老刑警质疑："你连喝了两瓶雪花啤酒、吃了两盘水煮毛豆都能回想起来，箱子里的小女孩的事情怎么可能是幻觉？"说着，老刑警将失踪女孩的照片放在了阿花面前："你好好回想一下，看到的是不是这个女孩？"

阿花看了几秒，摇头说："不是。"

老刑警生气了："你再好好看看。"

阿花说："的确不是，我看到的那个小女孩，左边眉毛上长了一个黑痦子，有指甲盖儿那么大。"

以上对话都是李庸医向我们还原的。他刚说完辨认这一段，第一盘菜被端上了桌，是煎炸成金黄色的蚕蛹。李庸医拿起一个扔进嘴里，嚼得嘎嘣嘎嘣响。大家还没来得及觉得恶心，一盘煮得白白嫩嫩的豆虫又被端了上来。李庸医的女友莫小米忍不住把脑袋别了过去。李庸医倒是无所谓，舀了满满一勺豆虫，又在上面淋上番茄酱，然后送进了嘴里。

这次我也恶心得要吐。韩江雪一脸平静地问："这虫子干净吗？"

李庸医拍着胸脯说："我到养虫子的园子里看过，它们吃的都是没喷药的树叶，绝对绿色高蛋白。"

韩江雪说了声"好"，接着便夹了一只豆虫送进嘴里，连番茄酱都没蘸。

我有些不满道："上次带我们吃血豆腐，这次是昆虫宴，你的口味能不能正常点啊？"

李庸医装无辜："没办法啊，我现在每天上班都要解剖至少十具尸体，你说我的口味能淡下来吗？"

我心生抱怨："你面对的都是一具具没感情的尸体，我面对的可都是一个个活生生的人哪！活人比死人难搞多了。"

李庸医用筷子夹起一只豆虫，叹口气道："有时候我觉得自己是一个没有感情的动物。"

这是我约的饭局，李庸医挑的饭店，莫小米一如既往当陪客。不过，真正促成这个饭局的是韩江雪，她说想见见我的朋友，特别是我的那些警察朋友。于是，我服从命令，把李庸医约了出来。我们起先聊的都是指纹、DNA一类的刑侦技术，接着不知不觉聊到了爬虫的案子。有传言说，李庸医他爸李石参与了这个案子。

"所以说，失踪的女孩和箱子里的女孩不是同一个人？"韩江雪接起了之前的话题。

李庸医答："对，不是同一个人。"

"所以说，爬虫可能绑架了两个女孩？"我插话问。

"至少两个。"韩江雪补充。

"天哪。"莫小米用手捂住了嘴。

韩江雪平静地说："这种人属于系列罪犯，不能以正常人的思想去理解他。但这种人大多看起来又都很正常。通常情况下，他们都有很高的智商，很会隐藏自己。"

大家都看向韩江雪，暗想她如何会知道这么多。

韩江雪接着说："我听过一个案子，七八十年代，美国有一个变态杀人狂。有一次他杀了人之后便把尸体塞进后备厢，然后开车乱转。路上遇到警察设卡盘查，他便称后备厢里装着尸体。警察以为他在开玩笑，直接给他放行了。兜了一圈后，他觉得实在没劲，便直接去警察局投案自首。警察不仅在车后备厢里发现了尸体，还在他家的院子里扒出好几个人头。"

李庸医问："美国警察是不是傻啊，为什么给他放行？"

韩江雪说："他和那些警察都是好哥们儿，经常一起泡酒吧，警察当然不会怀疑他是杀人犯了。"

李庸医拍了我后脑勺儿一巴掌："对了，你和那个爬虫不是挺熟的吗？他还帮你破过案子呢！"

我一口啤酒没咽下去，呛得说不出话来。

韩江雪帮我打圆场："兽医是在利用爬虫，他是有原则的。"

李庸医拉长腔调："哟，这就开始护你家那口子了？！"

韩江雪又问："那个长眉间痣的女孩到底是谁，身份核实了吗？"

"市局进行了大面积摸排，终于摸到了那个小女孩的信息。原来这个小女孩来自一个收破烂儿的家庭，在家里排行第四，上面还有三个姐姐。这样的家庭往往重男轻女，所以少了一个女儿他们也不在乎，更没到公安局报案。"顿了顿，李庸医接着说，"女孩失踪时已经七岁，但那时她还没有户口。警察是在女孩家中的一张旧照片上看见了她，这才确认了她的身份。"

大家一阵沉默，韩江雪最先发声："这样一个在法律意义上不存在，也不被家人重视的女孩，正好是爬虫下手的最佳对象。"

李庸医点头："有这个可能。"

"再说说另一个失踪女孩的情况吧。"韩江雪提议。

李庸医看了我一眼，眼神中有探询的意味。

韩江雪捕捉到了李庸医的眼神，她的神情显得有些落寞："你说的那个女孩勾起了我童年的一些回忆。"

大家沉默了，没人追问她那到底是怎样的回忆，只有莫小米用手攥住了韩江雪的手。韩江雪对她的善意报以淡淡的一笑。

李庸医接着说："另一个失踪女孩也只有八岁，出生在单亲家庭。母亲很早就离开了那个家，父亲则在外面打工，把女孩丢给奶奶照料。奶奶不喜欢这个女孩，平时就像养鸡养鸭一样放养。后来，女孩和奶奶说学校组织到外地春游，从家里拿了两百元钱，之后就再没回来。直到五天后，老人意识到女孩可能失踪了，才想起来报警。"

莫小米问："老人为什么不喜欢那个女孩呢？都是亲骨肉啊。"

"据说那个女孩并不是她父亲亲生的，是女孩她妈给丈夫戴了绿帽子。后来女孩的妈妈抛家弃女，男人大概觉得没有养育这个女孩的责任，便把她丢到了老家，自己外出打工去了。"

"唉，真可怜啊。"莫小米叹了口气。

韩江雪喝了一大口果汁，然后问："但那也只算是失踪事件，并不构成刑事案件啊。办案单位是不是发现了什么线索，显示失踪女孩可能遭遇了不测？"

李庸医脸上露出为难的表情。

我打了圆场："有些涉及公安秘密的，不能说就坚决不要说啊。"

韩江雪仍然定定地看着李庸医，仿佛想用两束激光把李庸医的马虎眼烧出两个孔来。

李庸医摊开手："详细的我不能透露，我能说的就是当年的确提取到了一些生物样本，证实失踪的女孩可能遭受了不法侵害。另外，阿花口中的那个大木箱也早就没影儿了，没准儿真被当柴火烧了呢。"

没人再说话了，大家只是望着盘子里那数不清的昆虫尸体发呆。过了半晌，韩江雪开口问："你们审讯爬虫了吗？"

李庸医摇头："据我所知，外面的所有发现和进展，警方都对正在服刑的爬虫严格保密。专案组正在利用手里掌握的线索制订针对性的审讯计划，应该很快就会去看守所提审爬虫了。"

我补充说："因为他给马克刘通风报信，所里已经取消了爬虫的杂役资格，把他重新收押到监室里了，只等他把最后的刑期服完。"

韩江雪问："刑期还剩多久呢？"

我叹了一口气："八天。"

那晚散伙前，李庸医把一堆虫子打了包，然后牵着莫小米的手和我们告别，留下我和韩江雪站在门外。我半开玩笑地对韩江雪说："感觉你很有侦探天赋啊，不做警察真是可惜了。"

韩江雪淡淡地说："只是好奇心比较强而已。"

"为什么会好奇呢？"

"天性吧。"

我"嗯"了一声，装作漫不经心地问："你说那个失踪女孩勾起了你童年的一些回忆？"

韩江雪看向我，起初面无表情，然后扯出一个笑。"不装可怜，你那法医朋友恐怕不会把侦查进展和盘托出吧？"顿了顿，她又说，"看样子，警察会去看守所提审爬虫。你会把狱侦的情况都告诉我，是吧？"

我有些犹豫。

韩江雪抱住了我，嘴唇蹭着我的耳郭，痒痒的，让我难以拒绝："好吧，能说的我一定会对你说。"

韩江雪松开我，像一只夜的精灵，踮着脚，在我前面跳跃。一阵凉风吹来，我不由得一哆嗦，这才意识到夏天就要过去了。再看韩江雪的背影，竟觉得有些模糊。韩江雪，寒江雪……我默念着她的名字，温暖和清冽的情愫同时在我的心底生发。蓦然间，我想起一句诗："天欲雪，云满湖，楼台明灭山有无。"和她相处的两个多月，我常有一种"有时有，有时无"的感觉。且不论她的家庭和身世未知，就连她的身体和灵魂，也让人难以捉摸。而且，我总觉得，如若抓紧了，没准儿它们就会立刻消失。正是这种不确定的感觉，始终撩拨着我的心。我想，我坠入了她的情网。

接下来的几天，我开始向韩江雪更新爬虫案子的进展。

2

距离爬虫刑满释放还剩七天。

看守所特别辟出一个房间，将其改造成审讯室，交给办案机关进行布置。这间审讯室位于看守所提讯区的东北角，距离监区有一段挺长的距离，独门独户，完全不受无关人员的干扰。

提审当天，衢八两亲自把爬虫带出了号房。爬虫没有说话，低头跟着衢八两来到那间重新改造的审讯室。进门前，他冲衢八两咧了一个诡异的笑。

衢八两没有理会，只是把爬虫的绿色马甲扒了，给他换上了黄色的马甲，然后打开门，把爬虫带进了屋。

衢八两把爬虫按在审讯椅上，然后冲两位等候多时的刑侦专家点点头便走了出去。左边的那位刚要自我介绍，爬虫便说："我认得你们，一位姓李，一位姓曹。"

李石和曹大牙对视一眼。李石说："看来，你对我们还挺熟悉。"

爬虫点头："当然，您二位是凡城的刑侦大拿，能落在你们手里是罪犯的荣幸。"

李石说："可是我们对你还不了解。"

爬虫反问："你想了解什么呢？"

李石说："随便。"

"知己知彼，百战不殆，是吧？"爬虫笑了，李石和曹大牙也笑了。

接下来，三人便有一搭没一搭地聊了起来。有些话题和爬虫相关，比如他的爱好、在看守所内的吃睡情况，以及出狱后的打算；有的话题则纯粹是侃大山，比如养生之道、股市行情，甚至国际形势。不管聊什么，爬虫都保持开放的态度，知无不言，言无不尽。就这样，三人互相试探到了中午，李石和曹大牙结束第一次讯问，通知衢八两把爬虫带回了监室。

午饭时，爬虫的食欲不错，一口气吃了两碗米饭，像是要为接下来的战斗做好准备。接着是午休时间，号房里的人在打牌，他在边上看了半个小时，然后头抵着墙、背对着摄像头睡下了。至于他究竟睡没睡着，监视器前的衢八两和我都说不准。

衢八两感慨："这个爬虫是个硬茬儿。"

我"哦"了一声："听说古罗马的执政官会观察那些角斗士的睡眠状态，如果哪个能在决斗前夜睡得安生，就会让他去军营领兵打仗。"

"他是爬虫，是下水道里的老鼠，生命力可比那些冲锋陷阵的将军和士兵强多了。"

衢八两的话让我忧心忡忡："如果一周内不能把他拿下，那就真要放虎归林、祸害人间了。"

衢八两拍了拍我的肩膀："不过，李石和曹大牙都是金刚钻，我相信他们。咱们只要配合做好狱侦工作就行。"

午后，衢八两又把爬虫带回了审讯室。

李石和曹大牙先各自点了一支烟，然后又递了一支给坐在审讯椅上的爬虫。爬虫接过烟，曹大牙帮他点上。三人兀自抽了几口烟。曹大牙开口问："中午睡得怎么样？"

爬虫笑说："睡得不错，还做了个梦。"

"什么梦？"

"我梦到自己变成了迈克尔·杰克逊，在只有一束光照的舞台上跳舞。你知道那支舞的名字叫什么吗？"

曹大牙笑说："叫《我是天下最帅的男人》？"

爬虫摇头："那支舞叫《自由》。"

三人沉默片刻。

李石说："既然精神状态还不错，那咱们做一个测谎小实验。"

爬虫手里的烟在半空停了两秒，接着他淡淡地说："别急，等我把这口烟抽完。"

就在爬虫抽烟的工夫，一名女警拎着手提箱进入审讯室。手提箱里是一个黑色小盒，女警察先将小盒的一端与笔记本电脑相连，又将小盒另一端延展出的几条金属线分别缠到爬虫的指尖、上臂和胸部下方。接着，女警移动了下自己的桌子，让自己和爬虫的审讯椅向内呈九十度直角。

"这个女人很厉害。"衢八两不知什么时候出现在我的身后，"公安部刑侦专家，国家一级心理咨询师，享受政府特殊津贴。"

"她啊？"

"是啊，同行都喊她冷酷姐。你没发现她的长相很有特点吗？"

我盯着画面看了会儿，发现她的脸很平，平得几乎没有任何表情。而随着她问出第一个问题，我发觉她的声音也没有任何感情，一副标准的冷酷范儿。

冷酷姐最先抛出的几个问题都是关于个人信息的，爬虫只需要回答"是"或"不是"就行。当被问及是否是因为非法侵占他人财产罪而被判刑时，爬虫显出不耐烦的表情："要不是因为这个，我能在看守所里待着吗？"

冷酷姐停了三秒，然后像复读机一般再次问了同样的问题："你是不是因为非法侵占他人财产罪被法院判刑的？"

爬虫继续捣乱："你能问我几个技术含量高点的问题吗？"我注意到，爬虫说话的时候，眼睛瞥向了笔记本电脑的屏幕。

冷酷姐不说话了。

李石张口安抚："是你答应做这个实验的，早做完早结束，我们也能早点下班回家。"

爬虫瞥了三位警察一眼，没好气地说："好吧，我接着陪你们玩。"

冷酷姐将前面问过的问题重新问了一遍。当问完第十二个问题时，冷酷姐突然问："你是否和未成年女孩发生过性关系？"

"没有！"

"请回答'是'或者'不是'。"

"不是！"

"你是否绑架过未成年女孩？"

"不是！"

"你是否杀过人？"

"不是！"

"你是否会驾驶汽车？"

"是。"

"你是否购买过一辆厢式货车？"

"是。"

"你是否只吃素食？"

"不是。"

"你是否有子女？"

"不是。"

"你是否杀过人？"

"不是。"

"你是否七天后刑满释放？"

"是。"

"好的，我的问题问完了，谢谢你的配合。"

冷酷姐起身替爬虫解除身上的电极。爬虫靠在椅子上问："你从那个小盒子里发现了什么？"

冷酷姐没有理睬爬虫，自顾自地把设备收拾好，径直离开了审讯室。

爬虫质问李石和曹大牙："这算什么，玩我是吗？你们难道不知道吗？在中国，测谎结果可不算证据，法院是不认的。"

李石和曹大牙没有理会他，而是摁响了提示铃，呼叫管教将爬虫带回监室。

监视器前，我问了衢八两一个问题："既然测谎结果不能作为证据，那为什么还要这样做呢？"

衢八两说："测谎的目的有很多，比如从怀疑对象中发现真凶，或者帮助警察发现隐藏的线索，又或者为侦查提供一个方向。这个冷酷姐曾来看守所提审过一名杀人抛尸的犯罪嫌疑人。因为找不到尸体，她就问嫌疑人尸体是在东、在西、在南，还是在北；接着问从城市中心到抛尸地点的车程是一个小时、两个小时，还是三个小时；然后又问尸体是在土里、在河里、在屋里，还是在机器里。通过这一系列提问，冷酷姐最后判定尸体在城西距市中心五公里左右的一个厂房里。结果，警方据此真的在一家屠宰场的冷库里找到了被肢解的尸块。"

"那么，今天下午测谎的目的是什么呢？"

"一方面是给爬虫来一个敲山震虎，另一方面是为了帮助警方确认爬虫是否就是案件的真凶，这会让办案方心中有底。"

"为什么不乘胜追击，接着讯问呢？"

衢八两说："这可是'杀头'的罪，不可能一鼓作气拿下的。不过，通过测谎可以给爬虫增加心理压力。这种压力就像洪水，一点点往上涨，终会让爬虫的心理防线崩溃。"

距离爬虫刑满释放还剩六天。

清晨八点，李石和曹大牙准时到达审讯室。爬虫坐在他们对面，耷拉着脑袋，面孔隐藏在阴影中。

李石让爬虫回忆一下这些年的生活轨迹：在哪里谋生、在哪里居住、和哪些人发生过关系。

爬虫低着脑袋，不吭声。

曹大牙打开笔记本，开始读上面记录的时间和地点，很多地方都具体到了门牌号码。

爬虫咕哝一句："还挺准。"

李石从牛皮纸袋里取出一沓照片，一张接一张拿起，让爬虫辨认。照片共有七张，照片里是不同的未成年女孩。

我怔住了，转向衢八两："这些都是……"

衢八两点头："专案组从故纸堆里串并的，都是失踪的女孩。"

李石慢慢念出每个女孩的名字、年龄、家庭状况、失踪时间和地点，每一个字都很有分量，犹如敲打钢锭的铁锤。李石念完后把文件往桌上一摔，问："你有什么发现吗？"

爬虫说："你是在暗示，我和这些失踪女孩的案子有关吗？"

曹大牙翻开一册案卷，说："2004年7月21日，曾某报警称，其回家时发现九岁的女儿在你的出租房内大哭不止。民警到达现场后，将你们带回派出所讯问。由于曾某的女儿患有唐氏综合征，智力低下，不具备正常的语言表述能力，警察只能对在场的唯一当事人——也就是你——进行讯问。你对民警说，听到女孩在你家门口哭闹，你便把她带回家中，用糖安慰她。所里的女民警带女孩检查了身体，并没有发现被侵害的痕迹。因为现场没有其他目击证人或监控，所以警察就让你回去了。"

曹大牙顿了顿，接着问道："当时到底发生了什么？"

爬虫说："我猜猜，你们认为，刚才给我看的那几个女孩，和这个患了什么综合征的差不多？"

爬虫直奔主题主动出击，审讯立即进入真正的交锋。爬虫靠在椅背上，挑衅地看着对面的李石和曹大牙，仿佛他已经在这场交锋中占据了上风。

双方对视了足足一分钟，李石突然开口："阿花，你还记得吧？"

爬虫的眼睛眨了眨，露出一丝愤恨。想必那一刻他想起了那个桑拿浴馆的按摩女郎，想起了那个搬到她屋里的木箱子。他在想，究竟哪里出了纰漏。

李石的声音平静且有力量："你已经服刑一段时间了，不需要我为你普法，你也应该知道这些案子的严重性。我希望你能明白，我们对破案抱有怎样的决心。"

爬虫缓缓地探过身子："六天，我还有六天。"

李石站起身："这六天，你只能在里面等待；而我们在外面，能做的还有很多。"

审讯结束后，我问衢八两怎么评估这场交锋。衢八两透过窗户看着所里的篮球场，徐徐地说："进攻的一方占据场上优势，却没能将其转化成进球；防守的一方想打防守反击，但被压着没有觅得反击的机会。"

"那接下来怎么办呢？"

"当然要靠更加过硬的证据说话了。"

"那有证据吗？"

"大概有吧。"衢八两突然转向我，"今天不是你值班吧？"

"今天是陈拒收的班，我只是想留下来看场好戏！"

"年轻人好奇心真强。"衢八两笑笑说，"晚上我用微信发送一个位置给你，你要在十一点前赶到那儿，会有好戏看的。"

3

当晚韩江雪约我吃饭，菜还没端上来，她就一直缠着我，要我跟她说爬虫的审讯情况。

我支支吾吾地说："我又不在审讯室里，哪知道什么情况？"

韩江雪说："你虽不在审讯室，但一定在监控室，你肯定不会漏掉这场精彩的审讯。"

话都说到这份儿上了，我只得敷衍："现在双方只是在试探，真正的交锋还没开始呢。"

韩江雪想了想说："大概还没掌握关键的证据。"

"关键的——"我的话刚讲到一半，手机上就传来微信消息的提示音，是衢八两发来的消息。我正要伸手，却被韩江雪抢先一步拿起手机，娇蛮地说："我来查查岗。"

我无可奈何地摇摇头。

接着，韩江雪指着那个位置信息问我："这是什么意思？晚上领导约你喝酒？"

我点头："是的，就是喝酒。"

"那我也要去。"

我暗暗叫苦，觉得今晚是甩不掉韩江雪了。

快速解决晚饭后，我按照衢八两发来的位置信息来到凡城的一个水产市场。此时刚过晚上十点半，市场外有一家咖啡店还没关门。我想今晚大概会熬到挺晚，便进店买了两杯咖啡。等我出来时，韩江雪却不见了人影。我找了一圈，发现她正和一个布置警戒带的光头警察攀谈。

我暗吃一惊，走上前去。韩江雪见到我居然开始从中介绍："这位老师姓张，是市局的巡特警，专门负责这片儿的治安巡逻工作。这是我的男朋友，是看守所的医警，和你们是同行。"

光头警察"哦"了一声："你好！你们所里有个陈老头儿，经常拒收犯人，把我们这些办案的搞得好惨。"

听到对方这么说我师傅，我有点尴尬，也有些不忿。

还好韩江雪替我打了圆场："我男朋友心眼儿好得很，绝不会坑队友。"

光头哈哈一笑后，反问韩江雪："你是干吗的啊？"

韩江雪故作轻松地说："我就是一平头老百姓，一直想当警察来着，可是脑袋不灵光，考了几次都没考上。"

我看着韩江雪的脸，说实话，她的话，我都有些信了。

韩江雪又问："这里发生了什么，还要拉警戒带？"

光头有些犹豫。

韩江雪说："没事儿，我男朋友是来配合做狱侦工作的。"

光头说："据说多年前有个变态杀人狂租了我身后那间仓库。他不仅把小女孩囚禁在仓库里，还卖她们的身体器官，卖不掉的就自己煮了吃。"

"呃，真恶心。"韩江雪捂着嘴，表现出一副害怕的样子。

我们正说着，衢八两从那间黑魆魆的仓库走出，向我挥了挥手。我撑起警戒带钻了进去，韩江雪则紧跟在我身后。我正想制止，韩江雪却抢了先机："你是兽医的领导吧？兽医刚给你买了咖啡，还热乎呢。"

韩江雪给我递了个眼色，我还没反应过来，她便从我手中夺走了咖啡，递给衢八两。

衢八两呵呵一笑："这是你女朋友吧？不错，把你教得都会拍领导的马屁了。"

韩江雪倒不觉得尴尬，反倒热情地说："他是唯领导马首是瞻。"

"不错，这丫头机灵。正好，我也喜欢喝卡布奇诺，谢谢你们了。"

"那么，里面在干吗呢？"韩江雪试探着问。

衢八两瞟了我一眼。虽然他没说话，但我知道把韩江雪带到搜查现场的确不太合适。我尴尬地回避他的眼神。

衢八两大概看出了我的为难，便笑着反问韩江雪："你觉得里面在干吗呢？"

韩江雪故作惊悚地说："里面是一个存海鲜的仓库，应该藏了惊天的大秘密吧？"

衢八两说："是啊，不过还得等到彻底搜查完毕，才能揭晓这个秘密。"

此时，一辆平板货车从我们身后缓缓驶过。衢八两说："搜查区是不能让群众进的，你不如就陪女朋友在外面散步吧。"

我急忙点头。

接着，衢八两瞥向邻近的几栋楼，又冲韩江雪笑笑："不知道你的视力如何。"

衢八两离开后，光头巡警客气地把我们请出了搜查区。刚转过身，韩江雪便牵着我的手来到附近一个三层高的仓库。她绕了一圈，找到了消防楼梯。消防楼梯离地有两米高，伸出胳膊才能够到。

韩江雪让我使劲把她托上去，她那副草莽劲吓了我一跳。

"快点啦！"她一遍遍地催。我拗不过她，而且我自己也很好奇对面发生了什么。

她爬上房顶后，我往上一跳，攀上了悬梯。韩江雪拍着巴掌鼓励："男友力MAX，加油啊！"

我登上房顶，从此处正好可以俯瞰水产市场鳞次栉比的仓库，还有市场后面那条蜿蜒的内河河道。只见一辆吊车的长臂越过一个仓库的房顶，悬在河道的上方。河堤上，一名指挥员正通过对讲机控制吊臂垂下钢缆，钢缆的末端坠着一个大铁钩。两名漂浮在河面上的潜水员拉住铁钩，慢慢沉入水底。几分钟过后，两名潜水员先后浮出水面，回到了岸边。

指挥员再次通过对讲机下达命令。尽管隔着几十米的距离，我依旧能听见一阵低沉的轰鸣。慢慢地，钢缆开始往回收。"鱼儿"似乎早已放弃挣扎，只在出水的瞬间咕噜噜吐出一片白色的泡沫。先是铁钩，然后是车顶，再然后是车头，接着整个厢式小货车完全离开水面，悬在半空，在月光的照耀下就像一个狰狞的怪物。

车子在空中悬停了好一会儿，直到车里的河水被排空，吊车才将它放在一辆拖运平板卡车上。

一个男人朝小货车的后备厢走了过去。我眯起眼，认出那是李石。此时，我的心随着他的脚步加速跳动。我预感到车厢里一定藏着什么，或许是绑架杀人的凶器，或许是一具甚至几具尸体。

所有的手电筒光束都打在了货车的后门上。我下意识地攥住了韩江雪的手。韩江雪看了我一眼，将另一只手覆在了我的手上。

李石跳上卡车，走到货车车尾，戴上手套，抬起胳膊，但悬停了几秒后，他把胳膊缩了回去。理智战胜了好奇，李石摘下手套，跳下卡车，对边上的警察说了些什么便钻进了警车。接着，载着货车的卡车启动，离开了现场。卡车大概是去了市局的痕迹检验实验室，只留下我和韩江雪呆立在仓库房顶。

韩江雪吐了口气："还以为能看到车里到底藏了啥呢。"

我反问她："你觉得这辆车和案子有什么关系呢？"

韩江雪想了想，说："凶手作案一定需要交通工具。这辆厢式小货车既可为他提供出行便利，也极有可能是作案现场。爬虫后来因为非法侵占被警方通缉，为了遮掩先前的罪行，他必须处理掉这辆小货车。小货车里肯定有大量犯罪证据，转卖他人或把车子报废都不合适，所以他才会把它沉入河中。当然，他想以仓库为掩护，吸引警察把搜查的重点放在仓库内部。没想到猫和老鼠一样聪明，居然发现了沉入河中的货车。"

我又问："那么，货车里会藏着受害人的尸体吗？"

韩江雪摇头："我记得你对我说过，每个受害人失踪的间隔都在半年左右，这半年时间足够凶手把尸体处理得一点不剩了。不过，既然凶手选择将车辆沉入河底，就说明他对车子还很不放心。或许警察能从车里提取到什么有效的证据，比如血迹，或者难以处理的人体组织什么的。"

一阵风吹过，我不禁打了个寒战。犹豫了许久，我才说："这么凶残的事情，你却说得如此平静。"

韩江雪耸耸肩："我只是在陈述事实。"

"不过，你为什么会对公安破案的手段这么熟悉？"

"我对福尔摩斯和柯南都很感兴趣。"

"不，那都是书本上的故事，我要听真实的情况。"

"为什么要知道真相呢？"

"因为，"我一时语塞，顿了会儿说，"因为我是警察。"

韩江雪捏了捏我的脸："我又不是你的罪犯。"

距离爬虫刑满释放还剩五天。

这天，李石和曹大牙并没来看守所提审爬虫。据说他们一整天都待在市局后院的特警训练场，见证全省最有经验的物证鉴定专家对那辆厢式小货车进行勘察。

看守所这边，爬虫吃过早饭后就开始在号房里打坐。同监室的犯人已经知道爬虫涉嫌多起绑架杀人案，对他既鄙视又恐惧，自觉和他保持五米以上的距离。到了上午十点半，预感到不会被提审后，爬虫便身子一歪，头抵着墙睡着了。这一觉他睡了十六个小时，中间既没上厕所，也没吃午饭和晚饭。

凌晨两点，爬虫突然睁开眼，定定地看着摄像头，眼神里泛着一种妖光，仿佛摄像头是他的通灵道具，可以预测此刻办案的警察正在做些什么。

负责盯监控的红鼻子管教推醒了衢八两，我也跟着起了床。我们一起看着监控画面，看着同样瞪大眼的爬虫。半响，爬虫咧了咧嘴，像狼嚎一般笑了出来。这一笑惊醒了同号房的其他在押人员。他们开始咒骂爬虫，还有人诅咒要抽他的筋、扒他的皮，让他不得转世，但没有人敢上前捂住爬虫的嘴巴。接着，更大的喧嚣开始在看守所内蔓延，咒骂爬虫的声音一浪高过一浪，所有在押人员都加入了骂战。

爬虫不再号叫，他带着满意的笑再次倒头睡下。

4

距离爬虫刑满释放还剩四天。

早上八点，爬虫被带进了审讯室。刚一进屋，他便僵住了。

监控画面前的我也呆住了，指着画面里的那个巨大四方体问："这，这是什么？"

衢八两说："这就是从货车车厢里取出来的东西。"

"是那个木箱子？"

"对，就是那个囚禁被绑女孩的木箱子。"

李石和曹大牙聊得起劲，完全无视爬虫的存在。曹大牙说："电影院有部老片子在重映，叫什么《杀人回忆》。"

李石说："听着像是侦探悬疑片。"

"是啊，韩国的，经典老片，而且故事是根据真实事件改编的，讲了一个变态连续强奸并杀害十名女性的案子。"

"真够变态的，那个案子破了吗？"

"最近刚破，是通过DNA比对上凶手的，引起了不小轰动呢，所以影院才会重映这部电影。"

"还是那句老话，正义或许会迟到，但永远不会缺席。"

"嗨，你别光听啊，你也发表一下意见。"曹大牙转向爬虫，说道。

爬虫像是什么也没听见，眼睛一直死死地盯着那个木箱子。

"今天应该能拿下了。"我低声道。

衢八两看了我一眼，缓缓地摇了摇头。

曹大牙起身来到爬虫面前，用身子挡住爬虫的视线。曹大牙说："你别看了，那里面空空的，什么也没有。"

李石的声音更有穿透力："虽没有肉眼可见的东西，但是在一些人的心里，那里被塞得满满的。"

曹大牙接着说："比如回忆，关于恐惧、尖叫、眼泪……"

李石说："还有鲜血，以及DNA。"

曹大牙用指关节磕了磕桌面："和你说话呢，你倒是回一句啊！"

爬虫终于抬起了头，仰视面前的两位警察，他的眼睛已经充血。

李石祭出了杀招："我可以明确地告诉你，一群刑侦专家已围着一辆从河里捞出来的货车和一个木箱子奋战了三十个小时。痕迹检验专家从箱子里提取到了一小段生物检材，已经送检，应该很快就会比中某个被绑架的失踪女孩的DNA信息。"

爬虫目眦欲裂，神经质地摇头："不，不可能。"

"你是不是认为，这个木箱子和你的那辆厢式小货车一同沉入水中后，所有的证据都会被河水冲刷掉？可是，你疏忽了一点。"李石从文件夹里抽出一张照片放到爬虫面前，"这是木箱内壁的照片，我们发现了刻痕。细细辨认后，我们发现，这些刻痕是三个失踪女孩的名字。此外，我们还在箱子里提取到了一些破碎的指甲。你大概想不到吧，正是在无边的恐惧中，那三名绝望又勇敢的女孩磨破了她们的指甲，在木箱内壁刻下了自己的名字。"

长久的沉默横亘在爬虫和审讯的警察之间。爬虫几次试着张嘴，却没有说出一个字。

曹大牙又给了他一个重击："你一定想知道警方是如何掌握你绑架杀人的线索的吧。既然你基本上不可能从这里离开了，那我不妨和你说说。记得那个和你同居的阿花吧，她曾在箱子里看到过那个眉间有痣的女孩。她因为害怕没有告诉你，但她把这些说给了别人，然后有人向警方举报了你，就在前些日子。"

李石说："我们已经足够坦诚了，我希望你也能开口，说说你到底都做了些什么。"

爬虫还是不吭声。

曹大牙又大声逼问道："难道你要带着这些秘密走上刑场吗？"

监控室内，大家都放下了手里的工作，聚拢到屏幕前，等着爬虫招供的那一刻。一种压抑的激情笼罩着大家，这激情里有正义得到伸张的希望，也有对死者的一份责任。我似乎能看到一层薄纸后面燃烧的火焰，所有人都在等待。处于旋涡中心的李石和曹大牙也在等待。

终于，爬虫艰难地吐出了两个字："尸体。"

曹大牙刚想接话，被李石制止了。

"尸体，"爬虫重复，"你们没有找到尸体，法院或许会判我无期徒刑，或判我死缓，但不会判我死刑，因为你们没有找到尸体。"

屏幕里，李石和曹大牙没有说话。屏幕外，我用探询的目光看向衢八两。衢八两皱着眉头点头："是的，他说得对，但凡有一丝存疑，就不会被判处死刑。"

爬虫意识到自己握住了翻盘的希望，又说："还有，就算你们从车里找到了这个箱子，你们又怎么认定这个箱子就是我的呢？一年前我就报案说车子丢了。难道不会是凶手偷了我的货车，又把一个来路不明的箱子塞进了车厢里？两位警官，这种可能也是存在的吧？"

曹大牙终于搂不住脾气了："你这种社会垃圾就应该被打下十八层地狱！"

曹大牙的愤怒反倒露了怯，只见爬虫抬起头，脸上扯出一个非常阴鸷的笑容。李石则抬起头，冲着摄像头点了点头。

衢八两对我下达了命令："你和红鼻子管教一起过去，把爬虫带回监室。记得，从东南角的那个侧门走。"

我不解何意，只是按照衢八两的布置，和红鼻子管教一道将爬虫带出了审讯室，绕道从东南角的小门进入监区。小门后有两级石阶，我先迈步走了过去，然后回身，只见爬虫一脚踩空差点跌倒，我连忙扶住他。被这一吓，爬虫才从自己的世界惊醒过来，两只眼珠瞪了我足足十秒钟。我没有回避他的注视，也直勾勾地看着他。在这轮对视中，爬虫没有占到任何便宜。然后，爬虫的小腿一软，几乎跌坐在地上。此时，我明白了衢八两为什么要安排我们走这个小门，他是想让爬虫感受下真实的跌落感。

把爬虫送回号房后，我回到了监控室。衢八两正向巡控的同志下命令，要求他们二十四小时关注爬虫的动态，事无巨细地做好记录，有任何突发情况都要第一时间汇报。布置完监控工作，衢八两交代我做好应对爬虫自残或自杀的应急准备。我点头称是。衢八两最后总结："饺子越是快熟了，越要严密关注，否则火候一过，饺子皮就烂了。"

我回到医务室刚准备好止血带和防咬舌的护具，对讲机便响了，要我抓紧时间去爬虫的监室。我立即提着医药箱，骑上陈拒收的自行车赶了过去。我到达时，巡控民警刚把爬虫和一个壮汉分开。之前壮汉正揪着爬虫的脑袋往墙上撞。壮汉此刻手被铐在背后，面朝下躺在地板上，嘴里还在不停地咒骂。爬虫摇了摇脑袋，几滴鲜血飞溅到墙壁上。他拿手指抹了下血迹，然后冲我笑了笑。我开始给爬虫包扎伤口。同时，监室里的其他在押人员说明了事情的经过。

原来，爬虫回到监室后就开始用言语刺激那个犯了故意伤害罪的壮汉，说他那水性杨花的老婆在外面肯定会继续勾搭男人。壮汉起初忍着不想理他。可是爬虫越说越起劲，竟绘声绘色地描述起壮汉的老婆在床上的表现。壮汉实在不堪其辱，便把爬虫揍了一顿。

按照监规，发生斗殴事件后，当事双方都要被重新安排监室。这似乎就是爬虫挑衅壮汉的真实目的。果然，我为爬虫包扎完毕后，衢八两便让巡控民警将他安排到了西44号房关押。仅从数字上就可以猜出那间号房距离之遥远。当我回到调度室，通过监控看到西44号房内的陈设时，我就全明白了。这是间单人号房，面积不过八平方米，除了床铺、马桶等必备之物，角落里还放着一个木箱子。对，就是那个在审讯室内出现的木箱。就在这时，门开了，巡控的民警将爬虫送进了监室。刚迈进去一步，爬虫便转身想逃，无奈铁门已经关闭。爬虫扒着栏杆，全身瘫软下来。

我对衢八两竖起了大拇指。衢八两揉了揉太阳穴："接下来就看谁能熬得住了。"

这天晚上，我把被褥搬进了调度室，摆出一副枕戈待旦的姿态。睡前，我瞄了眼屏幕，发现爬虫正蹲在房间的角落里，那个木箱子在对角线的另一端。我的思绪游弋了一会儿，想着自己如果变成爬虫，会对那个箱子产生怎样的情绪。恐惧、憎恶，还是像躲避瘟神一样的满心挣扎？想着想着，我打了个哈欠，眼睛一合就睡着了。

我不知眯瞪了多久，再次睁眼时却发现监控画面里居然没人了。是的，整个西44号监室里面都没有人。我跳了起来，指着屏幕质疑，巡控的民警也意识到发生了什么。他们立即通过对讲机呼叫最近的巡控点，我则立即去抓医药箱。不到十秒，巡控民警就打开了铁门，进入监室。可我一眼望去，监室内一览无遗，根本就没有爬虫的影儿。正当所有人狐疑时，我突然注意到了那个大木箱。我抓起对讲机，提醒现场的巡控民警搜一搜木箱。巡控民警中两人警戒，另一人打开了木箱。民警开箱后愣怔了会儿，然后通过对讲机汇报："这家伙在箱子里正睡得安稳呢。"

愣了一瞬，我突然明白过来，爬虫已经和木箱"和解"了。

对于审讯来说，这绝不是一个好消息。

5

距离爬虫刑满释放还有两天。

清晨，陈拒收准时来接我的班。按理说，我可以下班休息了，但我没走，而是留下等待，等待李石和曹大牙来提审爬虫。可一直等到上午九点，都没见两人来。看到我那翘首以盼的姿态，衢八两告诉我，他们今天不来了。

"可是，再有两天爬虫就要被释放了。"

"是啊，上面已经在签发刑满释放手续了。"衢八两看了眼挂在墙上的日历，"最多还有四十八个小时。"

"说起吃饭，我早上看到爬虫能吃能喝的，精神状态似乎很好。"

衢八两叹口气道："一个人如果可以战胜自己，那么他就很难被别人所战胜。"

听到衢所长这么说，我心情低落，不想说话。

衢八两拍了拍我的肩膀："李石和曹大牙还没有放弃，他们肯定在准备终极武器。"

"什么终极武器？"

衢八两诡秘一笑："这个我还不能告诉你。不过，你那个女朋友不是很机灵吗？你可以让她猜一猜。"

下了班，我没回出租屋补觉，而是直接来到韩江雪工作的银行外，等待她下班。或者更准确地说，等着她去猜衢八两口中的武器是什么。我们的午饭是在一家快餐店解决的。听完我的讲述，韩江雪一边用舌头舔去手指上的番茄酱，一边说："变态不是一天炼成的。"

"你的意思是？"

韩江雪将冰激凌上的樱桃摘下，边在手中把玩边说："恶之花之所以盛开，是因为有一颗种子深埋于过去，在岁月的浇注下最终开花结果。"

"你是说，很早以前爬虫的身上发生过不寻常的事情？"

"你有没有想过，箱子代表什么？"

"牢狱，用来囚禁那些被绑架的小女孩的容器。"

韩江雪摇头："你那是工具理性思维，你得站在爬虫的立场，从主观角度去看待那个箱子。"

我一下子怔住了。随后，我想起阿花曾说过，爬虫经常藏在箱子里睡觉，接着又想起昨夜在箱子里沉睡的爬虫。

"怎么样，有答案了吗？"韩江雪笑着问我。

我试探着说："对于爬虫来说，箱子就是他的避风港。"

韩江雪拍了拍我的脑袋："不错，还挺聪明的。"

我苦笑："所以，昨晚把箱子放进监室实际上是错误的做法，反倒让爬虫的心里多了份安全感。"

韩江雪摇头："不要轻易否定那些老警察的智慧。实际上，衢所长这样做是为了卸掉爬虫外面那层防备的硬壳，从而进入他内心最真实也最软弱的地方。"

我佯装愤怒地咬了口汉堡："好吧，你们都是聪明人，就我一个傻子。"

"你只是后知后觉罢了，"韩江雪哈哈一笑，随即正色道，"好吧，箱子的问题解决了。那么我要问你另一个问题：为什么爬虫会挑选特定的被害人下手？”

我想了想说：“受害人有两个共同特征：一、她们都是女性；二、她们都未成年。所以，就像你刚才说的，他是个变态，专挑小女孩实施性犯罪。”

韩江雪笑得有些无奈：“就这么多？要不你再想想她们的共同点，想到了，我奖励你一颗樱桃。”

我又努力想了会儿，突然我想起那些遇害女孩的遭遇似乎有许多共通之处。

“他为什么会挑这些女孩下手呢？”韩江雪又一次问我。

“因为那些女孩的家属不会报案。”

韩江雪又拍了下我的脑袋：“和你说过了，不要用你的工具理性去分析问题，你要设身处地地站在爬虫的立场上思考。”

我想了会儿，表示投降认输。

韩江雪掏出一面化妆镜，打开，上面映着我的头像。

我问：“你这是在做某种隐喻吗？”

“是的，那些小女孩就像是我们在镜子里看到的自己。爬虫从她们身上看到了年少时的自己。他长时间被轻视、被侮辱、被诋毁，畸形地长大成人，心底埋藏的巨大负能量始终没有释放的机会。然后，因为某种机缘巧合，爬虫和第一名受害人接触后，内心压抑的东西找到了释放渠道。于是他绑架了女孩，将其塞进箱子，进而把自己卑微的灵魂从箱子里替换出来。当然，在爬虫看来，他这样做或许是在给那些可怜的女孩提供可以栖身的保护所，让她们不再受欺负和侮辱，就像小时候他自己躲进箱子里面一样。所以，他心安理得地犯罪。随着一次又一次作案，他的手段越来越熟练。”

韩江雪的一番话惊得我舌头打结，久久说不出话来。

韩江雪笑道：“你肯定又在怀疑我为什么会有这么多奇谈怪论了。”

“不，你说得……说得挺有道理。”

“上大学时，我选修过犯罪心理学，来授课的是邻近警官学院的一名教授。”

“你不当警察真是亏了。”我感慨道。

"我倒也想过当警察，"韩江雪说到一半突然话锋一转，"对了，我说要奖励你樱桃的。你猜，我哪只手里握着樱桃？"她把两个拳头伸到我面前。

我点兵点将，点到了她的左手。

她摊开掌心，那颗樱桃就在那里。

"帅哥运气不错。"韩江雪再一次拍了拍我的脑袋，"现在问题的关键就是打开爬虫的内心，找出他心底最深处的那粒恶的种子，然后一击致命。我想，那些经验丰富的老警察此刻正在做的应该就是这件事。"

韩江雪的话音刚落，我的电话便响了。电话是衢八两打来的，他问我在哪儿。我说自己正和韩江雪吃午饭。衢八两"嗯"了一声，要我立即赶去一个地方。衢八两的声音听着神秘且严肃，显然有非同小可的事情发生。我忍着没去瞟韩江雪，但我紧蹙的眉头一定被她捕捉到了。我刚挂断电话，她便抢走了我的手机。就在此时，衢八两发来一个微信定位。

我暗暗叫苦。

韩江雪问我："发生什么了？"

我摇头说不知道。

韩江雪开始收拾东西："赶过去看看就知道了。"

我在原地坐着没动。

"怎么了？"

我不想让她跟着，但又说不出口，只得反问她："你下午不上班啦？"

韩江雪狡黠地一笑："什么事情能比破案更有趣呢？"

第七章

深埋的回忆

世界并不是牢房，而是一所虚无的儿童乐园，里面有千百万懵懵懂懂的孩子，用积木错误地摆着上帝的名字。

——埃·阿·鲁宾逊

1

    按照地图导航，我和韩江雪打车来到一个叫工人新村的待拆迁住宅区，距离前天那个水产市场两公里左右。我们沿着破败不堪的巷子七拐八绕，来到一个院落门前，发现许多警察正在里面忙活，有的在打扫卫生，有的在布置日常的用具：水桶、凉椅、葡萄架等等。

    对于韩江雪的出现，衢八两并没感到惊讶，他只是笑着摇摇头，接着把我拉到院落一角，向我交代任务。衢八两刚说完开场白，韩江雪便凑了过来，有些意兴阑珊地说："看样子是要'昨日重现'啊。"

    衢八两满脸的兴趣："你说说，到底怎么个'昨日重现'法儿？"

    韩江雪的语气依旧波澜不惊："东西都齐了，可是女主角在哪儿呢？"

    衢八两用手指了指里屋："在试装呢。"

    "能看看吗？"

    衢八两犹豫了一下，反问韩江雪："你的化装技术怎么样？"

    "能把陈世美化成秦香莲。"

    衢八两笑了："走，带你们进屋看看。"

    在里间的卧室，姜高音刚换上一件明显过时的旧衣服，看起来就像刚从二十年前穿越而来。

    韩江雪问："你是让我给她化装吗？"

    衢八两取出一张女人的照片："你就按照这个样子来化。"

    我瞄了一眼照片上的女人："别说，面貌和身形还真跟姜管教有点像。"要说哪里不同，大概便是照片中的人隐约透着一股阴毒狠辣的气质，和姜管教那种钟馗般的正义气质大相径庭。韩江雪一会儿看看照片，一会儿看看姜高音，大概是在琢磨化装方案。

韩江雪问："这是爬虫的母亲吗？"

我一怔，扭头看向衢八两。

"准确地说，是爬虫的继母。"衢八两揭晓了答案。

韩江雪点点头，决定从发型入手。按照照片中女人的模样，她先给姜高音盘了个发髻，把她饱满的前额露了出来。打量一番之后，韩江雪似乎不很满意，便又打散头发，重新开始为姜高音修饰刘海儿。

看着这一切，衢八两开始介绍爬虫的这位继母："在对爬虫进行审讯的同时，另一组民警开始深挖爬虫的过去。爬虫的父亲早已去世，母亲也下落不明，只剩下一个继母活在世上。爬虫八岁到十岁那两年，这个继母曾在他家待过一段时间。专案民警在一所监狱内找到了这个女人，她因为抢劫罪被判了十五年。其作案手段就是利用姿色把受害男性骗到宾馆或出租屋内，然后用迷药把男人迷晕，再把男人的衣服剥光，五花大绑起来。等男人醒来，她便逼迫其说出银行卡的密码，否则就把男人的裸照发给他的亲友。连续作案六起后，女人失了手。不知是买到了假药还是迷药过了保质期，反正第七个男人没有被迷晕，反倒把女人给制服了，然后打110报了警。女人被判了十五年有期徒刑。专案民警到监狱提审了这个女人，想以立功减刑劝其说出爬虫儿时的遭遇。谁知这个女人早已自暴自弃，根本不在乎是否减刑，直接把许多年前对爬虫实施虐待和猥亵的事情全说了。"

"猥亵？！"我低声惊呼。

"是的，就在这个房间里，继母以给爬虫洗澡为由，对他连续实施了多次猥亵和虐待，而他身患硅肺病的父亲就躺在对面那个屋子的床上。"

"难道他不知道反抗吗，或者告诉他的父亲？"我追问。

韩江雪插话："那时候爬虫才八九岁，他应该曾长期感到过某种困惑，可这种困惑随着时间的推移变成了羞耻和恐惧。"

"是的。"衢八两肯定道，"还记得那个木箱子吗？当年它就放在这个屋子里。一旦那个女人显露出任何要对爬虫下手的迹象，童年的爬虫便会爬进箱子里躲起来。"

"原来如此。后来呢？"

"后来爬虫的父亲死了，女人拿了一笔补偿款悄然离去，大概是寻找新的犯罪目标去了。"

"继母的离去在爬虫的心里挖了一个隐秘的洞，所以他才会找那些小女孩下手，去填满他心中的洞。"韩江雪分析道。

"是的。"衢八两点头，"所以专案组还原了场地，又安排老姜扮作他的继母，目的就是想让爬虫再次回到儿时的场景中，希望通过这样的努力可以让他的心理防线崩溃。"

姜高音把拳头捏得嘎吱响，只见她横眉倒竖、眼露凶光，咬着后槽牙说："我真想把那个女人的骨头给捏碎了！"

衢八两皱起眉头："老姜，你现在不是警察，你就是那个邪恶的女人。"

姜高音喝了一大口水，默念道："我是坏女人，我是坏女人。"

韩江雪化完了装，拿起照片对照着看。两人虽然形似，但神态还是南辕北辙。姜高音意识到了这个问题，向衢八两保证："我一定把自己演成一个坏女人。"

此时，李石从外面走了进来。看到姜高音，他摇头说："老姜，你就像一个女战士，那个女人的气质可是像一个老巫婆啊。"

说着，李石用手机播放了警方提审爬虫继母的视频。果然，画面里的女人就像要把葫芦娃下油锅的蛇精。我侧目偷看姜高音，她的脸上少了几分自信。

就在众人犯难时，韩江雪突然说："要不我来试试吧？"

大家的目光瞬间聚焦在她身上。

韩江雪没有理会众人，兀自化起了装。几分钟后，她已然是另一个人了。接着，韩江雪提起一个热水瓶，把它当成爬虫，模拟着视频里爬虫继母的神态和腔调，开始了语言上的威逼利诱。

衢八两和李石对视了一眼，脸上露出满意的表情。

李石对韩江雪说："三点要求：第一，要听从命令，我们喊停时你必须停下所有动作；第二，要注意安全，时刻和爬虫保持安全距离；第三，要注重保密，不管成功与否，这里发生的一切都不能往外说一个字。另外，这是个突发决定，事后你记得到警局签一份群众配合警方办案的说明。"

韩江雪沉着地说："放心，保证服从要求。"

"那就抓紧准备吧。"

天刚擦黑，爬虫被押进了小院。在屋门前他踟蹰了一下，嘴角扯出一个古怪的笑，然后迈过门槛进入外屋。外屋与两间卧室相连，右边是他父亲曾经苟延残喘的房间，左边的房间则塞满了他童年的记忆。向左还是向右，爬虫犹豫了。恰在此时，左边的屋里传来一阵呼哨声。爬虫歪过身子查看，看到闷烧的炉子上放着一个冒着热气的水壶。然后，一只白皙的手伸出来提起壶把儿，随后响起"哗哗"的倒水声。爬虫向前探了一步，看到水流如注，全部注入一个大木盆中。

爬虫恍惚了，他闭上了眼。但是，他的鼻子向前耸着，仿佛嗅到了某种熟悉、诱人却又充满危险的信号，以致曹大牙在身后推了他一把，他也没有反抗，而是顺从地向前又迈了一步。于是，他最不愿意回忆的童年场景瞬时填满了他的双目。

屋里的女人仿佛没有意识到屋里进了人，继续弓着身子，将几件衣服叠好放在衣柜上。女人穿着高领毛衣，竖着高高的发髻，身材从上到下像毒蛇一样妖娆。女人把毛巾和肥皂准备好后，挽起袖子转过身来，目光扫了一眼门边的众人，并没有在爬虫身上多停留。但就是这一扫，让爬虫眼前一黑、身子一挺，直直地摔倒下去。

曹大牙正要将其扶起，李石连忙摆手，他希望爬虫自己醒来。过了两分钟，爬虫睁开眼，仰视这个走到他面前的女人，满眼的困惑和恐惧。女人不满地瞥了爬虫一眼，然后转过身回到床边，半靠着那几床垒起的被褥，兀自从床头柜上的红梅烟盒里取出一支点上，像打量猫儿狗儿一般打量着地上的爬虫。

爬虫像是魔怔了一样，低着头，不敢直视女人的目光。

女人把毛巾和肥皂扔了过去，慢悠悠地说："还等什么？快点啊。"

爬虫愣了片刻，然后将毛巾和肥皂捡起来放在木柜子上，接着便开始解上衣扣子（进门时曹大牙给他解开了手铐），露出精瘦的上身。随后，他脱掉裤子，只留下一条灰色的三角内裤，打着赤脚，颤抖地站在水泥地面上。

女人打破了沉默，又一次训斥道："怎么停下了，还要我动手吗？"

爬虫这才又弯下腰脱掉了内裤。

在这个过程中，女人始终没有把眼睛移开丝毫，而在后方围观的我感到似乎有许多小虫在啃噬我的心。

女人用烟头指了指木盆，没有说话。爬虫顺从地向前走了几步，踏入木盆里的热水中。或许是水有些烫，爬虫就像一只待煮的青蛙，站在那里无所适从。女人夹着烟头走到爬虫身前，燃烧的烟头几乎就要烧到爬虫。犹豫几秒后，女人把烟头扔到地上，用脚后跟踩灭，然后厉声道："快点！"

爬虫这下才小心翼翼地蹲下身子，慢慢地坐进木盆里，让热水漫过自己的腰部，然后斜眼偷看女人的脸。

女人满意地点点头："我不在家的这段时间，你是乖还是不乖啊？"

爬虫低下了头，没有表态。

"来，说说你都干了哪些坏事。"

爬虫的手指扒着木盆的边沿，指甲陷进木头中。他咕哝道："不，我没有做坏事。"

女人轻蔑地笑道："你个撒谎精，你难道没对那些小女孩干坏事？"

爬虫使劲摇头："不，我没有。"

"你骗人，你把她们害惨了！"

爬虫用拳头砸水面："不，我没有，没有！"

"难道你还救了她们？"女人冷笑着。

爬虫抬起头，满脸泪水："是啊，我保护了她们。"

所有人的心都提到了嗓子眼儿，真相呼之欲出。

"说吧，你都是怎么保护的？"

爬虫扭过身，指着窗户外面。众人顺着他手指的方向望去，有人看到了阴沉的天空，有人看到了远处的房顶，也有人看到了院门，还有人看到了院内那棵郁郁葱葱的刺桐树。爬虫喃喃道："她们长大了。"

就在众人疑惑不解时，衢八两突然冲进院子，用警棍猛击刺桐树的树身。

爬虫吼道："不，不要。"因为他的动作幅度太大，整个木盆顷刻间分崩离析，热水肆意横流，而爬虫也在此刻惊醒，回到了现实中。一众警察和摄像头让他意识到刚刚发生了什么，而乔装打扮的韩江雪则瞬间引发了他的怒火和报复心。他不顾自己光着身体，两只手像钳子般掐住了韩江雪的脖颈。

门口的人心知不好，立刻围了上去，包括我。只是援救的手太多，我根本挤不进去，便使劲扯着爬虫光溜溜的小腿。片刻后，爬虫被摁倒在地上。我扑过去抱住韩江雪，想为她提供一个可以依靠的肩膀。可韩江雪只是咳了一阵便坐回床边，面无表情地看着地上的爬虫，就像一名坐在前排看戏的观众。

突然，外面响起一声尖叫，大家都看向院外。只见衢八两用手指了指树根旁的新坑，面色凝重地点了点头——原来，那些失踪女孩都被埋在了树下。

2

韩江雪待在屋内，看着警察帮爬虫穿好衣服、戴上手铐、砸上脚镣，然后把他拖进了院子。

在埋葬尸骨的坑前，警察架着爬虫的胳膊才能让他勉强站直身体。完成遗骸辨认后，爬虫便被带上警车，押回了看守所。

紧接着，市局的法医们接管了现场。他们像考古队员一般，将一截截细小的骨头从土坑里清理出来。李庸医也在其中，他负责在现场照相。我注意到他的手在颤抖。

四周的人来来往往，韩江雪却一直静静地坐在床边，像是还沉浸在刚刚的慌乱之中。我则一直戳在她身边，等待她慢慢回复正常状态。

衢八两瞟了眼墙上的挂钟，走上前来。"总算没有放这个恶魔回归社会。"顿了顿，衢所长又说，"今晚你立功了，但是我们不会给你颁奖，你也不能对外面的人说。整件事都要保密。"

韩江雪木讷地点点头。

衢八两沉默了两秒，然后向韩江雪敬了个礼。

过了半晌，韩江雪抬头对我说："我们离开这儿吧。"我让她把头靠在我的肩上，然后我们一起走出了房间。

出院子时，韩江雪没有再看那个土坑和防雨布上那些刚清理出的尸骨。我们就像一对幽灵般，从激光灯照不到的黑暗里悄然消失。

从七拐八绕的巷子里出来后，我们站在马路边上，面前是一辆又一辆疾驰而过的出租车。韩江雪长长地吐了一口气，仿佛又活了过来："还是这样的人间美好。"

我还没来得及回答，韩江雪便伸手拦下一辆出租车，然后转身对我说："晚上吃烧烤、喝啤酒吧。"

韩江雪选择了她住处附近的一家路边烧烤摊。几张小桌前围拢的都是怠于归家的男女。初秋的凉风吹过，闲适中透着一股淡淡的萧索。啤酒、烤肉上桌后，韩江雪便像一只饥饿的小野兽般自顾自地吃了起来。我看着她狼吞虎咽，心思完全不在食物上。

吃了一阵，韩江雪举起啤酒瓶，道："按理说，我们应该碰杯庆祝一下。"

"按理说？"

韩江雪放下酒瓶："这不是我的案子，也不是我的战争。"

"可你还是想方设法地参与了调查。"

韩江雪笑得有些疲倦："你就是一名看守所医生，你为什么这么积极呢？"

"身为一名警察的职业使命感吧。"

"什么是使命感呢？"

我犹豫了两秒："自觉、本能。"

韩江雪笑着摇了摇头。

我有些尴尬，反问她："今晚的临场发挥，那些动作，还有台词，是你的自觉和本能吗？"

韩江雪想了想说："我想，那是训练的结果。"

"训练？！"我愣住了。

韩江雪笑了："和你开玩笑呢。"说完，她闭上眼兀自灌了一大口啤酒。我注意到她的眼角有一丝细细的皱纹，我知道这皱纹里多少些有我不知道的故事。我低声道："有时候，我有些看不清你。"

韩江雪"哈哈"笑出了声，她的笑声很放肆，引起了邻座四个中年男人的侧目。然后，她定定地看着我："你能看清你自己吗？"

她的双眸如同在黑暗中发现猎物的猫的眼睛，散发着逼人的寒光，让我无言以对。

半晌，韩江雪叹口气道："很多时候，我们选择无视自己的痛苦和挣扎，就像泥沼中任人抽打却还继续耕作的老牛。可我们真的是那头无法逃脱待宰命运的耕牛吗？或者，我们的本来面目是某个在天上飞翔的精灵？"

韩江雪的话引得邻座一个胳膊上有刺青的男人鼓掌。刺青男起身，举起一杯白酒："妹妹，你是生活的哲学家，我敬你一杯。"

韩江雪端了端啤酒瓶，表示回礼。

刺青男摆手，指着杯中的白酒说："妹妹，猫尿喝着不过瘾，得喝这个。"

那杯白酒目测得有三两。我迅速站起身，替韩江雪解围："她不能喝白酒。"

刺青男斜了我一眼，平淡又不乏威胁地反问我："你是她……？"

韩江雪坐着没动，有些无奈地看着我。

我想接过杯子替她喝下那杯白酒，却遭到了刺青男的制止："我是敬这位妹妹的，你不配。"刺青男说着，另外三个男人也围了过来，脸上都挂着一副坏笑。

我有些紧张，但还是挡在了韩江雪的前面。

刺青男拍了拍我的肩膀："小子，你有些自不量力。"

我的舌头打了结。情急之下，我说："我是警察。"

四人互相看了看，眼神里满是迟疑。刺青男问韩江雪："他是警察吗？"

韩江雪笑了："他可比警察厉害多了！"

韩江雪的笑既让他们松了一口气，又助长了他们的底气。我甚至不知道她到底属于哪头儿。

正僵持时，韩江雪突然从我的手里抢过杯子，咕嘟嘟把三两白酒全部灌进了嘴里。刺青男立刻拍掌表示赞叹，随即又倒满一杯，递到韩江雪面前。韩江雪咳了咳，冷冷地说："有些过分了吧？"

刺青男笑得像一只癞蛤蟆，口水都快滴到桌子上了。

突然，韩江雪从包中摸出一个小瓶，对着刺青男的眼睛一阵喷。刺青男立刻痛苦地哀号起来。在众人愣神的工夫，韩江雪已跑开。另外三人见状要追，被我一把推倒在地。等我反身再寻韩江雪时，却已找不到她的影子。

面对剩下的三个醉汉，我边打边退。好在我比他们都清醒，脚步也更灵活，很快便甩开他们一段距离，逃进一条没有光亮的小巷。我又往前跑了十来米，突然一只手从黑暗中伸出，将我拽进漆黑的楼道。我先是闻到一股浓烈的酒气，再一定睛，发现是韩江雪。她目不转睛地看着我。我刚要说话，韩江雪比画了个"嘘"的手势。很快，杂乱的脚步声从巷子里传来，又渐渐跑远。韩江雪贴着我的胸膛咯咯笑了几声，接着对我轻声柔语："我们回家吧。"

在横七竖八的棚户区，韩江雪像一匹识途的老马，领着我不断前行，仿佛她已在此居住多年。约莫一刻钟后，我们终于来到她住处的楼下。再看韩江雪，她已经醉得几乎失去了意识。

我说："我背你上去吧。"

韩江雪没有说话。

我蹲下身，试图让她趴到我的背上，可是她已经站不直身子。试了几次后，我只得将她横抱在怀中，一层又一层地向上攀爬。起初，韩江雪的身体还很轻盈，随着楼层增高，我的腿脚变得越来越沉重。我的心上也像是压了一块石头，我对这份爱越来越摸不准了。

韩江雪的出租屋我已来过多次，但每次都像是做客拜访，只在屋里短暂停留。要说过夜，也仅有睡在沙发上的那次经历。更多时候，韩江雪都和我蜗居在我的那间一室一厅里。也只有在我的那个小屋里，她才像一只从高原下到平原的藏羚羊，会醉氧般地沉沉入睡。

这个位于棚户区的无法避风的港湾就像一片战场，她在此消耗了太多的精力。韩江雪曾在无意中说过："上班倒像是休息，八小时以外才是直面人生残酷的时刻。"我曾问她这句话是什么意思，韩江雪只是淡淡地说："面对他人容易，面对自己才是真正的困难。"

我劝过韩江雪搬过来一起合租。这样不仅省钱，而且我的住处位于市中心，生活更为方便。其实，我的真正意图是不想让她一个人面对孤独，有我在，她应该会更轻松些。对于我的提议，韩江雪总是不予理会，不拒绝，也不表示同意。

如今，再次来到这个贴满小广告的房门前，我犹豫地从她包里翻出钥匙串，一把又一把探进锁孔尝试。咔嗒一声，门开了。我搀扶着韩江雪，将她放在床上，脱去鞋袜，盖上被子。等我倒完水后再回卧室时，她已经沉沉地睡去。

我不想把韩江雪弄醒，便在客厅的沙发上坐下来平静心情，试图把今天发生的所有事情捋个清楚。但大门还开着，钥匙也还在门锁上。我拔下钥匙塞进口袋，合上了房门。

突然，我听到一阵窸窣的摩擦声，从那间锁着门的次卧传了出来。我走到门前敲了两下，声音停了下来。半分钟后，又传来一阵摩擦声，在我的心上抓挠。我感到蹊跷：这间堆放房东杂物的房间里藏着什么活物吗？我想起自己口袋里的钥匙，便一把接一把地探进钥匙孔里。

当我试到第四把钥匙时，门锁被拧开了。我推开门，看到一只橘猫正端坐在地上看着我。我既感到有趣，又感到迷惑，便向前走了一步。小猫"喵"了一声便转头跳上桌子，又跳出开着的窗户，消失了。我走到窗前，看到它正顺着管道溜走。

原来是邻居家的猫来串门了。我给它留了窗，准备返回客厅，转身看到一整面的照片墙。那些照片有新有旧，照片之间还有直线或曲线连接，注明人物之间的关系。

仅是一瞥，我便明白这是怎么一回事了。刑侦题材的电影和电视剧里都是这么演的。这一瞥给我带来了巨大的恐慌和不安。我不敢多看，直接冲回客厅呆坐在沙发上，任由次卧的门敞着。

挂钟在嘀嗒嘀嗒地响着。窗外，汽车的车轱辘轧过路面，继而消逝；一条野狗的叫唤引起了许多家狗甚至公鸡的附和。不知不觉间，那只橘猫又回到了屋里，蹲在我的面前，将我的心从湖底打捞出来。我拍了拍大腿，让小猫跳了上来。我轻轻地挠小猫的脑袋，小猫慢条斯理地发出呼噜声。

"它叫包包。"

我抬头，看到韩江雪光着脚站在我面前。她侧头看向次卧开着的那扇门，接着捂着脑袋说："我要去上个厕所。"

片刻后，韩江雪回到客厅。她给自己冲了杯咖啡，然后说："看样子，今晚是睡不着了。"

韩江雪进到次卧，我抱着那只叫包包的小猫跟着进了屋，和她并排站在那面照片墙前。

"你看到了什么？"韩江雪问。

我上前一步，手指在一张纸质照片上划过，然后定在被一圈照片包围的韩江雪的大头照上。我说："这是你。"

随后，我的手指继续游走，冲破那些照片组成的包围圈，停在另一个盛装华服的同龄女孩的照片上。可以看出，那张照片是从网上下载打印的，照片的一角还有水印。我犹豫了许久，才用不确定的语气问："这也是你？"

韩江雪摇头："那不是我。"

"但是，你们看上去很像。"我把眼睛凑到距离照片不足一拳的位置，重复道，"你们真的很像。"

"正是因为她，我才会来凡城。"

我往后退了一步，看着韩江雪的眼睛，就像凝视着不见底的深渊。半晌，我问："你准备告诉我吗，所有这一切？"

韩江雪苦笑一声："不知道你有没有准备好？"

我在椅子上坐下，向后靠在椅背上，摆出一副洗耳恭听的姿态。

韩江雪抿了口咖啡，开始讲述她的人生。

3 ────────────────────────────────

韩江雪出生在北方的一个山村，那里有连绵不绝的太行山余脉，巨大的山岩像天外的沉默来客，一块块堆叠起来，将天空分隔开。对生活在谷底的人们而言，这些山岩给他们带来了难以言状的压力，但也给予了他们强大且坚韧的生命力。

传宗接代在当地是最大的美德。因此，每家每户都有好几个孩子。可是，韩江雪家里只有她一个。

作为独苗的韩江雪并没有得到父母更多的宠爱。和山里的其他孩子一样，她很早就开始参与家庭劳动，打猪草、捋榆钱，还要在农闲时节父母外出打工时照顾卧病在床的奶奶。因为是独生女，她在学校里没有兄弟姐妹帮衬，经常在孩子们的拉帮结派中陷入孤立无援的境地。韩江雪起初还会哭着去找奶奶，奶奶就靠在床头教育她："别人欺负你七分，你要回报以十分。"韩江雪不懂奶奶的意思，奶奶便打了比方："别人如果用土块砸你，你就要用石头块砸回去。"奶奶还说，她可以哭，但只能在家里哭，永远不要在外人面前哭。

韩江雪听从了奶奶的话，但凡遇到欺负她的人，不管人多人少，也不管对方用什么手段，韩江雪都会采取更为果断和狠毒的方式报复回去。虽然她经常弄得鼻青脸肿，但对方肯定会头破血流。有的家长不高兴了，带着孩子上门来骂。年少的韩江雪提着菜刀就想出门理论，被奶奶喊住了。奶奶告诉她，要想让这些人闭嘴，不仅要比拳头，还要各个方面都比他们强，让他们打心眼儿里感到服气。

于是，韩江雪将那些辱骂咽下，开始发奋学习。从小学四年级到初二，她的成绩一直是全校第一名。临近初三的那个夏天，班主任找到从外面返乡的韩江雪父母，要他们把韩江雪带出山村，至少去县城，找一所好的学校借读。班主任说，这样韩江雪中考或许能考上省重点，可能三年后她会成为全村第一个大学生。

班主任和她父母谈话的时候，韩江雪正在床前陪奶奶。韩江雪低声说："奶奶，我不想离开你。"奶奶笑了。韩江雪又说："我想上大学，想当村里的第一个大学生。"奶奶抚摩着韩江雪的脸蛋说："傻孩子，有些事情你可以争取，但有些事情只能由别人掌握。"韩江雪还是不太明白奶奶的话。奶奶鼓励她："如果可以，你要走得越远越好。"

最终，父母把韩江雪带去了省城，那是他们打工的地方。他们托工地的老板把韩江雪安排到附近的一所初中借读。进了学校后韩江雪才明白，受学籍限制，初中毕业后她如果想留在省城，只有一个办法，就是进入那些学费昂贵的私立高中。当然，韩江雪是交不起学费的，但如果她的中考成绩足够高，则可以被这些私立学校特招。

面对近乎苛刻的录取分数线，韩江雪再次鼓起童年时一人对打多人的勇气，玩命地学习。只用一个学期，她便从班里的中游升到了全班第一，又在接下来的中考中摘取了整个片区总成绩的第一名，如愿免费上了一所私立高中。

到了高中后，韩江雪发现，这个世界似乎充满无数的可能：有的同学选择放弃高考，到国外的名校就读；有的同学背靠家族企业，不管有没有大学文凭，都可以子承父业；还有她的同桌，一个长相普通的女孩，却有着非凡的乐器演奏技能，单是她弹的竖琴就价值两百多万。面对这些几乎无法想象的人与物，韩江雪有些恍惚。过年回家过寒假时，她把这些事告诉了奶奶。奶奶笑着说："不要管别人怎么样，你只要永远不忘记自己是谁就行。"

开学后，韩江雪再次听从了奶奶的话。她把自己与外界隔绝开来，开始笃定心思努力学习。慢慢地，韩江雪明白过来，学校之所以特招她，就是想让她成为学校的门面，考出好成绩，为接下来的招生打广告。毕竟，哪所学校不渴望能出几个考上清华、北大的学子呢？

话说到此，我插话问："所以你是清北毕业的？"

韩江雪笑着摇头："比清华、北大差一点，但学科排名是全国第一。"

我吐了吐舌头，表示无语。

韩江雪喝完杯中的咖啡后给自己披了件外衣，继续讲述她的故事。

韩江雪通过自己的努力完成了人生逆袭。

她考上了名牌大学，本打算和同学们一样，毕业后留在发达的沿海都市，在金融领域继续开疆拓土，勇往直前。但在大二的那个暑假，结束一天的兼职后，她登上了街角停着的一辆献血车，也因此登上了人生的另一趟列车。

献完血后，护士给了她一个小本子，上面不仅有她的姓名和献血量，血型一栏还标注了一个英文字母：B。

起初，韩江雪并没有把这件事放在心上。她回到宿舍，照常吃晚饭、上自习。直到深夜躺在床上，她才突然想起一件事。在父母所在工地的宿舍里，她曾从抽屉里翻出过两个献血本。她依稀记得，父亲的血型是A型，母亲的血型是O型。根据学过的生物学知识，她知道，不管怎样，A型和O型血的夫妻都生不出B型血的孩子。韩江雪心里不愿意承认，便又咨询了医学院的同学，得到了同样的答复。

这件事情在韩江雪的心上蛀了一个洞，她本来正常的生活都被吸入了这个洞中。她心烦意乱、焦躁不安，勉强熬完了暑期工。她坐了一夜慢车回到老家，回到了阔别三年多的村庄。走在路上，所有的记忆一下子扑面而来，并被赋予了新的意义。她想起顽劣的同学曾骂她是野孩子，想起村民曾在背后指指点点，说什么因果报应。

韩江雪的突然出现让奶奶吃了一惊，看到她欲言又止的模样，奶奶似乎明白了什么。她用枯黄的手抚摩韩江雪的头发，对她说："你要走得远远的，不要回来，永远不要回头。"

韩江雪这才把憋在心里的话说出口："奶奶，你原来教育我，永远不要忘记自己是谁。可你没告诉我，我到底是谁？"

奶奶的语气异乎寻常的坚定："只有不断地往前走，你才能知道自己是谁。"

说完，奶奶猛地推了韩江雪一把，威胁说她若是再不走，自己就从床上摔下去。终于，在父母还没回家前，韩江雪含着泪离开了家，离开了那个村庄。

本科的后两年，韩江雪用密不透风的学习和打工将心里的那个洞填满。她的计划没有变，先考上本校的研究生，然后边学习边在一家基金公司工作。她要在自己二十二岁生日前赚到人生的第一个一百万。

韩江雪停下了讲述，反问我："你是不是觉得我很庸俗啊？"

我笑道："我也想这么庸俗，可是实力不允许。"

韩江雪说："其实大三那年我就已经赚够一百万了。"

"如何做到的？"

"配资炒的期货。"

我有些惊骇："你就不怕操作不当被平仓？！"

韩江雪沉着地说："我做了功课，找准了时机。另外，我还遏制了我的贪婪。"

"原来你是一个隐形的富豪。"

"生活所迫，"韩江雪叹了口气，"如果我能按照既定的路子走下去，没准儿我现在已经实现财富自由了。不过，研究生笔试后的第二天发生了一件事，把我打回了原形。"

"发生了什么？"

"我有一个女同学，她男朋友是警校生。在一次聚会中，大家不知怎么就讨论起了拐卖小孩儿的事情。那个男生说，公安机关鼓励疑似被拐卖的人员主动采集血样，然后录入全国失踪人员血样库进行比对，这样很有可能会找到自己的亲生父母。"

"所以，你去采集血样了？"

韩江雪点点头："那个警校生的话把我心里的那个洞又给掘开了。我没有犹豫，第二天便偷跑到学校附近的派出所采集了血样。就这样，又过了两个月，就在研究生面试即将开始时，我接到了一个从外地打来的固定电话。是的，就是凡城的电话。打电话的人称自己是市公安局下属分局刑警大队的民警。他说我的亲生父亲正在公安机关指定的住所内，希望我能过去辨认一下。我怀疑对方是骗子。那个警察说，他最近把我父亲的血样录入了失踪人员库，是系统自动比对的结果，百分百无误。他的话打消了我的疑虑，但我还是没下定决心和自己的亲生父亲相认，便有些支支吾吾。那个警察倒是很急迫，像是有什么重大的隐情不便在电话里透露似的。于是，我搭乘第二天的飞机来到了凡城，见到了那个给我打电话的姓李的光头警察。"

"你见到亲生父亲了吗？"

韩江雪"哼"了一声："我以为我会立即见到他，我甚至在飞机上设计好了相见时不失礼节但又绝不会透出半点情绪的问候。可光头警察只是给我倒了杯水，然后让我先在附近找一家宾馆住下。我知道该来的总会来，便逼他说出到底发生了什么。光头警察这才告诉我，两年前，城西一家宾馆在拆迁时，在风道里发现了一具干尸。考虑到发现尸体的地方特殊，警方高度重视，把它视作一起命案来查。但尸体上没有任何能提供死者身份的标识。他们提取其DNA样本并录入系统后，也没有比对出相关人员。由于尸源始终查不清，其他线索也少之又少，案子便一直悬在那里。唯一确定的是，尸体的主人死于二十多年前，和宾馆修建的时间差不多。"

说到此，韩江雪抿了抿嘴，停止了讲述。

"接下来呢？"

韩江雪捋了捋额前的头发："接着，光头警察便带我去了殡仪馆，去认领我那位在风道里躺了二十多年，接着又在冰柜里躺了两年多的亲生父亲。"

"你可以不去吗？"

"可以。不过，是我提出要去的，我想见一见他。"

我咽了口气："可是他已经成了一具干尸。"

"但我还是想见，如果不见，我一定会后悔的。只有见了，我才能忘记这件事，向前看。"

"于是你还是去了？"

韩江雪点点头，没有再说话。想必她知道，我一定想知道和一具尸体相认是怎样的画面，但我没有忍心问，她也没有主动开口。

沉默了一会儿，我问了另一个问题："那个光头警察一定是想从你身上了解些和案件有关的线索吧？"

"是啊，"韩江雪说，"可是我能知道些什么呢？"

"所以，死者的身份依然是个谜，而那个案子还是悬而未决。"

韩江雪点头："没错，我的那位亲生父亲现在还躺在殡仪馆的冰柜里。"

4

我忍不住打了一个冷战。

韩江雪继续她的讲述："认尸结束后，我回到了上海，继续备战研究生面试，但此时我的神经早已经被凡城羁绊住。我经常会想起这里的公安局、殡仪馆，还有躺在冰柜里的尸体。为了对抗这些乱七八糟的念头，我开始默念奶奶对我说的话：你要走得远远的，不要回来，永远不要回头。我强打起精神，准备继续向前走下去。但每当我打开手机，总能发现页面上和这座城市有关的消息。就在面试的前一周，我看到一则图文结合的社会新闻，是一次关于凡城各色娱乐场所的暗访调查，目的是起底运营这些场所的幕后黑老大。"

"马克刘？"

"对，但我要说的不是他，而是出现在新闻照片里的另一个女孩，一个长相和年龄都与我酷似的女孩。在照片中，她和马克刘并肩站在一家高档会所旁边。"

说着，韩江雪指向照片墙角落里的一张照片。我这才发现那个和马克刘同框的女孩。起先，潜意识让我以为那是韩江雪，细细看我才发现那并不是她。但不得不说，那个女孩和韩江雪简直是一个模子里刻出来的。

我试探着问："你认为你和她是亲生姐妹？"

韩江雪的眼里闪着光："是的，我无比确信，我们俩是双胞胎姐妹。"

我被她的话惊住了，半晌，我才喃喃地道："真是活见鬼了。"

韩江雪摇头。"既然我的亲生父亲能在凡城的宾馆风道里出现，那么再多出来一个双胞胎姐妹，也没那么令人惊讶。"顿了顿，韩江雪接着说，"我放弃了研究生面试，再次回到了这座城市，想弄清楚这个女孩的身份。花费了一些时间和功夫后，我知道了这个女孩的名字，她叫顾竹雪。"

我插话问："你是怎么弄清楚的？"

韩江雪淡淡一笑："我先辨认出那家会所的名称并查到了其所在位置，然后换了和照片中女孩相似的衣服去了那家会所。那里的门童见到我喊了一声'顾总'。"

我的钦佩和震惊已经无法用语言来表达，只得干巴巴地问："接下来呢？"

"我没有更多地暴露自己。但为了弄清这其中的玄机，弄清楚为何我父亲的尸体会在宾馆的风道里、为何我的双胞胎姐妹会攀上黑帮老大，还有我的亲生母亲到底在哪里，我不得不留在凡城。我报考了本地银行的编制考试，顺利通过了笔试和面试，然后便在这里安定下来。"

故事从遥远的过去来到了现在，我慢慢捋清了这些事情，同时一个疑问在我脑中浮现："你直接去问养父母当年发生了什么，会不会是通向真相的一条捷径？"

"不可能！"韩江雪坚定地说，"如果我开口问了，那一切就都回不去了。"

我犹豫了几秒，弱弱地问了一句："现在还能回得去吗？"

韩江雪沉默了，半晌才说："我只想一路走下去。"

我又抛出一个问题："你没告诉你老家的养父母自己为什么来凡城吗？"

韩江雪摇头："我只说我是来投奔男朋友的，他们倒也信了。"

"他们这么轻易就信了？"

"当然，我给他们发了咱们俩的合照。"

我哑然，继而磕磕巴巴地说："可是，那时候咱们俩还不是男女朋友。"

韩江雪低声说："对不起，拿你当了挡箭牌。"

此刻，我的嗓子里堵着一些话，却怎么也说不出来。我脑袋里的万般思绪早已沸腾成一锅粥，随后，一个尖锐的问题扎在我的心尖上：她选择我——一个警察——做她的男朋友，有没有目的？

或许是读懂了我的面部表情，韩江雪的声音里多了些许温柔："我并没有求你在警察的数据库里帮我查找信息，更没求你帮我寻找亲生母亲。和你在一起，只是因为在你身边，我能感受到一种踏实和放松。"

她的话让我看到了在我的出租房里因为醉氧而沉沉睡去的藏羚羊。我还是有些犹豫："可是，我只是看守所里的一名医警。"

韩江雪笑了："守护那些罪犯的生命健康需要更大的勇气。"

我想到了命运是怎样阴差阳错地让我进了看守所。这让我的嘴唇发干，失去了说话的意愿。

韩江雪将手覆在我的手上："说说你的过去吧。"

迟疑了两秒，我摇摇头。

"怎么，不想说？"

我舔了舔嘴唇："只是没有什么好说的。"

"不，每个人的生命都是丰富多彩的。"

我将手从她的手心抽出："或许，我还没有勇气面对过去吧。"

韩江雪定定地看了我许久，之后幽幽地叹了口气："好吧。"

"下一步有什么打算？"

"继续找吧。首先，我得和顾竹雪见上一面。"

"你们俩的名字里都有一个'雪'字。"

韩江雪笑了："是啊，人生多巧啊。"

就在此时，那只叫包包的橘猫突然直立起身子，耸起背毛，一动不动地盯着窗外，仿佛听到了异乎寻常的动静。接着，它从我的膝盖上跳下，连跳几次后消失在窗外。

天空此时泛起模糊的青光。韩江雪揉了揉太阳穴："看样子没工夫睡觉了，不如去晨跑吧。"

"啊？"我抬眼看着韩江雪。

韩江雪没有理会我的犹疑，而是立刻回到主卧换上一套从上到下皆是粉红迷彩的运动服和运动鞋，然后拉着我的胳膊把我拖到了楼下，出了巷子。韩江雪说："咱们向东——向着太阳升起的方向——跑十公里，如何？"

我又"啊"了一声，接着便跟在她身后跑了起来。跑着跑着，我的肋下疼了起来，接着我的心也不由自主地发痛。我放慢了脚步，最后彻底停了下来。在前面领跑的韩江雪回过身，对我喊道："跑啊，兽医，跑啊！"

我看着她，没有回话。

二十米外，她站在原地等待，停止了对我的呼唤。

我们俩就这样静默地站着。我知道，我们心间横亘着难以描述的东西。

我想告诉她，我不想陪她跑步，我要回去上班。但不知怎的，我开不了口。半响，我向她挥了挥手，像是告别一般，然后我背过身，一步步地走远。韩江雪没有再对我说什么。几秒后，我听到了她越跑越远的脚步声。

我的心撕裂般的痛了起来。

第八章

攻心术

生活的矛盾之处在于，有一种境界标志着生命的顶峰，甚至超越了生命。
当一个人极度活跃、彻底地忘掉自我的时候，这种境界便悄然无声地出现了。

——杰克·伦敦

1

我和韩江雪都没有提及分手之事。

不过，自从那个薄雾的清晨我和她逆向而行后，我们便再没有联系过，好像一段细胞有丝分裂的生命历程走到了尾声，分化成两个不再有关联的生命体一般。

但我还是忍不住会想起她，抓耳挠心的，很烦。于是，我迫使自己将注意力转回工作上，转到看守所里那一千多名在押人员身上。

这天早上，我来到所里准备接陈拒收的班，却看到大家正聚在收押室内围着一个穿中山装的男人聊天。每个人脸上都含着笑意，穿中山装的男人也在笑。陈拒收还拉开抽屉，将一包中华烟拆开递了他一支。男人倒也不客气，接过烟后，顺手把陈拒收手里的烟盒抢了过去，开始给其他的管教发烟。大家一边骂陈拒收抠门，一边对穿中山装的男人赞不绝口。就在一群人吸烟的空当，衢八两看见了我，招呼我过去。他向那个穿中山装的男人介绍说："这是新来的狱医，大家都喊他'兽医'。按照程序，让他给你从头到尾好好检查一遍。"

"中山装"笑道："从头到尾，你当我是长尾巴的壁虎啊。"

"对啊，你成天飞檐走壁，可比壁虎厉害多了。"

此刻我已经了然，知道这个男人大概是办案单位送来的一名犯罪嫌疑人。我接过体检单，看到他姓庄。鉴于他已是中老年，我便按照衢八两的指示给他做了详尽的基础检查。他没啥大的毛病，却有一大堆慢性病：三高、风湿病、心脏早搏、慢性哮喘……他的身体就像一辆已开了十几年的老爷车，处处响着警报，却仍在艰难地向前开着。

我把体检单递给陈拒收，用眼神暗示：收押老庄具有一定风险。陈拒收只扫了一眼体检单，便在上面盖上了收押的印章。陈拒收对正在穿衣服的老庄说："在里面的这段时间，你要好好调养身体。"

老庄笑笑："也好，从今天起，我就戒烟戒酒了。"

我有些惊异，觉得老庄并非来蹲监的，而是来度假的。

此时，两名送押的警察拍了拍老庄的肩膀："安心等下一步诉讼程序吧，我们就先走了。"

老庄微微弯了个腰："麻烦你们了。"

老庄转向我："我姓庄，以后就要麻烦你了。"

红鼻子管教插话："你还没说你是一名江洋大盗呢。"

老庄腼腆地笑了笑，拍了拍红鼻子管教的肩膀。等他松开手时，原本挂在红鼻子管教颈上的哨子便到了他手上。

众人大笑，红鼻子管教的鼻子更红了。他正要发怒，衢八两发话了："老庄，既来之则安之，在所里不要惹麻烦。"

老庄将哨子还给了红鼻子管教："当然，我这个土埋半截的老头儿能惹什么麻烦？"

衢八两翻开在押人员分布示意图，看了一阵后和红鼻子管教嘀咕了几句，然后用商量的语气问老庄："本来想把你分到老年号房的，但西1监室里的刺儿头比较多，我想把你分到那里，让你帮我们管管那些刺儿头。"

老庄打趣道："给发工资吗？"

衢八两笑笑："我个人掏腰包请你吃红烧肉。"

老庄嘿嘿一笑："成交。"

对于在押人员的管理工作，所里倡导外部管制、内部自制。外部管制包括背诵和服从各项监规监纪，关于什么时候吃饭、什么时候劳动、什么时候看《新闻联播》，都有明确的规定。此外，管教还会根据情况找在押人员谈话，甚至组织他们过青年节、妇女节、中秋节等。所有这些都是为了确保在押人员的状态稳定，确保其能够配合完成诉讼程序。但这些管理并非沉浸式的，管教也不可能二十四小时盯着在押人员，和他们同吃同住。因此，选出一名牢头是非常有必要的。

在大多数管教眼中，那种有"故意伤害"犯罪前科且身体壮硕的中年男性是理想的牢头人选。原因有二：其一，"故意伤害"其实就是打架斗殴，伤情要达到轻伤二级以上的标准。这样的犯罪多事出有因，有的是为家人出头，有的是为兄弟出头，所以犯罪嫌疑人多多少少会受到其他在押人员的尊敬，而不会像强奸猥亵之徒那般遭众人鄙视。其二，打架能打赢的，且还是中年男性，其身体素质肯定差不了。在挤了二十来人的号房里，拳头还是显著的硬实力。

也有反其道而行的管教，最经典的当属衢八两。他管理的一个号房里曾关了一名在企业里当人力资源总监的副总。这个副总被猪油蒙了心，犯了非国家工作人员受贿案，被企业内部给反了腐，报到了公安局。衢八两看他是个"人才"，就力排众议让这个白面书生当牢头管理号房。结果，这位副总将现代化的管理理念与心理学实操技能相结合，把曾经鸡飞狗跳的监室管理得井井有条。这位副总曾夸耀说，他们号房不仅"KPI（关键绩效指标）"是最高的，幸福指数也是最高的。可惜那个人后来被判了三年半，投送到了监狱，否则衢八两便会派他而非老庄去西1监室当牢头。

可以说，西1监室里关押的都是大家用筛子挑来挑去后剩下的"残渣"。因为实在无处可安置，便把他们凑在了一个监室。这个监室里有三个分属不同团伙的涉黑人员、两个不同路数的电信诈骗人员、一个持刀抢劫的、一个拍裸照敲诈勒索人的、一个在街面碰瓷的、一个非法采沙的、一个组织卖淫的、一个制贩假烟的、一个在山窝里开牌九场子的、一个在网上开赌博网站的和若干盗窃分子（偷车、偷油、偷电缆等），以及若干制毒贩毒人员。

这些人凑在一起根本合不来。他们不仅一直没选出牢头，彼此间还经常不对付，三天一小打，五天一大打，躲着镜头的阴招、损招层出不穷。无奈之下，所里便把他们从西13整体搬迁到西1，紧挨着管教值班室和武警中队哨点，为的是万一出现群殴、骚乱或其他流血事件，可以第一时间处置。

2

衢八两把老庄带到西1监室，当着大家的面宣布老庄是号房的牢头。说完，他拍了拍老庄的肩膀便离开了。衢八两知道，这样一来老庄就成了这一屋二十多号人的众矢之的。果然，当天晚上便有人将被子蒙在老庄身上给了他一顿拳打脚踢。早上，衢八两查监的时候发现老庄的眼睛肿了，被褥上还沾着血迹，便问老庄是不是有人动手了。

老庄咧着嘴嘿嘿一笑："秋天火气大，鼻子蹿点血，没啥大不了的。"

听老庄这么说，衢八两便没再过问，但从众人的表情中，他已猜出是那三个涉黑的小子动的手。

在这个监室，大家各自为战，都摆出一副"有本事来惹我试试"的表情。只有那三个涉黑的小伙子抱成一团，其中为首的外号黄毛，看谁弱就欺负谁，有点像非洲草原上的鬣狗，令人厌恶。

虽然被打了，老庄还是担起了牢头的职责：组织学习监规、劳动，安排大家排队打饭。当然，并没有人听老庄的话，但老庄也不急不恼，依旧给大家下达命令。这自然会招来众人的冷嘲热讽，还有人不断给他下绊子、捣阴拳。这些衢八两都看在眼里，既然老庄没有举报，他也就没管。

到了晚饭时间，按照约定，衢八两让红鼻子管教盛了一碗红烧肉给西1监室送了过去，说是老庄花钱买的。这碗肉共有十二块，号房里有二十五个人。当然，老庄可以就着稀饭、馒头把红烧肉全部吃进肚里，但这肯定不符合衢八两和他之间无声的协议。

只见老庄用筷子拨了拨肉块，点了点数，又用筷子将每块红烧肉夹成等分的两半，然后挨个儿夹到每个人的碗里。没有人对此表示感谢，他们甚至都没有起身，只是把碗向前一伸，完全是客官应对店小二的姿态。到了黄毛三人那里，黄毛把红烧肉一股脑儿倒进了自己碗里。老庄张了张嘴，但没有制止。这样一来，当老庄来到那个毒贩面前时，碗里已经没有肉了。毒贩嘿嘿笑了一声，端起碗来呼噜呼噜地喝起了稀饭。后面几名没有肉的在押人员看了，也都端起稀饭喝了起来。老庄在这几人前面站了会儿，然后鞠了一躬，为没让他们吃到肉表示愧疚。

监控画面前，衢八两告诉我："这个毒贩的案子快开庭了，检察机关认定他制贩冰毒，成品总重有六十千克，半成品超过半吨，死刑是跑不了了。"

"所以说，那个涉黑的黄毛把大毒枭的肉给吃了？"

衢八两笑了："是啊，这是老庄的高明之处。"

我也笑了："我想到了二桃杀三士的故事，大概这十二块肉的数量也是你事先交代后厨的吧？"

衢八两瞥了我一眼："小子，行啊，脑袋比刚进来那会儿灵光多了。"

黄毛显然也意识到自己摸了老虎的屁股，但他无处发泄。到了晚上，他便撺掇另外两个伙伴，给老庄又来了顿午夜闷拳。看到老庄脸上新增的伤痕，还有胳膊上的一处开放性伤口，衢八两不能不管了。他组织其他管教对西1监室进行了彻底的搜查。除了受伤的老庄，所有人都靠墙站着。管教先搜房间再搜身，但搜了一个多小时，始终没找到把老庄的胳膊割出血口子的尖锐器物。

管教走后，整个监室一上午无人说话。到了中午，就在大家吃饭的时候，衢八两从监控视频里看出了端倪。监控视频里，老庄从身上摸出一支牙刷，塑料的一头儿已经被削尖。老庄当着众人的面把那支牙刷掰成了三四段，然后扔进了马桶，这才开始吃午饭。所有人只互相看了看，便继续埋头扒饭。

当天下午，黄毛三人似乎有所收敛。

到了晚上，《新闻联播》里有一则报道，显示多地公安机关联合行动，打掉了一个利用套路贷实施犯罪的黑社会团伙。号房里，那个非法采沙的老板发表了评论："这些放高利贷的最可恶了，把好多人逼得倾家荡产。我的一个手下在赌场玩的时候，一伙追债的人闯了进来，他被逼跳楼成了瘫痪。他们还把他的老婆绑去了妓院，要她肉偿那些欠款。"

采沙老板的话音刚落，组织卖淫的"鸡头"就为自己撇清关系："我手下的小姐可都是自愿的，而且我待她们也不错，不仅定期给她们体检，若她们受了欺负，我还会帮她们讨公道。"

开赌场的那位说："那些放贷的都是团伙作案，他们要闯赌场，我既拦不住也不敢拦。所以，你那个手下跳楼，和我可没什么关系啊。"

在众人聊天的空当，老庄拎着一个茶水壶穿梭着给大家斟茶。这是他自掏腰包请大家喝的——祁门红茶，来自他家乡大山的自由味道。

"那么，这里面都谁是放高利贷的呢？"在街面碰瓷的瘸子向大家抛出了问题。

所有人面面相觑，然后目光都落在了黄毛三人组身上。采沙的老板问："你们几个娃娃都说一说，你们犯的都是什么事？"

其中两个人没说话，倒是黄毛手一颤，将碗里的茶水泼在了碰瓷瘸子的裤裆上，然后哈哈大笑道："对了，我们犯的是啥事呢？人老了，记性不好了，手也不听使唤了。"

所有人愣怔了一下，都不说话了，包括那几个从头到尾没有吭声的涉毒人员。到了晚上，众人睡去后，黄毛领着两个同伴将被子蒙在了碰瓷瘸子的头上，又是一阵拳打脚踢。

在这个监室里，瘸子的体质最差，根本没有还手的可能。其他人都捂着脑袋作壁上观，唯有老庄起身把打得正起兴的黄毛拉开了。黄毛一看上来的是老庄，便一声招呼转移了进攻对象。老庄蹲在地上护住要害部位，瘸子则趁此机会躲进了角落里。

清晨，看到鼻青脸肿的老庄，我急忙找到衢所长，建议他立刻把老庄调去老年号房，不能再由着那三个小年轻欺负了。衢八两说："今天是个重要的日子，过了今天，或许事情会有转机。"

衢八两口中的大日子就是西1监室里的制贩毒团伙头目的审判日。此人刚被抓时虽知犯的是死罪，却仍想争取一线生机，精神极不稳定，还借自残申请过保外就医，属于被高度关注的对象。随着证据链越来越完整，钉在棺材板上的钉子越来越多，他反倒平静下来。

来提人的法警是早上七点到看守所的，一直到傍晚才把人给送回来。没有疑义，毒枭被判了死刑。法官问他要不要上诉，毒枭说他要回去想想。毒枭看似非常平静，后半夜突然崩溃了。他先是冒冷汗，继而全身抽搐，无法自抑。即便这样，号房里也没有人喊管教，而是任由毒枭在无声的痛苦中挣扎，好像此时他已是一个无关紧要的死人。只有老庄起身抱住了浑身发抖的毒枭，一直抱到天明。巡控的民警天亮后才发现老庄的胳膊上鲜血淋漓。原来，毒枭为了让自己平静下来，竟然咬了老庄的胳膊。老庄没有反抗，而是任由毒枭那么咬着。

我赶去给老庄包扎伤口，然后问他："你怎么不呼叫管教呢？"

"他就是想一个人克服心里的恐惧，不能打扰他。"

"但你把胳膊给他咬了。"

"能怎么办呢？总不能看着他咬舌吧。"顿了顿，老庄又说，"他把我的胳膊当成一块木头了。溺水的人，给他一块木头就行。"

说话间，天色已经大亮。西1监室回归了正常，但若是细细观察，便能觉出其中的气氛有了些许变化。此时，大家已经知道毒枭被判了死刑，也大概了解他曾经有多么狠毒，不经意间都对他流露出许多敬畏，包括黄毛的两个手下。

黄毛心有不甘，他认为自己才是这个监室的老大，便开始变本加厉地滋扰其他人。黄毛仍挑老庄下手。这天早上，黄毛让老庄给自己盛早饭，老庄顺从地把稀饭端到了黄毛面前，黄毛却说老庄盛的稀饭太稠了，一把将碗打翻在地。

这"哐当"一声吸引了众人的目光。旁观者都瞅着黄毛、老庄，还有毒枭。毒枭徐徐起身，来到黄毛的身边，也不言语，就是低头瞅着他。慢慢地，其他人也纷纷起身，把黄毛团团围住。毒枭平静地说："你给老庄道个歉，然后把地上的米粒给舔干净。"

这下轮到黄毛发抖了，但他还是赖在地上不愿意起来。

毒枭笑了，他蹲下身子，伸手在黄毛的膝盖上拍了拍。

就在此时，衢八两打开了监室的铁门，众人回转过身。衢八两说："小孩子不懂事，还是由我们教育吧。"说完，衢八两便指着黄毛让他过去。

黄毛像是获了大赦，连滚带爬地跑出了监室。

我不知道衢八两和黄毛说了什么，但我通过监控看到毒枭扶了扶老庄缠着纱布的胳膊，先表示了道歉，然后表态以后一定服从他的管理。其他在押人员看到监室里最厉害的人都服了老庄，便都认可了老庄牢头的地位，包括被衢八两教育完毕的黄毛。只用了两天的工夫，整个西1监室的内务卫生、生活秩序和劳动成绩就有了翻天覆地的变化。

看着曾经的问题监室蜕变成优秀监室，我在惊讶之余问衢八两："老庄究竟施了什么魔法？"

衢八两笑说："你知道老庄这个外号有什么其他含义吗？给你一个小提示，从字面上去理解。"

我说："老大，你就别卖关子了。"

"老庄，就是老子和庄子呗。我觉得他是在用自己的生命演绎老庄哲学，用一种与世无争的态度培养极为宽广的胸怀。不管在哪里，他都可以创造最广泛的价值认同。"

我从来没听衢所长这么夸过一个人，但我仍有一事非常疑惑："可这么一个人为什么会犯罪呢？"

"你可以问问他，他会毫不吝惜地把一生的传奇都告诉你。"衢八两这么对我说道。

3

就在检察院到所里给老庄履行批捕手续的第二天，我把他请到了医务室。我拿出入所体检单，一项项对照着开始例行检查。当听诊器移到他胸前时，我听到一阵类似风箱噪声的回响，其间夹杂着微弱的心跳声。

我对老庄说："你的肺部有病灶，可能是炎症引起的，因为一直没有好转，所以才会引起哮喘。而你的哮喘又影响了肺动脉，从而导致心脏早搏。你要知道，心脏早搏是很危险的，加上你的血脂和血压都偏高，颈部动脉也呈现粥样硬化，如果不好好控制，可能会引发脑梗或心梗。"

老庄笑眯眯地听着我的介绍，就像在听别人的事。然后，他问我："医生，你觉得该怎么办呢？是降三高呢，还是治心脏早搏呢？又或是治疗哮喘，或者一直追到根儿上，把我肺部的病灶给除掉呢？"

"我当然想从根儿上开始治。"

"可看守所就算再人性化，也不具备这个条件，是吧？"

我点头："许多治疗都需要医院大型医疗机械的介入，而且一些药不在医保报销范围内，价格很高。我可以向上面打报告，但能批下来的可能性很小。"

"那还是咯，"老庄笑道，"就给我开点降压药吃吧。身体再糟，脑袋不能糟。"

"好的，我会给管教写药方的。不过，我想问一下，你肺部的病灶似乎已经非常陈旧了，之前问过诊吗，是什么引起的？"

老庄沉默了会儿，然后眯缝起眼说："要说这个病灶啊，还得从我第一次蹲监狱的时候说起，那都是二十世纪八十年代的事了。"

我泡了一杯祁门红茶，给老庄递了过去。

老庄瞅了瞅红茶，又瞥了眼挂钟，兀自抿了一口茶。

我鼓励他道："我看你不像是坏人。"

老庄抬眼看了我一眼，眼珠子有些发灰："说起来挺惭愧的，那件丑事就发生在我的老家，发生在一个叫响鼓岭的村子。当时我还只是个二十三岁的青年，中学毕业后没事干，就在家里种竹笋。村里有一个女孩长得挺好看，是当地乡上法庭法官的女儿，也是年轻小伙子议论的对象。一次吃饭时喝多了酒，我和同村的两个男青年吹牛，说自己胆子多么多么大。这时，那女孩正巧路过。大家话赶话，竟打赌谁敢去摸那女孩的屁股。我年龄最小，受不了怂恿，就晕乎乎地跑了过去。我刚伸出手，女孩就转过身来，我的巴掌只扫到了她的裤边。女孩尖叫着报了案。再后来，我和那两个男青年就被抓了。

这时我才知道，那两人还涉嫌一起强奸杀人案。我们被认定为流氓团伙，那两人被判了死刑，而我则被判了无期徒刑。二十三岁啊，无期徒刑。"

说到此，老庄拉开陈拒收的抽屉，把放在里面的一包烟拿了出来，抽出一支放在鼻尖深深地嗅了一下道："我被扔进了戈壁滩上的一所监狱，离家有两千多公里。说实话，那时我相当绝望，也非常懊恼。我一次次地问自己：我的手只是扫到了裤边，怎么就要遭受如此严厉的惩罚？我不甘心，于是我想到了越狱。那时候的监狱非常老旧，不像现在有高墙大院铁丝网什么的。我瞅了个机会，在拓荒的时候从墙垛处翻了出去。可到了外面我傻了眼，放眼望去，周围全是毫无二致的戈壁滩。不过，获得自由的喜悦还是激励着我向前走。我走了一天一夜，到了第二天上午，我看到远处隐隐约约有一个集镇。我便加快了脚步，但又走了好几个小时，我还是走不到那个集镇。正午的阳光把我晒得昏昏欲睡，我躺下休息了半个小时。当我再睁开眼时，那个集镇已经消失了。残存的意识让我想起了海市蜃楼。我意识到，如果再往下走，我或许会成为无人区的一具干尸。我打定主意开始往回走。又走了一天半，也就是第三天临近午夜时，我走到了监狱的铁门下，随即昏了过去。"

老庄说到此，抿了一口茶，道："水是生命之源啊。"

"看来监狱之所以防备松懈，是因为周边都是无人区，严酷的戈壁滩成了最好的牢笼。"

"是的。我昏厥了一周，肺部的病灶就是因为吸入了过量干热空气而留下的。等我醒来后，法院派来两名法官审理我越狱的案子，他们又给我加了三年有期徒刑。嘿嘿，无期徒刑加三年有期徒刑，合并起来还是无期。不过，这两名驱车几百公里而来的法官认真倾听了我的苦衷，表示将会为我反映情况。但他们走后便再没了回音。去鬼门关走了一遭后，我的心踏实下来。那时候正赶上监狱翻新扩建，工人欠缺，很多犯人就被动员去干活儿。我因为年轻、脑袋灵光，便跟在工人后面学习铺设电路、用车床加工零件，还学会了开挖掘机。此外，因为大家都有了活儿干，自由度也就高了些。我便又跟着其他犯人学了不少飞檐走壁、开锁撬门的技术。我以为这些技能就是用来打发时间的，没想到日后还真派上了用场。"

老庄干笑了两声，接着说："在我服刑的第六年，先前那两名法官居然回来了。他们宣读了减刑决定，我的刑期从无期变成了二十年。我冲他们叹了口气，表示减刑对我而言没多大意义。就这样又过了三年，那两个法官又来了，再次宣读了减刑决定，刑期从二十年减半成了十年。我问他们为什么。其中一个女法官说：'八十年代赶上严打，很多人都被判得很重，有点矫枉过正，现在算是补偿吧。这次不仅是你，监狱里的很多人都被减了刑。'她还掰着指头要我准备准备，说再过一个月，我就可以被释放了。"

我感慨道："幸福来得很突然啊。"

老庄痛苦地摇摇头："我慌了。我本已打定主意要在那鸟不拉屎的地方继续待下去，不管是当犯人还是当工人，我都无所谓。突然，监狱不要我了，我必须回到社会中。可我已在监狱里待了太久，我不知道自己出去后该怎么办。记得被释放那天，一辆大巴车开到监狱门口，我和二十多个被提前释放的男人一起挤上了车。不知是谁先哭了一嗓子，紧接着所有人都哭了。就这样，我们那一车被释放的犯人像新生儿一样，号啕大哭着重返社会了。"

老庄的讲述非常平静，平静得就像大火熄灭后残留的灰烬。但我知道，有些东西并没有熄灭，新的生命正在悄然复苏。

我对老庄说："你听过银行家安迪的故事吗？"

"安迪？"老庄露出一丝疑惑，然后拍了拍手，"对，《肖申克的救赎》里的那个银行家，最后成功越狱的那个人。"

"你记得电影末尾的那句话吗？"

"记得。"老庄笑道，接着便模仿起译制片里的翻译腔，"希望是好东西，也许是世间最好的东西，好的东西是不会消逝的。"

"你认同这句话吗？"

老庄想了想，说："我觉得这句话说得还是在理的。虽然现实生活并不一定像电影那样会有美好的结局，但，人总得知足吧。"

我指着他身上的黄马甲，问："你对自己的生活知足吗？"

"还行。"老庄耸耸肩。

两相沉默了会儿，我问："那后来发生了什么？"

老庄瞅了我一眼："希望也挺熬人的，对不？"

我不知该如何作答。

老庄接着说："我揣着释放证回到家乡，发现父母早已搬走，不知道去了哪里。想必他们是忍受不了村里人对我这个流氓的闲言和唾弃才搬走的。我的心里很不舒服，连户口都没入，便直接离开家乡去了省城打工。可这样一来，我就成了黑户。因为没有身份证，工厂和商店不愿意招我干活儿，我只能去工地干一些小工。就这样，一直混到快四十岁时，我觉得不能再这么过下去了。我需要钱，于是我开始了小偷生涯。之前在监狱里，我跟狱友学了不少偷鸡摸狗的技术。我注意到一家烟酒店在出售茅台、五粮液等昂贵的名酒，便动了心，但店里不仅装了监控，还有安防设施。我就开始研究如何解除安防，结果还真被我弄明白了。我买来器材，制作了红外发射器，类似电视遥控器的那种。然后，我在烟酒店附近试了几个波段，并在完成匹配后选好了日子，在一天晚上解除了烟酒店的安防，又用插片开了锁。后面的工作就是注意不留指纹、不被监控拍到正脸的琐碎细节。我并不贪，每次盗窃之间至少间隔三个月以上，盗窃物品的金额也不会超过一万元。接着，我以略低于市场价的价格出售这些烟酒，这样店主们便不会怀疑这些东西来路不明了。当然，我不会找同一家店卖，而是随机挑选市郊的烟酒回收点，同一家店我不会去第二次。更为重要的是，我给自己准备了一套西装，虽然不贵，但很修身。这是一个以貌取人的世界，我穿上西装去卖，那些店主就会以为我只是一个收礼后想变现的小贪官。"

"那你是怎么被抓到的呢？"

"警察没有说，但我能猜到，他们是根据解除红外线报警这种作案手段决定并案侦查的。其实，警察动手前我就有了预感。我当时在地图上标出了所有的烟酒店，我注意到，那些我没偷过的店，警察会重点关注。于是，我杀了个回马枪，把曾经偷过的店铺又偷了一次。我没想到的是，警方在一瓶茅台的内包装里安了定位追踪装置。警察是在一个公交站台把我抓住的。当时我正准备上车，从前门下来两个小伙儿，只看了一眼，我就知道他们是警察。不用转身，我也知道身后还有警察。我就把两手一举表示投降，一点也没有反抗。"

"你似乎很平静。"

"是啊，毕竟犯了罪，被抓到就得认栽。"

"还是因为你之前服过刑，对监狱没有未知的恐惧？"

老庄笑道："你说得对。那次我被判了三年，在一年到三年的刑期中，也算是上限了。因为在监狱里表现好，我服了两年两个月的刑就出狱了。我知道，我的名字在那个城市的公安系统里算是挂上号了，便又换了个城市。在那里，我一边打工，一边钻研新的盗窃技术。"

"等等，你为什么要重操旧业啊？"

"偷顺手了呗。"老庄嘿嘿一笑，"或许就像那些警察说的，好吃懒做，但又想维持一个较好的生活水平，所以只能靠偷了。"

"不，我觉得你是想过一种被人尊重的、体面的生活。"

"老鼠是没有体面的。"老庄笑了笑，转移了话题，"这次是旧瓶装新酒。我开始帮一个矿主偷电，按照工作量收费。"

"煤老板？"

"不，比特币矿主。"

我还没从惊愕中回过神来，老庄已开始继续讲述："我早就注意到那几个小伙子了。他们就住在我所在的那条巷子的最里面，紧挨着一处安居房建设的工地。他们每天深居简出，愁容满面。我找了个机会和他们闲聊起来，这才知道他们一同投资了三十万元，买了一整套挖矿机，干挖比特币的生意。可干了三个月，比特币没挖出来多少，高昂的电费快把他们给压垮了。试探了几次后，我提出可以帮他们从周边的在建工地上偷电，他们立刻接受了我的建议。工业用电的电压高，弄不好会出人命，但我在监狱里干过许多年电工，知道怎样保护电路。于是，我找了套供电公司的工作服，以检查配电设施为由，偷偷分拨出一条线路，接到了边上的出租屋里。我让那几个小伙子不要贪，控制好耗电量，保持神不知鬼不觉的状态。他们的确听了我的话，接着又提出要在其他工地附近租房子开分场。就这样，我又连续干了五起。我知道暴露是早晚的事情，但如果那些小伙子不那么贪婪的话，惩罚或许会来得迟一点。可谁能控制住欲望呢？后来，我罢手了。他们就又找了个电工，继续疯狂偷电，终于引起了工地建筑方和供电公司的注意。我知道这伙年轻人被抓后一定扛不住警察的讯问，所以主动去公安局投案自首了。"

"这次被判了多久啊？"

"因为有自首的情节，而且那几个小伙子的父母也主动退赃，我被判了三年半。当然，后来我又被减了刑，只服了两年八个月就出狱了。"

"之后呢？"

"我接着流浪，在不同的城市打零工。手头紧的时候，我就继续盗窃，被抓后接着服刑，出狱后再换一个城市生活。就像当初盗窃名烟名酒店一样，打一枪换一个地方。"

"可是，这次你回来了，而且盗窃的是一家名表行。"

"括号，未遂。"

"是的，你已经解除了名表行的全部安防措施，顺利潜入店里，价值上百万的名表眼看已经到手，为什么会在最后关头被抓？"

老庄神秘地笑笑，并不说话。

我有些不甘心，再三催促他开口。

老庄卖了个关子："有时候，即便把所有的事实都摆在明处，想真正洞悉人心仍是非常艰难的事情。如果你非要知道答案的话，我会告诉你，我这样做是为了一个女孩。"

"哦？"

老庄接着说："或许，我还需要你的帮助。"

老庄口中的女孩让我想起了依然故我的吕毛毛，我对老庄说："我也需要你帮我一个忙，帮我把一个桀骜不驯的少年给驯服。"

"你就这么相信我？"

我点头："我觉得你有那种能量。"

"行，我帮你驯服一个男孩，你帮我救一个女孩。"

4

我口中的那个男孩就是"一只耳"吕毛毛。自从"二进宫"后，他就变成了一只沉默的刺猬。只要靠近他，就会被扎一身刺，所以同号房的人索性把他弃到了角落里，不愿意搭理他。

我向衢八两做了汇报，请他同意把吕毛毛调到老庄所在的西1监室。衢八两先肯定这是一个不错的主意，接着提醒我不能只指望老庄在内部做工作，建议我到外面的世界寻找困住吕毛毛的心结。

吕毛毛立即被调到了西1监室，成了老庄的重点关注对象。没过多久，吕毛毛便发现，整个监室的在押人员，包括那些最狠的角色，都坚定地和老庄站在一起。可以说，在西1监室，除了睡觉，吕毛毛的每一分每一秒都被这些老江湖安排得明明白白的。这让吕毛毛又气又恼。

一天午后，吕毛毛像是要发泄似的，对着墙壁不停地捶拳头，白灰簌簌地落了他一脑袋。老庄拦腰抱住吕毛毛，这下他折腾得更厉害了。老庄只得双手抄过他腋下，一把将吕毛毛提了起来，然后瞪大眼盯着这个愤怒的少年。吕毛毛还是不管不顾地用胳膊和腿乱扑腾，但老庄一点也不躲。吕毛毛把脑袋别了过去，可老庄灼热的凝视如烧红的铁一般烙在他的脸上。最终，吕毛毛垂下了脑袋，消停了。吕毛毛这样做或许只是权宜之计，可老庄对此很认真。接下来的日子里，吕毛毛只要有所反抗，就会被老庄提到半空、贴在墙上。

我问老庄为什么要这样做。老庄笑着解释："我在戈壁滩蹲监狱的时候遇到过一个来自草原的汉子。那时候正在扩建监狱，找来了不少马匹帮忙干活儿。有的小马驹性子太烈，不听从指令干活儿，管教就让这个汉子去驯马。在驯马的过程中，他发现了两条定律：一是要直视马驹的眼睛，这意味着你不会怕它；二是动作要缓慢、轻柔。这是要让它安心，表示你不会伤害它。后来，我就跟在这个草原汉子后面学驯马，还真驯服了几匹膘肥体壮的马。"

"所以，你是把吕毛毛当成一匹小马驹在驯？"

"也不完全是。草原上的马可以恣意狂奔，发泄过剩的精力，但在这地方，你跑一个试试看？"说完，老庄哈哈一笑。

"我听说吕毛毛的足球踢得不错，倒是可以组织一场五人制或者七人制的足球赛，让他发泄一下。正好前两天开例会的时候，所里说要举行秋季文体活动。"

老庄摇了摇头："其实，我想让他憋着那股劲。"

"为什么？"提出疑问后，我随即自己给出了回答，"明白了。你希望他心里的那层壳能被过大的压力冲破，显露出最真实的一面。"

"那只是一个契机，想彻底医好吕毛毛，还要找到让他的性格发生转变的关键因素。"

我陷入沉思，想起近期寻访吕毛毛老家的过程。

老庄说："你有没有注意到，吕毛毛晚上睡觉时会把大拇指塞到嘴巴里？你知道这是什么意思吗？"

"弗洛伊德有一个理论是解释这种现象的，说这是一个人幼年缺少母爱的表现。"

"他的母亲呢？"

"据说在他幼年的时候被人害了。"

"他的父亲呢？"

"他母亲去世后，他父亲一蹶不振，成天沉溺在酒精中，还经常打吕毛毛。后来，一天夜晚他喝多了，引发了脑中风，一头栽进臭水沟里死了。"

老庄沉默了会儿，然后说："有天晚上，我听见吕毛毛说梦话，他说'我错了，妈，我错了'。"

"他错在哪儿了？"

老庄摇头："他只说了这么一句梦话。"

"这是什么意思呢？"我喃喃道，抬头发现老庄正盯着我，眼睛放光。我意识到他已经有了答案。老庄说："会不会有这种可能：吕毛毛觉得他母亲的死和他有关，所以才会说'妈，我错了'？"

我紧接着说："一定是这件事让他的人生发生了转变。"

老庄点头："我会和他继续接触，验证这是不是最根本的因素；你想办法查清楚他母亲的去世和他有没有关系。"

"好的，放心吧。"

老庄拍了拍我的肩膀，随红鼻子管教离开了。看着他离去的背影，想到自己竟然和这名在押的犯罪嫌疑人里应外合、完美配合，我不知该怎样形容自己的心情。

第二天，我来到吕毛毛出生和长大的巷子，试图寻找关于他母亲的点滴线索。我发现，对于这个城市来说，吕毛毛的父亲和母亲都是外来打工者。他们从不同的省份、不同的城市来到这里，相遇相爱，然后结婚生子。从吕毛毛的母亲来到这座城市到她去世，这一系列翻天覆地的变化都发生在短短六年间。她的丈夫只比她多活了四年，最终也走上了"刑场"。他们就像两片浮萍，悄无声息地到来，又悄无声息地离去，剩下命运如蒲公英种子般的吕毛毛独活于世。

由于在吕毛毛的出生地寻访不到任何与这一家相熟的人，我来到了附近的派出所，找到了姓许的管片儿民警，试图从他这里获取一些有价值的线索。老许是一个头发花白的老同志，但他整个人精神矍铄，额头上那如刀劈斧砍的皱纹尤其显示出他的经验和资历。老许端着一个很有年头的搪瓷缸喝水，瓷缸上隐约刻着几个数字，后面跟着"部队"二字。

注意到我在盯着搪瓷缸发呆，老许笑说："这是从战场带回来的一个纪念。瞧，上面还有弹痕呢。"他掉转过杯子，我发现杯身一侧有一块被弹片蹭过的痕迹。

我问老许："在派出所工作多久了？"

他说："自从退伍转业后就一直在派出所工作。"

我说："派出所的工作都是些鸡毛蒜皮的事情，肯定没有战场上刀口舐血的日子'精彩'吧？"

老许沉默了会儿说："在战场上你没得选择，但现在面对这些琐碎之事，每次都要自己做选择，这大概更考验一个人的勇气吧。"

我"嗯"了一声，把从人口系统中"死亡注销"那一栏下载的吕毛毛母亲的户籍页递给了老许，问他对辖区内的这个住户是否熟悉。

老许看了几秒后说："我对她的丈夫很熟悉，是一个酒鬼。"

"是的。但这个女人是怎么死的呢？"

"说起来，应该是这个女人的死让她丈夫染上了酗酒的毛病。"老许顿了顿，大概是在组织脑中纷乱的回忆，然后说，"这个女人是在一起人质劫持案中死亡的。"

"等等，人质劫持？"

"是的。那起劫持案发生在午后，劫持者持刀闯进了一家小诊所，想报复诊所里的医生。可是医生当天不在，他于是开始肆意行凶，先刺伤了这个女人，后又将她劫持。警察很快就赶到了现场，开始和他谈判，但那名劫持者的情绪不知为何越来越激动。不得已，警方最后把他击毙了，被劫持的这个女人因为流血过多而死。"

"这个女人为什么会去诊所，她的丈夫当时在哪里？"

老许说："我记得女人的丈夫也在现场，事后我还给他做了份笔录材料。事情已过去十几年了，我记不太清具体发生了什么，我去档案室把卷宗调出来看一看啊。"

老许离开了一刻钟。再回来时，他手里捧着一份不算很厚的卷宗。老许说："你先看，如果有什么不明白的可以问我。"

老许端着搪瓷缸自顾自地喝茶，我则在这份卷宗的字里行间明白了那天到底发生了什么。

当天，吕毛毛的母亲在给吕毛毛喂奶时胸部被咬出了血，于是便在丈夫的陪同下去了那家小诊所。护士在里面的治疗间给吕毛毛的母亲处理伤口时，她的丈夫在外面等。不一会儿，护士从治疗间出来配药时，那个持刀的男人闯了进来。护士尖叫着跑了出去，诊所里的病人见状也都跟着跑了出去，包括没搞清楚情况的吕毛毛的父亲，只把吕毛毛的母亲丢给了持刀劫匪。

我放下卷宗，问："吕毛毛他爸不知道自己的老婆在诊所里没出来吗？"

"当时场面比较混乱，大家都一窝蜂地往外跑，他应该以为自己的老婆已经跑出来了。"

"所以他感到很自责？"

"是的，他老婆死的时候他还有些木讷，好像没搞清楚状况。直到晚上我给他录完笔录材料，他才意识到发生了什么。我一个没注意他就冲到了窗前，大半个身子都出去了。那可是五楼啊，好在我反应够快，一把抱住了他的腰，把他拽回了走廊。"

"后来他就开始酗酒，选择醉生梦死？"

老许点了点头，然后问我："对了，你怎么想起来了解这一段的？"

我把吕毛毛系列盗窃案的情况跟他说了。

老许"哦"了一声道："是那个小孩儿。"

"我在卷宗里注意到，女人是在喂奶的时候胸脯被咬出了血。可我算了一下，那时吕毛毛应该快满三岁了，按理早该断奶了啊？"

老许说："吕毛毛的母亲很瘦，一副营养不良的样子，或许正是因为这个原因，她才非常溺爱儿子。"

老许的话让我想起老庄曾说过，吕毛毛睡觉时会把大拇指塞进嘴里吮吸，这或许就是因为小时候缺奶而留下的一种习惯性动作。

老许接着说："吕毛毛他爸酗酒后就开始打小孩儿，把吕毛毛从小打到大，直到他栽倒在臭水沟里。"

"他为什么要打自己的儿子呢？那可是他唯一的亲人了。"

"大概酒精把他的脑袋弄糊涂了吧。"顿了顿，老许又说，"因为他打小孩儿打得太狠，我还出过警。我记得听他说过，就是因为吕毛毛把他妈咬伤了，他妈才去了诊所，才会遭遇不测。他把老婆的死全怪罪到了小孩儿头上。"

我的心一惊，立刻明白了吕毛毛那句梦呓'妈，我错了'是什么意思。我有些不服气："可是，他作为丈夫却把老婆一个人丢在里面，难道不应该承担责任吗？"

老许点头："是啊。但你要明白，一个人为了继续活下去，往往会把自己的过错转嫁到别人身上。再说了，吕毛毛他爸也在用酒精惩罚自己。"

对于这个酗酒而死的男人，我既同情又仇恨。就在此时，老许把卷宗翻开道："其实，那天吕毛毛他妈去诊所不仅是为了处理胸脯处的伤口，她还有妇科病，所以她去诊所也是为了配消炎药水。这一点在那名护士的讯问笔录里有记录。"

我意识到这或许是解除吕毛毛负罪枷锁的重要线索，便请求复印一份那名护士的讯问笔录。老许同意了我的请求。

复印笔录的时候，老许对我说："对了，在警方和劫匪僵持的时候，女人或许是意识到自己可能挺不住了，还对着镜头说了一段话。"

"镜头？"

"是的，整个劫持过程都被刑事技术部门录像并制成了光盘。喏，光盘就在卷宗的后面。"

"她都说了些什么？"

"我记不太清了，不过挺感人的，我记得我还掉了几滴老泪。"

我把光盘放进老许的笔记本电脑光驱里，随即在屏幕上看到一个绝望的女人被同样绝望的凶手劫持。随着时间的推移，吕毛毛的母亲变得越来越虚弱，凶手却越来越亢奋。就在警方采取行动的两三分钟前，女人突然积攒起力量喊出了吕毛毛的名字，她要她的丈夫告诉儿子，她爱儿子胜过爱自己的生命，让儿子"不要仇恨这个世界，要勇敢地、满怀爱心地活下去"。

接下来是警方强攻的画面。一名女警察以探视人质的伤情为由，慢慢地靠近劫持者。在距劫持者不到一米时，女警察突然从医药箱里掏出一把手枪，朝凶手的额头连开了三枪。吕毛毛的母亲随即软绵绵地倒在地上，冲上前救援的医护人员这才发现，她的后腰处早已被戳了好几个血窟窿。

解救现场乱成一片，女人最后讲的那几句话让我鼻子发酸。我回头，看到老许又在抹眼泪。老许说："战场上我都没流过泪。"

我征得老许的同意，重新刻录了一张光盘，然后带着光盘和老许为我复印的笔录径直回了看守所。我先把老庄喊到了医务室，给他看了笔录和视频证据。看后，老庄啧啧赞叹："这些可够核武器的当量了。"随后，我请红鼻子管教把吕毛毛带进了医务室，老庄则一声不吭地在角落里坐着。

吕毛毛歪着脑袋、斜着嘴，对我一脸的不屑一顾。我请他坐，他也不坐，就在那儿站着。然后，我提到了他的母亲。他的眼珠子朝我这边转了一下，像是有些意外。接着，我说起了那起劫持案，说了案件经过，也说了每个人在其中的作用。在我讲述的过程中，吕毛毛的脑袋慢慢转到了我这边。最后，我以"这是一场悲剧，但不是你的错"结束了讲述。

吕毛毛的脸憋得通红，他开始不自主地摇头。

我把那份笔录复印件递给他，告诉他所有的真相都在那份笔录里。

吕毛毛没有伸手去接那份笔录。

于是，我按下电脑的空格键，开始播放那段拷贝来的视频。吕毛毛先是有些疑惑，但他很快便看出画面中那个被劫持的女人就是他的母亲。吕毛毛有些站不稳，用手扶住了椅背。当听到他母亲向他喊话，让他"不要仇恨这个世界，要勇敢地、满怀爱心地活下去"时，吕毛毛缓缓地转身，木然地走到门前，被红鼻子管教挡在了门口。红鼻子管教看向我，我看向老庄，老庄淡淡地说："带我们回去吧。"

红鼻子管教把他们都带走了。我拉出椅子，准备登录视频监控系统查看西1监室的情况，却发现木头椅背上有几道深深的指甲印。我怔了一下，暗想，人得需要多大的力量才能抑制住内心的痛苦。接着，我从监控画面中看到老庄和吕毛毛回到了监室。

老庄主动上前拥抱吕毛毛，吕毛毛却像刺猬一般弹开了。老庄没有放弃，一边说"这不是你的错"，一边继续试图拥抱吕毛毛。几次三番后，吕毛毛终于不再抗拒老庄的拥抱，在他怀里放声大哭起来。

镜头前的我高举起双臂，像是在庆祝某种成功，也是在这一瞬间，我的眼睛一酸，眼泪滚落下来。

第九章

双胞胎的人生岔路

一个真正的旅行家必是一个流浪者，经历着流浪者的快乐、诱惑和探险意念。

——林语堂

1

就在老庄帮我驯服桀骜的吕毛毛期间，我也在履行承诺，帮老庄寻找一个女孩。

起初老庄说出他的请求时，我以为他在开玩笑，但当我在接待处见到给老庄送衣物的女人时，我才意识到问题的复杂。

那女人被人唤作"方姐"，年龄在五十岁上下，留着齐耳短发，皮肤白皙。那天她上身披着一件促狭的刺绣小坎肩，里面穿着一件轻薄的棉麻长裙，看似不露一分，实则性感可人，举手投足间透着娇羞和富态。方姐自称是老庄的房东兼朋友，其他的便不愿再透露，我不禁暗暗感慨老庄的福气。

清点完物品后，方姐用眼睛示意我看向看守所门外的一辆墨绿色路虎："借一步说话吧。"

我犹豫了片刻，但想到自己今天本就该休息了，便随这个方姐坐上了那辆路虎车的副驾驶座。

方姐握着方向盘问："老庄和你说过那个女孩了吧？"

我点头："说了。不过，他说的都是他进看守所前的情况，最新的消息还得你告诉我。"

方姐有些犹豫："你真愿意帮我找那个女孩吗？"

"这是我答应老庄的，我一定努力。"

"可你只是一个看守所的警察啊，你又没有管辖权？"

"我有很多战友在派出所和刑警队工作，我会请他们帮忙的。"

方姐犹豫了片刻，然后说："虽然这事和我们没关系，但失踪的女孩成了我们的一个心病，所以真的要拜托了。"

　　说着，方姐启动了车子："我带你去一个地方吧。"

　　看她一脸的忧愁，我点头，随即系上了安全带。

　　在路上，方姐跟我讲了事情的来龙去脉。

　　方姐在城郊有一处上下五层的带大院的楼房。她无儿无女，孑然一身，自己住一间就足够了，索性便把剩下的房间租给那些小摊小贩的老板。老庄便是其中一位租户，住在顶楼的一个小房间里。他平日深居简出，大家都以为他是一个画家。还有一对母女，住在一楼东南拐角的两个房间里。母亲是在邻近的工业园区打工的女工，姓张，具体名字不详。女儿十七八岁，绰号小葫芦，智力低下，平日里被母亲拴在裤腰带上，走哪儿带哪儿。

　　后来工业园区通过人脸识别技术加强出入管控，张姓女人上班时没法儿再把女儿带在身边，便把小葫芦托付给方姐照看。方姐闲着也是闲着，便把各种疼爱投注在这个傻乎乎的女孩身上。本来岁月静好，突然有一天，就在方姐一背脸的工夫，小葫芦不见了。方姐以为她去找她母亲了，起初没当回事。可到了晚上，她母亲都下班回家了，小葫芦还没回来。方姐于是发动所有租户去找，包括一直沉默寡言的老庄。

　　那天晚些时候，老庄在一个废弃的铁罐车里发现了瑟瑟发抖的小葫芦。夜里露水重，老庄抹了一下她的脸，发现她的脸肿了。老庄刚把小葫芦从车里搀扶出来，小葫芦就捂着屁股喊疼。老庄犹豫了，他没有拨打110，而是打电话让方姐和小葫芦她妈赶了过来。她们赶到之前，老庄守着现场一步也没有离开。两个女人赶到后也发现小葫芦走路时扭着屁股喊疼，心里有了某种不祥的预感，就问小葫芦发生了什么。小葫芦很害怕，什么也不说。方姐建议报警，说着就拿出手机拨号。但小葫芦的妈妈抢过手机按下了挂机键，然后攥着小葫芦的手，拉着她往家走，也拉着这个傻女孩走进了黑暗。

　　这件事在方姐和老庄心里埋下了种子，也让这两个年过半百的中年人有了许多交流。方姐总觉得自己在哪里见过老庄，但就是想不起具体的时间和地点。自那之后，那个女工重新把小葫芦拴在身边，别说是旁人，就连方姐也没法儿接近她。为了验证自己的判断，方姐便暗自观察起这娘儿俩每天的垃圾袋。她知道小葫芦大姨妈的周期，但经过两个月的观察，她发现小葫芦一直没有来月经。方姐把这事和老庄说了，然后他们一起质问小葫芦的母亲。张姓女人起初支吾着不承认女儿怀孕的事情，直到方姐作势要打110，她才承诺第二天带女儿到医院检查。当天夜里，老庄像只猫头鹰，一直盯着那娘儿俩，直到天亮。老庄提出要陪她们去医院做检查，被方姐劝住了。方姐说，一个大老爷们儿掺和妇科检查不方便。老庄没有再坚持。但就是在医院，这娘儿俩失踪了，手机全部关机。方姐赶回其出租屋，打开门，发现东西还在，只是所有的证件都不见了。方姐正失神时，老庄分析说，或许小葫芦的母亲已经和强奸者达成了某种协议。

故事说到此，我看到方姐的腮帮子动了动，像是猛咬了一阵后槽牙。

我问方姐："对于性侵小葫芦的人，你们有没有怀疑对象？"

方姐摇头："我的院里住了二十多户租客，附近工厂里也有大量工人，我们没有什么确定的怀疑目标。不过，她们消失后老庄就开始了调查，他找到小葫芦妈妈曾经的工友和老乡，询问她到底去了哪里。那些人起初并不配合，但老庄编了许多理由，比如说要办保险理赔，又或者要想法子给她们办理低保，一套又一套的，不由得对方不信。后来，我们终于打听到了这对母女的消息。"

"找到她们母女了吗？"

"找到了，但也只是瞧了一眼，就又失去了联系。"

"到底怎么了？"

方姐此时把路虎停在了一处废品收购厂外，指着正前方的大门说："按照老庄打听到的消息，小葫芦娘儿俩先前就住在里面，但现在我已经不太确信了。这里面的人都是小葫芦妈妈的老乡，白天男人们从事废品收购生意，晚上女人们成群结队地到城区里乞讨，据说都很赚钱。老庄曾试图进厂区摸情况，可刚进去就被几个男人绑起来揍了一顿，还说他是小偷。后来老庄到名表行盗窃时，据说是这伙人事先知道了情况报了警，才导致老庄被抓。"

方姐说到此便停下了。

我试探地问："你没想到他真是一个盗贼吧？"

方姐摇摇头："我见过不少小偷，但老庄这个人，嗯，没有小偷的感觉。"

我反问："那老庄是一个什么样的人呢？你刚才说好像在哪里见过他。"

方姐脸一红，沉吟了许久才说："他是一个好人。"

"你知道他的过去吗？他可是做过好几次牢的，或许他在监狱里的时间比在外面的时间还要久。"

"我只看中他的现在。"

既然方姐说得如此斩钉截铁，我便没有再就他们两人现在的关系追问下去。

方姐把话题转移了回来："我和老庄怀疑，小葫芦和她妈妈被这个团伙绑架并洗脑了。或许小葫芦的母亲是自愿的，毕竟她可能没有其他谋生办法了。但小葫芦是无辜的，我们想救救她。"

我说："如果这儿真像你说的那样，是由同一个地方的外来打工者聚居而成的，那么想进去侦查甚至把小葫芦解救出来，就非常困难了。"

"所以，我和老庄想请你这个警察帮忙。"

我想了想："像这种治安乱点地区，还得找'土地爷'来管。这样吧，我帮你联系一下属地的派出所。"说完，我给李庸医打了电话，把事情的过程简要地跟他说了一下。李庸医倒也很重视，让我稍等。几分钟后，他给了我属地派出所赵所长的联系方式，让我直接去找他，末了还要我不用客气，说这个赵所长是他二舅。

对于李庸医背后庞大的警察世家，我只能默默感慨。

接着，我让方姐把车开到附近的派出所，正巧赶上一辆警用商务车缓缓地停在派出所大院。几名警察把四个满脸是伤又酒气熏天的男人带下车，关进了留置室。一个挂着两杠三警衔的警察命令道："把他们先束到醒酒椅上，要喝水就给他们水喝，要吐就让他们吐，首先保证安全，其他的等酒醒了再说。"

大家各忙各的去了，"两杠三"这才看到我。还没等他开口，我便把自己的警官证递了过去，然后介绍说自己是李庸医的同批战友。

"那小子啊！""两杠三"笑着说自己就是赵所长，接着问我们有什么事。

我便把小葫芦和她母亲的遭遇跟赵所长说了。

赵所长皱了皱眉头，要我到他的办公室详谈。方姐也要跟去，赵所长回过头对方姐摇了摇头，制止了她。

进了办公室，赵所长突然问："那个老庄现在怎么样啊？"

我点点头："算得上模范在押人员。"

赵所长叹口气说："按理说他是一个老江湖了，没想到会栽在几个毛头小伙子手里。"

"好像他曾经是一个江洋大盗。"

赵所长说："是那几个小伙子说看中了一款表，便要老庄去偷，还承诺老庄偷到表后，他们就把小葫芦和她的母亲交出来。"

"结果这是一个圈套。"我说道。

"对。这边老庄一得手，那边就有人报了警。可以说，老庄的盗窃技术堪称完美，怎奈我们得到的情报非常详细，抓个正着，还人赃俱获。"

"这些都是老庄告诉你的？"

赵所长摇头："老庄到案后什么都没说，完全是服罪认栽的态度。这是我的线人告诉我的。"

"那你们去抓那几个毛头小伙儿了吗？"

赵所长还是摇头："我们在等待统一行动。"

"统一行动？"

"是的，市局打拐办、禁毒支队，还有咱们分局，联合成立了专案组，要对这个涉嫌拐卖拐骗和贩毒的窝点进行统一清缴。我们这个派出所只是专案组中的一小股力量。"

"什么时候行动呢？"

"明天晚上。"

一瞬间，我想自告奋勇参加行动，但又觉得这不合乎规矩，且不说明天我要值班，至少我还得征求衢八两的批准。

"你担心所里不同意你去？"赵所长完全看穿了我的心思，"我可以和衢所长说一说，让你提前介入一下。反正到时候人抓到了也得往看守所送，你们这一环是少不了的。"

我先谢了赵所长，然后再次强调："我只是想去解救小葫芦和她的母亲。"

"你和那娘儿俩有什么关系吗？"

我摇头："这是我对别人的一个承诺。"

"老庄？"

"是的。"

赵所长笑了："这个老庄啊，果然不同凡响。"

衢八两同意了我的请求，陈拒收也答应和我换班。既然他们都给我开了绿灯，我便在第二天傍晚赶到了市局的特警训练场。此时天上正飘着小雨，一百来号警察乌压压地整齐列队，其中既有全副武装的，也有穿着便衣的，来自监所系统的大概就只有我一个。市局的一位副局长淋着雨在前排布置任务。我正竖着耳朵听时，突然感到有人在拍我的后背，转身看到了正龇着牙笑的曹大牙。能看到熟人，我有些空落落的心稍稍踏实下来。

曹大牙问我属于哪个组。

我耸耸肩："我是医生，就算是'战地救护'吧。"

曹大牙撇了撇嘴："狗屁'战地救护'，你就是一兽医。"说完，曹大牙"哈哈"笑了几声，邀请我加入他的抓捕小组。

领导布置完任务后，我便加入了曹大牙的队伍。我们分乘数十辆民用车来到市中心的商贸广场。大家下车后便各自散去。曹大牙则带着我和一名无人机操作员，攀上了一栋高层建筑的楼顶。无人机操作员是一名女特警，穿着一身黑色的紧身衣，看起来非常飒爽。调试一番后，她放飞了一架巴掌大的无人机。女特警一边操控无人机在城市上空逡巡，一边在一面电子屏幕上标注。看到我好奇的眼神，曹大牙告诉我："这是一个指挥系统，不仅可以对追踪目标进行身份识别，还能将它们分派给不同的跟踪小组，避免不同追踪组之间互相打架。"说着，他用手指向一个牵着小男孩的乞讨妇女。顺着他的手指，我发现乞讨妇女身后跟着一对年轻男女，男的正给女的喂冰激凌。

"那是咱们的人？"

曹大牙点了点头："伪装得还挺像。"

突然，小男孩离开乞讨妇女，拐进了一个巷子。在后面盯梢的男女虽然没法儿往前跟，但无人机成了他们的另一双眼睛。只见它飞到巷子上方，将下面发生的一切投到操作员手中的屏幕上：那个小男孩从嘴里吐出一块口香糖，用它将一小包东西粘在排水管道的后方。然后，小男孩离开巷子回到在外望风的乞讨妇女身边。过了两分钟，一个男人进入巷子，从排水管后面摸出了那一小包东西。

我问："那是毒品？"

曹大牙点头。

"利用小孩儿贩毒，他们可真够可恶的。"

曹大牙叹口气说："她们这样做，一是为了逃避打击，二是能非接触式贩毒。"

夜渐渐深了，街面上的人越来越少，对讲机里的声音却越来越嘈杂。听得出来，在另一个战场——废品收购厂——一场突袭和清缴战已经打响。十多分钟的混乱后，各组开始报告他们的战果。显然，那里发生的变故已被市中心这个流浪乞讨团伙所知晓。乞讨妇女们像驱赶小鸡一样将那些小乞丐赶开，自己则试图往另一个方向逃跑。此时，曹大牙开始通过指挥系统点对点地下达抓捕指令。盯梢许久的便衣们分工明确，男警控制女犯人，女警则控制乞讨儿，一切高效有序，几乎没有影响广场上安宁的氛围。

当我进入这个战场时，抓捕已经临近尾声，所有被抓人员都手抱着头、面对一面广告墙站成一排。便衣们正挨个儿对他们进行人身搜查，有搜到毒品的，有搜到管制刀具的，甚至有便衣从一名乞讨妇女身上搜到了上万元的现金（后来证实那是当晚毒品交易的收入）。

正在我"检阅"这支破烂队伍时，一阵笑声从队尾传来。只见一名女警正在搜查一个高个儿女人，或许是因为女警的手摸到了女人的腋下，才让她不由自主地弯下了身子，止不住地发笑。女警一愣，正要弯下腰去，女人突然身体向上一弹把女警撞开，接着拔腿就跑。另一边，曹大牙如出膛的子弹一样追了出去。

女人眼见逃不过曹大牙的追捕，便像一只兔子一样不断地掉转方向，开始兜圈子。我瞥见一辆夜班公交车正缓缓驶进马路对面的公交站。我有种直觉，女人可能会跳上那辆公交车。于是，我悄悄地向公交车小跑过去，躲在车门那一侧。就在车子启动准备离开时，我听到一阵急促又轻快的脚步声。我向车的前门挪了过去，然后迎面撞上了那个逃跑的女人，四目相对时，我和她都愣了。

一秒钟后，我喊出了她的名字："韩江雪！"

2

怀着忐忑的心情，我随曹大牙一行人回到了市局执法办案中心。

所有的审讯室都打开了门、亮起了灯，像是饥渴的肉食动物在等待囚犯的到来。看着韩江雪被带进其中一间审讯室，我有些恍惚，觉得自己在做梦。

"她，是你那个女朋友吧？"

"什么？"我转向说话的曹大牙。

"你女朋友，就是上次帮忙让爬虫松口的那个女孩。"

"是的。"我咬着下嘴唇，"不过，我们已经分手了。"

曹大牙一愣，然后连连说："奇了，真是奇了。"

我想起韩江雪的过去，想起那些谜团，还有她为了解开谜团而付出的许多努力，便跟着附和道："她的确很神奇。"

"那我先去会会她吧。"曹大牙伸了个懒腰，朝审讯室走去。

我怔了片刻，跟上去问："你去会她做什么？"

曹大牙回过身，笑容挂在门牙上。"我怀疑她就是一个冒牌货。"顿了顿，曹大牙又说，"我倒想知道她冒牌的原因是什么。"

曹大牙走了，留我一个人呆在原地，瞪眼看着一间间亮着灯光的审讯室，无所适从。不知何时，小雨变成了中雨，温度急剧下降。我打了个哆嗦，又连打了几个喷嚏，不由得钻进警车，透过车窗玻璃看着外面。那是一个天、地、灯光融成一片的光影世界，仿佛所有的过去、现在和未来都已融成一片。不一会儿，车窗上起了雾。我伸手把白雾擦去，但没多久车窗上就又是白色的一片。几次徒劳后我放弃了，最后借着白雾写下了"韩江雪"三个字，然后便沉沉睡去。

睡梦中，我感觉有人一直在盯着我的侧脸，欲言又止。我翻转过身，躲避那灼热的目光。接着，有人在笑，然后有人握住了我的手，仿佛要牵着我的手带我去一个美丽、阳光和煦的伊甸园。我歪回身子，想躺在温暖的草坪上，想让自己更舒服些。

然后，我醒了，看见韩江雪正俯瞰着我，而我的头则枕在她的腿上。

我想起身，但潜意识里仍贪恋在她怀中的感觉。就这样，在漫长的对视中，那些说不出的隔阂开始冰融雪消。我们的目光从充满困惑、压抑和疑问，变得盈满笑意。

我问："你在耍什么花招？"

韩江雪反问我："我这个乞丐装得像吗？"

"要是再烂几颗牙就更像了。"

韩江雪吐吐舌头："本姑娘宁可死也不可破相。"

我拉长了语调："是啊，变丑了，我就不喜欢你了。"

我的话音刚落，韩江雪便掐住了我的脸蛋，狠狠一拧："你必须喜欢我，无条件地拜倒在本姑娘的石榴裙下。"

我忍着痛继续开玩笑："是拜倒在你的打狗棍下吧？"顿了顿，我正色道："怎么样，化装打探到什么消息了吗？"

韩江雪摇摇头："都是老乡带老乡，我这个外来的乞丐根本混不进去。你呢，怎么在这儿？"

我犹豫着要不要告诉她真相。

倒是韩江雪说道："肯定是什么打拐解救妇女儿童的行动。对了，还牵扯到贩毒了。这都是我观察到的。"

我点点头，把小葫芦母女俩的情况简要地说了一下。

韩江雪听完叹了口气。"挺可怜的女孩。"接着，她话锋一转，"不过，这种傻女孩大概意识不到什么是幸福、什么是悲惨。"

"或许吧，但法律要维护她的合法权益。"

"也只能保证她不被欺负罢了。"

我知道，再往下说我们可能会产生分歧。于是我没有再接话，而是看了眼手机，时间已经临近黎明。我喃喃道："不知道废品回购厂那边，小葫芦母女有没有被解救出来？"

恰逢此时，车门被人打开，曹大牙一屁股坐进了驾驶室。他先回过头看着我和韩江雪意味深长地一笑，接着便启动车子、亮起警灯。我问曹大牙这是要去哪儿。曹大牙说，小葫芦和她妈已经被送去医院了。

在医院门外，我们遇到了赶来的方姐，然后一同来到了妇产科的留观病房外，赵所长正和一名同志在走廊上值守。透过房门玻璃，我看到一个女孩躺在床上，安静的就像一个天使。角落里坐着一个女人，两手攥在一起，看着床上的女孩。女人的手腕上戴着手铐。

我压低声音问："她是？"

赵所长点头："睡着的是小葫芦，旁边的是她母亲。"

"看样子行动很顺利。"曹大牙说。

赵所长点点头："是的，挺顺利的，没怎么抵抗，该抓的都抓了。这对母女是在一间半隐藏在地下的仓库里发现的，当时边上还有一个傻大个儿在看守，一米九的个儿头，两百多斤的体重。不过，傻大个儿也没反抗。我们把母女俩带出仓库后核实了身份，发现正是你要找的人。"说完这些，赵所长看了看方姐。

"小葫芦没有受伤吧？"方姐问。

"没有，看得出来，在那个废品收购厂，小葫芦过得似乎还不错。我想，"赵所长顿了顿，补充道，"或许她正在养胎。"

众人沉默片刻，韩江雪插话进来："那个女孩肚子里的孩子来路不正吧？"

赵所长抬眼瞅了瞅韩江雪，脸色有些不悦。我有些尴尬，好在有曹大牙打圆场，说韩江雪是案件的关键线人。

韩江雪继续说："小葫芦是打算把孩子生下来吗？"

赵所长皱着眉头："准确地说，是小葫芦的母亲要女儿把孩子生下来。"

众人皆陷入沉默，半晌，韩江雪说："看来她母亲已经和侵犯者达成了某种协议。"

曹大牙补充道："不只是侵犯者，还有侵犯者身后的老乡群体。"

赵所长叹口气："是的，一个单身女人带着一个弱智女孩是很无力的。"

我提出新的问题："那么，谁是性侵者？"

"没有人招供，包括小葫芦的母亲。"

"如何锁定犯罪嫌疑人呢？"我又问。

方姐满脸忧愁地问："不会是等小葫芦把孩子生出来，再确定父亲是谁吧？"

韩江雪代为回答："估计要帮小葫芦引产，然后做胚胎的DNA检测。"

赵所长似乎不想忍受韩江雪的聒噪，不再说话。在曹大牙的眼神示意下，我把韩江雪拉到了电梯口。再返回时，我听到赵所长对方姐说："由于小葫芦的母亲在这件事上至少算是帮凶，所以不能征求她的意见。另外，小葫芦的智力低下，不具备完全民事责任能力。所以，所里聘了一位经常合作的公职律师，也是一位热心的大姐，她可以代小葫芦履行手续，先把胎儿引产下来，然后再去做DNA比对，确定到底谁是罪犯。"

方姐问："小葫芦的母亲会不会被判刑？"

"有可能，而且大概率来说，她的监护权会被剥夺，所以小葫芦以后的生活要靠法律援助，或许她会被安置在福利院或者特殊教育学校。"

方姐沉默了半晌，然后看着我，用探询的语气问："只能这样了吗？"

我不知该如何作答，倒是曹大牙淡淡地说："只能这样，一切都得按法律来。"

方姐打开手机的相机，放大了镜头倍数拍照，屏幕中的小葫芦平静且安详。拍完照后，方姐愣了会儿，又从钱包里掏出两千块钱交给赵所长，托他多给小葫芦买些吃穿用品。赵所长连连摆手拒绝，称有专项的救治经费，不需要个人掏一分钱。方姐又要他把钱转给公职律师。赵所长还是拒绝，说那位大姐若是想赚钱，就不会做公职律师了。看到方姐拿钱的手还悬在半空，赵所长既是建议也是安慰地说："引产前小葫芦会一直待在病区，随时都可以探视。"

话说到此，方姐才把钱放回钱包，然后在我的陪伴下三步一回头地离开了妇产科病区。

在一楼大厅，方姐把小葫芦的照片转发给了我，要我拿给监狱里的老庄看，还托我给老庄带一句话，说她会一直等他出狱。

这句话似乎点醒了我。就在方姐即将离开前，我问了她一个问题："你之前说看着老庄面熟，你想起来你们在哪里见过了吗？"

方姐的脸一红，细细的皱纹里泛起复杂的笑意。

"你们之前肯定见过吧？！"

"好吧。"方姐舒了一口气道，"我是那个受害者。我，是个坏女人。"

"什么？"

"三十多年前，我还是个黄毛丫头，老庄也只是小庄。当时他脑子发热，被别人怂恿来调戏我。实际情况是，他的手指头刚碰到我的裤子我便尖叫起来，老庄吓得掉头就跑了。后来，老庄因为这件事被判了刑，蹲了很多年监狱。随着年龄的增长，我慢慢意识到那一声尖叫把老庄害得有多惨。他只是一个脑袋一时犯糊涂的小伙子，不应该承受这么重的惩罚。也是因为心里有这个疙瘩，这么多年过去了，我一直没有嫁人。去年，老庄来租我的房子时，我就觉得他很面熟，但想不起来他是谁。后来，老庄一直帮我找小葫芦，还受了伤，我就开始怀疑他认识我，然后在记忆里刨根问底，才想起他到底是谁。"

方姐的声音渐渐变小，我不想干扰她的情绪，倒是韩江雪问了个问题："老庄为什么回来找你？"

方姐抬起头："他是来向我道歉的。"

韩江雪说："可是你觉得，应该道歉的是你。"

方姐点点头，肩膀随之抽动。

"所以你们和解了。"我说。

方姐点头："是的，我们和解了。"

"你们还相爱了。"韩江雪的语气颇为俏皮。

方姐的脸又红了。

为了打圆场，我立即表态："方姐，放心吧，我一定把你的话原原本本地说给老庄听。"

和方姐告别后，天几乎已大亮，东方是一轮红彤彤的太阳，昭示着今天是好天气。心情顺了，肚子反倒饿了。我和韩江雪来到路边的一家面馆，点了两份牛肉面。不声不响地吃了一阵后，我才没话找话地问："你不用去上班吗？"

"我把工作辞了。"韩江雪说得很干脆。

我一愣："那你靠什么养活自己？"

韩江雪呵呵笑道："不是和你说过嘛，我的银行卡里还有不小的一笔钱呢。再说了，我也不是光出不进，有几项投资的固定收益可比你的工资高多了。行了，扯远了，你还是问我正事吧。"

我想了想，开口问道："为什么要潜伏到流浪乞讨团伙中？"

韩江雪歪着头看了我一眼："这是一个傻问题，你应该已经知道答案了。"

"我不很确定。"

"好吧，我看过一篇帖子，说是凡城街面上的乞讨都是团伙化的，其中许多流浪儿都是从外地被拐卖或拐骗过来的。我就想啊，没准儿小时候我也在这个团伙里待过，所以我就想进去瞧一瞧，碰碰瓷。万一有什么发现呢？"

"碰瓷？！你知道里面有多复杂、多危险？"

韩江雪不屑地"哼"了一声："还没来得及体验危险呢，就被你们这些警察给抓了。"

我耸耸肩："倒怨起警察来了。"

"失之东隅，收之桑榆。我倒是在其他方面有了发现。"

"什么发现？"

韩江雪捋了捋额前的头发，说："我见到顾竹雪了。"

"顾竹雪？就是那个和你长得酷似的女孩？"

"不是酷似，是双胞胎姐妹。"

"这下有趣了。"

韩江雪翻了我一眼："上个月末，我们银行搞了个秋季慈善义卖答谢会的活动。说白了，就是搭建一个平台，招揽更多的客户。很多有头有脸的人物都来了。当时，我负责核对宾客名单，在其中发现了'顾竹雪'这个名字。我心思一动，偷跑到大客户部查了她的信息，她果然就是那个我一直苦苦寻觅的顾竹雪。只可惜，顾竹雪只托人送来了义卖的礼品，并没有参加这次活动。那人留了一个地址，让银行把义卖证书寄过去。"

"这事还挺巧的。"

韩江雪摇摇头："我不这么认为，我倒觉得是顾竹雪在给我投鱼饵。"

"不会吧？"

"管她呢，反正我按照那个收件地址悄悄找了过去。那是城郊的一栋别墅，也是一个私人会所，独门独栋，很幽静。"

"挺阔绰的啊。"

"我记得有张她和马克刘同框的照片里就有这栋别墅。据说，这栋别墅是马克刘送给顾竹雪的。"

"为什么……难道两人？"

韩江雪拍了下我的脑袋："别把我的亲姐妹想得那么庸俗啊，他们俩是养父女的关系。"

"你是如何知道的？"

韩江雪故作轻松地抬了抬肩："顾竹雪亲口告诉我的。"

"等等，你见到顾竹雪本人了？"

"准确地说，是我被伏击了。螳螂捕蝉黄雀在后，我光顾脑门儿，忘掉后脑勺儿了。"韩江雪自觉说了俏皮话，哈哈大笑了几声，看到我一脸忧虑，她又正色道："有天傍晚，我在高尔夫球场扮作球童，远远观察挥杆的顾竹雪。可我还没看出个所以然，就被保安控制了，然后被带进了一间小屋子里。"

"把你囚禁了？"

"也不是，那是一个VIP包间，里面吃喝玩乐一应俱全。不过我没心情，一直在心里预演姐妹相认的场景。"

"她和你相认了？"

"没有。"韩江雪甩了甩脑袋，"但眼神不会说谎，她进门的时候，我注意到她狠狠地剜了我一眼。我想，那一刻她一定有一种照镜子的感觉。不过也就很短的一瞬，随后她又开始伪装。她质问我叫什么名字、为什么跟踪她，又问了我的身份。她问我是便衣警察、小报记者，还是私家侦探。看她那么能装，我也跟着装了起来，说自己是小报记者。那次会面不超过十分钟，我们俩都在兜圈子，没人触及彼此的真实意图。随后，我就被保安扔出了球场。"

"你会这么轻易放过这个宝贵的机会？"

"你听说过'念念不忘，必有回响'吗？我要做的，就是在她平静的生活里投下一粒小石子，逼着她回想点什么。我相信我们还会见面的。"

"结果呢？"

"三天后，我发现她独自去了一家专为女士开设的养生会所。我就跟了进去。还没等我在前台研究好消费项目，就有服务生过来把我请进了一个房间。顾竹雪正躺在床上，右肩裸着，上面有三个小红点。这是我们之间的暗号。我的肩上也有三个小红点。我们俩谁都没说话，只是放松身体，默默享受三千元一次的护理。最后，我们才聊起真正核心的问题。"

我振奋起精神，准备认真听她接下来的每一句话。韩江雪却不吭声了，像是穿越了时间，回到了那次对话的现场。"其实，顾竹雪很早就知道自己是被拐卖的孩子。"半晌，她说道，"我的这位双胞胎姐妹成长在一个普通的家庭，有一对还算疼爱她的养父母。可她五岁时，养父在外面欠了高利贷，不仅把自己的老婆卖了，还把顾竹雪卖给了放贷的老板，也就是马克刘。马克刘本来把顾竹雪当作杂役来养，抚养她的都是老鸨和小姐，所以从小她就精通人情世故和世道肮脏。老鸨背地里都说这个小丫头比人精还精。就这样过了十年，到了十五岁，按照计划，顾竹雪应该出台卖身了。可她把一场悲剧变成了一场团圆的喜剧。"

"喜剧？"

"是的。马克刘其实有两个女儿，都常年在国外。那个染上毒瘾，后来还和套路贷团伙的老大好上的是小女儿。马克刘还有一个大女儿，那倒是个乖乖女，但是几年前在瑞士滑雪时遭遇了雪崩，葬身在阿尔卑斯山上。顾竹雪知道后就研究起马克刘死去的大女儿，她的长相、装扮、说话习惯和兴趣爱好等等。顾竹雪聪明伶俐，且与其年龄相仿，很快便模仿得有模有样。一天，马克刘到夜总会盘账，顾竹雪适时出现在了这个心碎的男人面前，一举俘获了他的心。随后，马克刘把顾竹雪带回了家。同样地，马克刘的妻子也非常喜欢顾竹雪，他们把顾竹雪当作养女抚养。就这样，小小的顾竹雪用十年的等待完成了人生的逆袭。当然，顾竹雪清楚地知道，财大气粗的马克刘从事的是怎样一种勾当。因此，对于家族的生意，她完全不参与，也从来不张嘴要什么，只是利用自己对马克刘逝去女儿的模仿锁住这一对养父母的心。后来，马克刘的手下纷纷遭到警方的调查，疯传警方要对他动手。动乱之时，顾竹雪开口向马克刘要了一份日后的嫁妆。这个即将身陷囹圄的男人答应了她的请求，把那栋别墅和会所交给了她。"

　　说完这么一大段后，韩江雪起身从吧台拿来一瓶豆浆，叼着吸管兀自喝着。我则根据这段讲述勾画着顾竹雪模仿马克刘女儿的画面，接着，我想起韩江雪模仿爬虫继母的画面。我暗暗对姐妹俩的这股拼劲感到佩服。

　　喝完豆浆，韩江雪说："我这个孪生姐妹从小就知道她是被拐卖来的，但她从没想过去追究到底是谁把她卖了，就连五岁前的养父母她都已经叫不上名字了。顾竹雪不是那种回头往后看的人。"

　　"或许她觉得当下的生活来之不易吧，她怕一旦回头，辛苦建立起来的城堡就会垮塌。"

　　韩江雪摇摇头："我不行，如果不把过去弄清楚，我的心里就不踏实，也注定无法走远。"

　　"这一点便是你们姐妹的不同了。"

　　"但我们都属于那种不达目的誓不罢休的人。从这一点来说，我和她是一路人。"

　　"好吧，你说得在理。但是，你们打算以后怎么办呢？"

"能怎么办呢？我们都是成年人，当然是各过各的。再说了，我们对于未来的道路规划也有分歧。顾竹雪劝我不要深究过去，我没有答应她；而我让她去殡仪馆见一见冻得像冰棍一样的亲生父亲，她也不同意。我们俩就这样僵持着分开了。"

"所以，除了姐妹相认，你并没有取得什么实质性进展？"

韩江雪耸耸肩："直到分手，我们都没确定谁是姐姐、谁是妹妹。但我们说好了要保守这个秘密，对外就当是陌生人。不过，我也留了一手。在分别时，我和她拥抱了一下，顺手在她的肩膀上取了两根散落的头发。我准备拿头发去做一下鉴定。光是嘴上相认还不行，我必须得有科学依据。"

我双手抱拳："佩服佩服。"

韩江雪翻了翻白眼："对了，顾竹雪还为我解开了一个长久以来的误解。"

"什么误解？"

"我以为我和她右肩上的那三个暗红色的圆点是我们双胞胎特有的印迹。我错了。实际上，这样的印记在其他被拐卖的小孩儿身上也出现过，就像草原上不同牧民家的羊的耳朵上会有不同的标记一样。顾竹雪小时候在桑拿浴馆里生活时，在同龄的孩子身上看到过。"

"她有没有说那些有同样印记的小孩儿的姓名？"

"当然没有。顾竹雪是个只往前看的人，她不会记那些无关紧要的人。"

我沉默了会儿，换了个问题："你是个向前看的人吗？"

"我说过，我一定要把过去看清楚，才会向前看。"

"但你终究还是一个向前看的人。"

韩江雪一愣，明白了我话中的意思。半晌，她握住了我的手，缓缓地说："有什么让你无法向前看吗？"

这是一个电击般的提问，让我嘴里突然泛起一阵苦涩，我不得不掩饰："我挺好的。"

韩江雪叹口气道："我会一直陪在你的身边，随时、随地，只要你需要我。"

这是一句表白吗？我不知道，一种无力感让我全身发软。于是，我握紧了韩江雪的手，让自己不至于沉湎于过去。

第十章

人之将死

死亡并不恐怖，也不可悲。可悲的是有些人纵然活着，但生不如死，活不如灭，他们活着也只是活在痛苦的深渊里，毫无意识。

——古龙

1

由于此次统一行动抓获人员众多，看守所再度繁忙起来。

我赶回看守所，准备接陈拒收的班，让他下班休息。陈拒收却坚持陪我完成所有嫌疑人的收监工作。我注意到陈拒收额前渗出一排汗珠，挂在发颤的眉毛上，便再次劝他休息。陈拒收抿着嘴，罕见地厉声道："这么多人都拥在收押区，风险隐患有多大，你不清楚吗？"

我的这位师傅平时温温暾暾的，没想到严肃起来还真像一只睡醒的老虎。我不敢再马虎，立即打起十二分精神，开始了听诊、看片、撰写报告等一系列入所体检的工作。

不觉间已经到了午后一点，所有人员直到此时才收监完毕，只剩下手续文书还待完善。我去食堂取回为我和陈拒收预留的饭菜，回到收押室却没看见陈拒收的人影，用对讲机呼叫也没人应答。

我将餐盘放下，想到了整个上午陈拒收勉为坚持的神情，我的心提了起来。我找了一圈才在厕所的隔间里找到陈拒收，只见他坐在马桶盖上，两眼失神，整个人像是被抽走了灵魂。我喊了他两声，陈拒收才抬起头看了我一眼，干涩地笑了笑，然后伸出一只手，要我把他搀扶起来。

握住陈拒收手的那一刻，我感到那双手干燥、僵硬，没有任何温度，就像一把干枯的树枝，稍微用劲便会被折断。我小心翼翼地将他扶起，回到收押室。好心的同事已经将饭菜重新加热，飘散的香味撩拨着我饥饿的肠胃。但再瞧陈拒收，他的喉咙在艰难地起伏，看上去非常痛苦。最终，陈拒收一句话也没说，只是将挎包斜背在身上，摆摆手出了监区。他决定下班了。

望着那扇合上的铁门，我有些失神。我看过陈拒收年轻时候的照片，虽然很瘦，但那时他是精瘦，不是如今这种干枯。时光是把杀猪刀，先把人催肥，令其背上肥肉这沉重的负担，然后再用小刀子一刀接一刀地给人慢慢放血，最后让人千疮百孔，无力回天。这话是我在医院的重症病房实习时主任说的。即便几乎每天都要向死神送人头，他也没有丝毫警醒，注意下自己的身体健康，仍然一包又一包地猛抽香烟，然后熬最深的夜，做最漫长的手术，把每天都过得像是生命的最后一天。这位主任曾戏说他家有癌症基因，自己根本没打算活过退休，所以无所谓岁月静好、细水长流。如今，在陈拒收身上，我隐约看到了相似的疯狂，一种对工作全力以赴、不计后果的疯狂。只要是周末，或忙得需要加班的时候，陈拒收都会一马当先地顶上去，把调休的机会让给我。我原以为他这样做是为了多赚些加班费，毕竟陈拒收的妻子只是一名环卫工，家庭开支主要靠陈拒收贴补。但联想到陈拒收近来的身体状况，我突然有了某种不祥的预感。

我觉得有必要就陈拒收的状态和衢八两好好聊聊。我正琢磨该如何开口时，衢八两戴着口罩进了收押室。还没等我说话，他就递过来一个口罩，让我先戴上。接着，两名同样戴口罩的民警进入收押室，其中一人背着一个穿着破烂衣服的老头儿，另一人拎着一对铁拐杖。三人后面还跟着大名鼎鼎的刑警支队副支队长李石。我心里一沉，暗想，这个老头儿肯定来头不小。

从送押民警递来的收押单上，我得知老头儿叫周明生，六十三岁，外号一栏填着"铁拐周"，是昨夜统一行动时抓获的团伙主犯。我又看了医院出具的体检报告单，外科那一页显示周明生左腿残疾，右手食指、中指缺失，左手中指、无名指和小拇指缺失，看样子老头儿年轻时没少挨刀。再看内科报告，诊断结果显示老头儿有重度哮喘。结合CT光片，我发现他的两肺糟糕得就像核爆炸后的现场，一片狼藉。

与此同时，我的头顶传来一阵悠长的喘息，然后细弱的声音响起："得过肺结核，没好好治，留下了病根。"

我抬起头，发现铁拐周正对我讲话。话音落了，老头儿用右手理了理口罩绑带，缺失的手指让他的行为看着就像跷起了兰花指。

他的话让我再次低头细细看了那张CT光片。在弥散的"废墟"中，我看到星星点点集聚的阴影，这可不是老头儿口中的"病根"那么简单。我看向衢八两，接着又转向李石。在我目光的穿针引线下，衢八两和李石用眼神交流了一番。半晌，衢八两开口道："非关不可？"

李石皱着眉头："事关重大，必须关。"

衢八两点头："好的，一定保障到位。"

这时，铁拐周摊摊手："看来又得劳烦二位把我背到号房了。"

衢八两没再辛苦送押的两位警官，而是安排管教推着小推车把铁拐李送进了单人号房，也就是爬虫先前待过的那一间。他的一对铁拐没有被带进监室，静静地靠墙摆在收押室。衢八两举起一根拐杖掂了掂分量，感慨道："一个瘸子，居然有这么大的影响力。"

李石平静地说："在他的故乡，这对铁拐可是赫赫有名的品牌，就像国王的权杖一样。"

"有这么大影响力？"

"原来有。不过，时代在变，他也老了，有些力不从心了。"

"可你们还是想从他身上寻找突破口，对不对？"

李石点了点头："先前审讯爬虫的那间审讯室还没撤吧，这次又得派上用场了。"

衢八两拍了拍胸脯："说过了，你们刑侦办大案子，咱们狱侦一定保障到位。"

直到李石离开，我才问衢八两刚才那段云山雾罩的对话是什么意思。衢八两告诉我："铁拐周正是警方突袭的那家废品收购厂的厂长。这个收购厂藏污纳垢，不仅和小葫芦以及她母亲的案子有关，还涉及很多需要深挖的犯罪。可以说，能把铁拐周抓捕归案，相当于捞起了一个宝盒。里面究竟有多少宝贝，就看李石等人怎么把这个宝盒打开了。"

"你是说，铁拐周是许多犯罪的幕后黑手？"

"也不一定，但他是资历最老的一位，很多事情他应该都知情。"

"可是，铁拐周的身体堪忧啊。"

衢八两沉吟片刻说："从今天起，你就负责监护铁拐周的身体状况，一直到李石他们讯问结束。"

"那其他在押人员呢？"

"不还有陈拒收嘛，他主动提出这两个月都不休班了。"

"啊？"

"他快退休了，对这份工作挺眷恋的。再说了，加班费也不少呢。"

我本想把陈拒收的身体状况向衢八两汇报，对讲机里却传来红鼻子管教的呼叫，让他去那间为铁拐周预留的审讯室检查一下设施、设备。衢八两没再和我啰唆，掉头离开了收押室。

次日清晨，铁拐周被带进了审讯室。他要面对的，是负责审讯的李石和曹大牙，还有在角落里坐着、随时提供医疗救援的我。

曹大牙开门见山："你有很多老乡现在都关在看守所里。"

铁拐周点头。

"不知道你会不会惋惜？"曹大牙接着说。

"上梁不正下梁歪，一切都是我的错。"

"一切？一切指的是什么？"曹大牙逼问了一句。

铁拐周的眼皮抬了抬，没有说话。

李石接过话头："我听说，你在老家的辈分很高，不管年老年少，都喊你拐叔。"

铁拐周摇了摇头："可惜我把他们都带偏了，拐来拐去，都拐进沟里了。"说着，铁拐周猛咳了一分钟，几乎要把肺给咳出来。

我赶忙上前想帮他止咳，却见铁拐周伸出两根指头比画着。身后，曹大牙点燃一支香烟，递到铁拐周的两指间。铁拐周颤巍巍地抽了一口，然后叹口气道："快废的人了，还靠这玩意儿续一口气。"

李石说："你不是废人。这么多年来，你的那些老乡都指望着你，你是一个大家长。"

铁拐周又深深地吸了一口，然后慢悠悠地说："这话要是放在十来年前，还有些道理，但现在世界变化得太快了。当年那些娃娃都长大了，一个个都长成了歪脖子树，扭也扭不过来。"

李石和曹大牙对视一眼，我暗暗揣测铁拐周这话背后的意思。李石把话题往回拉了拉："你是哪年来凡城的，刚来时都做什么营生？"

铁拐周眯缝起眼："说起来很早了，应该是1991年吧。那年老家发大水，庄稼都被淹了，我和老乡就到城里讨生活。男人做废品生意，女人带着孩子在街上乞讨。起初那些年很难，不仅挨饿，治安也不好，经常被人欺负。好在我们都熬过来了。后来投亲靠友的越来越多，我们就占了一片地儿，一直做废品回收生意，一直到现在。"

李石说："算起来也快三十年了，你们怎么就一直做废品买卖，没想过干其他生意吗，比如更体面点的？"

"赚的都是辛苦钱，没有什么体面不体面的。"铁拐周淡淡地回答。

"可后来加入你们的那些年轻人不这么看。"

铁拐周的呼吸停了五秒，脸上的皱纹变得更深了："是啊，那些年轻人来了。"

曹大牙插话道："年轻人心野，想赚大钱、赚快钱，你经营的废品收购生意虽然满足不了他们的胃口，却成了他们实施犯罪的大本营。"

此刻，铁拐周的头如有千钧重，低悬在那儿，久久未动。

曹大牙说着拍了拍桌上的一沓卷宗："既然你已经无法管束那些年轻的同乡，就让法律来制裁他们吧。毕竟他们还年轻，还有改过自新的机会，敲打敲打对他们有好处。"

"我知道你很痛心，但是，还有更令人痛心的事情，"李石向前探出身子，死死盯着铁拐周那副苍老的面孔，"孩子，那些无辜的、走入歧途的孩子。"

铁拐周右手的小拇指明显颤抖了一下。

李石接着说："你知道我说的是谁，小葫芦，还有她肚子里的孩子。你能告诉我，那孩子的父亲是谁吗？"

铁拐周缓缓地摇了摇头。

李石又说："我们可以提取胚胎的DNA，那里有凶手一半的基因。"

这句话把铁拐周逼到了死角，逼得他不得不做困兽般的反抗："那个孩子是犯了错，就让我替他承担这份过错吧！"

曹大牙说："俗话说，冤有头债有主。应该你承担的，一件都不会少，不应该你承担的——"

李石按住了曹大牙的手腕，淡淡地问了一句："你打算如何承担这份过错？"

铁拐周犹豫了许久，才字斟句酌地回答："我们给了小葫芦的母亲一份工作，并承诺会照顾小葫芦一辈子。为此，我们给她们提供了住处，还有一笔钱。"铁拐周的声音变得越来越小。

李石又问："肚子里的孩子呢，为什么你要让小葫芦把孩子生下来？"

铁拐周的面色由白转灰，像是一下子苍老了二十岁。在一边旁听的我，瞬间意识到这才是本场审讯的关键。

此时，李石回撤了一步："你想过没有，你这样包庇那个犯了错的男青年，会让他的同龄人产生什么样的想法？做了错事不用负责？有老一辈在那儿兜着？是这样吗？但你又能担多久呢？"

此时，李石从文件夹里抽出一张纸，是一张铅笔素描画。画面中，一个男青年正瞪大双眼，厚厚的镜片挡不住他目光中的迷惘。铁拐周浑身颤了一下。

李石说："你包庇的就是他吧，你们村里的第一个大学生。他马上就要大学毕业了，成绩优异，正在申请保研。你不想毁了他的未来。"

铁拐周的身体如一座崩塌的大山，慢慢瘫在审讯椅上。

李石示意我去检查一下铁拐周的身体状况。我将电子血压计的绑带绑在铁拐周的胳膊上，数字先是迅速飙升，之后却没有降下来多少，最终定格在高压210、低压150的恐怖数字上。我用手指探了探铁拐周的脉搏，他的心率十分不规律。我不敢马虎，立即为他服下一粒降压药，又将一粒速效救心丸压在他的舌下。等铁拐周的呼吸渐渐平缓后，我才向李石和曹大牙摇了摇头。

李石的脸上明显流露出不甘的神色，无可奈何地宣布："问话就先到这里吧。"

为了让铁拐周的气能更顺点，我让监区的工勤人员推了一辆板车过来，让他平躺在板车上，推着他往监区走。走到分隔讯问区和监区的那扇大铁门前面时，铁拐周试图起身，想从大门洞边上那扇窄门进入。我制止了他，用对讲机呼叫调度室打开那扇大铁门。看着铁门徐徐打开，铁拐周竟幽幽地哼唱道："大路不走草成窝，山歌不唱忧愁多……"

休息了一个下午，铁拐周的身体状态有了明显改善。李石和曹大牙继续他们的审讯，只不过这次审讯地点换成了医务室——各种急救设备齐全，方便第一时间处置。我还是在边上守着，为铁拐周提供全程医疗保障。

"那个犯了迷糊的大学生已经被关进看守所了，离你不算远。"李石如此开场。

铁拐周一副哀莫大于心死的表情，不管怎样，他接受了这个事实。

李石又说："我也很惋惜，他本该有很光明的前途。但刑罚的目的不是要毁掉某一个人，而是要惩前毖后，不让类似的错误一再发生。比如，我们这次抓了很多吸毒、贩毒的青年，那么更小的孩子以及他们的父母就会受到触动，不会再轻易走上错误的道路。好吧，小葫芦的事情，咱们就先聊到这里。我想和你聊聊第二个孩子，小葫芦肚子里那个没有出生的孩子。对于他，你是怎么安排的？"

铁拐周抬起了头，直勾勾地盯着李石。

"这么多年来，那些妇女组成的乞讨团伙里不停地有孩子来了又走，他们都去了哪里？如果小葫芦的孩子出生了，将会被送去哪里？"

我注意到，细密的汗珠出现在铁拐周的额头上。

李石又抽出先前的那张素描画，问道："你知道是谁画的吗？"

铁拐周犹豫了一下，缓缓地开口："是傻大个儿。"

"对，就是那个负责看守小葫芦和她母亲的傻大个儿。"顿了顿，李石又说，"这个傻大个儿原本并不傻，只是小时候脑袋受了伤，变傻了。那时傻大个儿还不到五岁，曾消失过一段时间。不过，后来他又回到了废品收购厂。有流言说，傻大个儿是被人'退货'了。"

"退货"两个字让铁拐周的肩膀颤动了一下。

"被退货后，傻孩子一直留在收购厂里，后来长成了傻大个儿。虽然他啥都不会，但身子骨看起来很唬人。于是，他就被你们派去看人，防止其他的'货'自己长腿跑了。可是，或许是老天怜悯，赋予了傻大个儿一项特殊的本领。他不仅过目不忘，还有绘画天赋，能用笔把那些被他看管过的孩子都画出来。"说着，李石又从文件夹里拿出几张素描画，"你看，这些都是傻大个儿的作品。"

就在铁拐周的目光在那一张张素描画上艰难挪动时，曹大牙清了清嗓子："我们怀疑你所经营的废品收购厂是拐卖儿童链条中的中间环节，或许用'中转站'来形容更为合适。我希望你能好好地考虑一下，把这个犯罪链条的上下游都说清楚，把那些可怜的孩子都找回来。"

李石接着补充道："或许你认为那些孩子离开了贫困、没有爱的家庭，通过你们去了经济条件更好、更有爱的家庭。可是，事实真是如此吗？我们从公开的资料里整理了一些拐卖婴儿犯罪团伙的资料，装订成了册子，希望你回去能好好看看册子里那些被拐卖的孩子的命运。看看他们是得到了重生，还是跌入了更深的地狱！"

李石的话突然让我想起了韩江雪和她的双胞胎姐妹顾竹雪。这是某种相似的悲剧吗？又或者其中有着某种必然的联系？正犹疑间，我看到李石起身，将那本小册子放在了铁拐周的面前，然后向我点点头："今天的审讯就到此为止吧。"

2

铁拐周一被带出医务室，我就抢前一步拦住了要离开的李石，提出要看一看傻大个儿画的那些画。李石一愣，反问我这样做的原因。

我在犹豫要不要把韩江雪的那段身世说出来。好在李石没有再追问什么，而是将那些素描一张张地摊在桌面上，一共五张，有男有女。每一幅画的线条都很简洁，没有任何涂抹的痕迹，可以看出傻大个儿笔法的熟稔。此外，虽然五官并没有特别着墨，人物的特点却非常清晰，黑痣的位置、眉梢的走向、鼻子的坚挺，都在寥寥数笔间被反映出来。更为难得的是，所画人物特别传神。在小葫芦的画像上，我看到了无知和天真，她母亲的画像上则是纠结与懊悔。另外三幅画的都是婴儿。看了许久，我仍想象不出他们现在的模样，甚至辨别不出他们的性别。

李石在边上问："有什么发现吗？"

我反问："这三个孩子都是傻大个儿看管过的吗，他们是谁？"

李石瞥了曹大牙一眼，接着又转向我道："或许，你可以说一说你那个女朋友潜伏进乞讨团伙的事情。"

我一愣，这才明白他埋伏在这儿。看样子也不能再隐瞒了，我便把韩江雪的身世，还有她为了寻亲所付出的努力，全部说了出来。

曹大牙断言道："这个叫韩江雪的女孩不是来寻亲的，她是来寻找真相的。"

李石则缓缓地说："你打开了一个全新的侦查渠道，里面有许多可以不断挖掘的线索。对了，你刚才还提到了韩江雪的双胞胎姐妹？"

我点头："是的，她叫顾竹雪，是马克刘的养女，现在在市郊经营一家养生会所。"

曹大牙猛地摇摇头："这两个女孩可都是人精啊，你可千万注意，不要被她们给耍了。"

这句话让我如鲠在喉，不知该如何回应。曹大牙的确触及了我内心深处的困惑和纠结。

"不用担心，毕竟还有我们在呢。"李石拍了拍我的肩膀，宽慰道，"我看有必要和这对双胞胎接触一下。不过，既然话都摊开说了，我还是先带你去见一见那个神奇的傻大个儿吧。"

"傻大个儿"三个字本就有很强的画面感，但我第一次看到本尊，视觉上还是受到了很强的冲击。透过留置室的单透玻璃，我看到一个体积庞大的肉团堆在门边的地板上，少说也得有两百多斤。"肉团"前面摆放着一张小桌，桌面上摊着一张白纸。我将脸贴到玻璃上才看清有人拿着一个蜡笔头在纸上来回画着，涂抹出一个女人的肖像。

一个女声回答了我的困惑："看着还挺像我的。"

我回头，看到先前为爬虫测谎的冷酷姐正站在我的身后。李石介绍道："这是封警官，犯罪心理方面的专家，专门来协助咱们破案的。"

我伸出手，打趣地说："封警官，我是兽医，看守所的医生。"

封警官碰了碰我的手指，冷冷地说："喊我姐就好。"

我有点尴尬，便找话问："这个傻大个儿画得是挺像的。"

"其实他只见过我一面，就在被关进留置室的前一秒，却把我这张脸拍进他的脑袋里了。"

我又问："抓他的时候费了不少力气吧？"

李石答道："特警破门时他就堵在门口，警察怎么都进不去，就差把门框卸了。后来，特警从屋顶的天窗翻了进去，本以为会有一场恶仗，没想到傻大个儿一点都没反抗。他很听警察的话。"

"别看他个儿头大，心理还停留在小时候，画画的爱好也是从小保持到大的，这些都是他刚画出来的。"封警官说着递过来几张蜡笔画。它们乍一看像是胡乱涂抹，但细细再看，便能分辨出其中的线条，还有大团不着颜料的留白，似乎隐藏着什么秘密。

"这些都是即兴创作的吗？"

"是啊，神奇的'垃圾场毕加索'。"封警官笑笑说，"你从这些蜡笔画中能够看到什么？"

我再次将目光聚焦到那些乍看上去杂乱无章的点和线上，很快就发现了隐藏其中的眼睛。有的圆睁着，有的眯缝着，一只又一只，似在躲闪，却又观察着平面之外的世界。我问道："这些眼睛有什么意义吗？"

"我想，他大概在寻找。"

"寻找什么呢？"

封警官犹豫了两秒才说："我想他也不知道要寻找什么，所以才会去寻找。"

"听着够玄乎的。"

"人心似海嘛！"

众人沉默片刻，这时李石的手机响了，是微信新消息。李石打开手机瞄了一眼，便把手机屏幕侧向了我。屏幕上是一个人硕大的肩膀，上面有三个暗红色的斑点。我一愣，问道："这是……？"

李石点头："是傻大个儿肩膀的照片，同样的斑点，其他乞讨儿童身上也有。"李石转向封警官："有一对双胞胎，是我们这位兽医的朋友，这个傻大个儿可能接触过。不过时间很久了，少说也有二十年了，能帮忙让傻大个儿回忆一下吗？"

封警官问我："有双胞胎小时候的照片吗？"

我摇头："只有现在的。"说着，我将韩江雪近期的自拍照展示给封警官看。

封警官抿了抿嘴："女大十八变，我试试吧。"

封警官拿着我的手机进入留置室，席地坐在傻大个儿对面，低声对他说了什么。傻大个儿放下笔，直勾勾地看着对面的这位女警官。慢慢地，傻大个儿的眼神开始涣散，身体却坐得更直了。

"这是在干吗？"房间外，我问李石。

李石压低声音说："在催眠吧。"

"啊？"

"早年的回忆肯定淡忘了，只能靠催眠……嘘！"

房间里，封警官将一张白纸和一支铅笔递到傻大个儿手上，然后把手机上韩江雪的照片展示给了傻大个儿。傻大个儿看了许久后拿起铅笔，开始在纸上画了起来。起初，傻大个儿下笔很犹豫，慢慢地，他的笔触变得轻快。五分钟后，一个女童的面孔便出现在画纸上。接着，傻大个儿开始画另一个女童。这次他笔走龙蛇，只用了两分钟，另一个女童的脸便跃然纸上。封警官把那两幅画交到了我和李石的手上。李石瞥了一眼，对封警官说："能让他把这两个女童的父母，或者相关联的人画出来吗？"

封警官转身回到傻大个儿身旁。李石将画交给我："拍照给你的女朋友看一看，辨认一下。"

我按照李石的要求做了。不到一分钟，韩江雪便打来了电话，她的声音很激动："这是我，一定是我。"

"为什么这么确定？"

"图画里女孩右眼角有颗很小的脂肪粒，我小时候眼角就有这么一颗脂肪粒，上大学后我才做微创手术把它切了。"

"那么另一张画的就是顾竹雪了。"

电话那端沉默了片刻，突然问我："是不是发现什么关键线索了？"

我抬眼看向李石。李石向我摇了摇头。我说："对不起，我现在还不能说。"

"明白，你有你的工作纪律。但我也算是案件的当事人，享有知情权，对不对？"

我不知该怎么回答了。

这时，封警官再次从房间内出来，将一张男子的画像递了过来。李石仅瞥了一眼，脸色就变了。他从我的手中接过电话："我是李石，市局刑警支队副支队长，我们见过。"

"哦，你好，李队——"

"你现在在哪儿，能赶到市殡仪馆一趟吗？"

电话里的韩江雪和我均哑巴了两秒。很快，韩江雪干脆地应道："一小时之内赶到。"

3

　　去往殡仪馆的路上虽是李石开车，但握着方向盘的他像是陷入了深层的思考，只留我一个人在迷惘中不知所以。直到车子开出市区，向位于市郊的殡仪馆进发时，李石才缓缓地问我："知道画像里的那个男人是谁吗？"

　　我摇了摇头。

　　李石的嘴角露出一丝笑意："这个男人正在殡仪馆的冰柜里躺着呢。"

　　"啊？！"瞬间，我想起韩江雪说过，她来凡城是因为凡城警方将一名死在宾馆风道里的男人的DNA和她的DNA匹配上了。也就是说，这个躺在冰柜里的人就是韩江雪的父亲。

　　李石接着说："这个案子一直挂在重案大队没有破，没想到居然在傻大个儿的画中找到了线索。"

　　李石点燃了一支烟，接着打开车窗玻璃，让烟气随风散去，然后问我："你们医生是不抽烟的吧？"

　　"我不抽烟，但很多医生抽得很凶。"

　　"对了，那个陈拒收原来抽烟就抽得很凶。现在他戒了，想养好身体退休去旅游。"

　　李石的话让我想起了陈拒收近来孱弱的身体。

　　"你为什么学医当医生？"

　　"家里安排的，他们替我报的大学志愿。"

　　"当警察前，真在医院待过？"

　　我"嗯"了一声："轮了几个科室。"

　　"有件事情还真抱歉。"李石说，"但我必须向你承认，因为市局只招一个法医，所以我疏通了关系，安排我儿子去当了法医。自然而然，你就被分配到了看守所当驻所医生。"

　　面对如此直白的道歉，我不知道该说些什么好。

　　李石又说："我这个儿子小时候被保护得好，思想很简单，不一定能适应看守所里那种复杂的环境，倒不如让他天天对着死人，工作倒也简单。说实话，我也不盼着他以后升官发财，他能把手头工作做好就行。"

我附和道："他的专业知识很扎实的。"

李石"哼"了一声。

沉默了会儿，我反问李石："你当初为什么要当警察？"

"我爸就是当警察的。"

"警察世家啊。"我感慨道。

李石呵呵笑了一下："年轻嘛，总想弄懂眼前的世界，所以就当了警察。"

"弄清楚了吗？"

李石摇摇头："越来越糊涂了。"

"为什么呢？"

李石想了想："那个封警官怎么说的，人心似海嘛！"

李石说完舌头一卷，燃烧的烟屁股就进到了他的口腔里。接着，李石屏住呼吸，淡淡的烟气居然从他的耳朵里冒了出来。当李石再展开舌头时，烟头已经灭了。李石将烟头放进车载烟灰缸，笑着说："我也是有特殊技能的。"

我跟着笑了笑。

李石语气轻松地说："我儿子谈的那个小女友，指挥中心的辅警，你知道吗？"

我不知道李石是在试探还是真掌握了什么消息，便支吾着不说话。

"这小子！"李石哼笑了一声，"想瞒他当了二十六年刑警的爹，道行还浅了些。"

我尴尬地笑笑。

"我知道那女孩，虽然不是正式工，但人老实，做事也踏实。有空你给我儿子吹吹耳边风，让他找机会把女孩带给我和他妈见见。"

我说了声"好"。

"倒是你。"李石话锋一转，"从上次爬虫的案子起，这个韩江雪就有意无意地参与了进来。坦白说，这个女孩给我留下了极为深刻的印象。她绝非等闲之辈，或许会给你的小世界带来翻天覆地的变化，不知道你能不能受得了。"

我又哑然了。

"有的人就像鲨鱼，一辈子都要四处游走，绝不会在一个地方停留。想必你也不甘于当一条寄生在鲨鱼腹下的鲫鱼吧？"

李石点到为止，并没在韩江雪的话题上多说什么。很快，汽车驶入了殡仪馆，偌大的停车场内只有一辆红色的本田思域，韩江雪正靠车头站着。我下车，眼神瞟向车子。韩江雪举重若轻地说："车子性能不错，跑得飞快，让我能赶上案子的进度。"说完，她的目光瞥向了李石。

李石只是淡淡地说："走，咱们去实验室看看吧。"

李庸医早已在实验室里静候我们。他的手上是一沓尸检报告，他的身前则躺着一具青白色的男性尸体，想必正是韩江雪的亲生父亲。我偷看了韩江雪一眼，她的脸色和尸体的颜色一样青白。

李石将他儿子手中的尸检报告接过去，认认真真地看了约莫十分钟，然后把报告连同傻大个儿的那张素描画递到了韩江雪的手上。韩江雪小声读着尸检报告的内容："羟基丁酸、手腕勒痕、颈部勒痕，多处软组织挫伤、舌骨完好，肺泡、窒息……"接着，韩江雪举起那张素描看了许久，然后问李石："这幅画是谁画的？"

李石说："等等，我想先听一听你的判断。"

韩江雪的指尖划过素描画上男人尚属年轻的面孔，犹豫了一会儿。"男人死前曾被迷晕，然后遭受了虐待，最后被处决。"顿了顿，韩江雪坚定地说，"是熟人作案，我的亲生父亲和拐卖团伙的成员一定认识。"

李石感慨："你真是干侦探的料。"

韩江雪虚弱地笑笑："我只是太弱小了，所以脑子才要转得快一些。好吧，现在可以告诉我这幅画的由来了吧？"

李石冲我点头："你们是一对儿，还是你来说吧。"

接下来，我便把案子的侦查现况告诉了韩江雪，这起疑似系列拐卖儿童案件的当事人之一。

韩江雪沉默了会儿缓缓地说："我想不起那个傻大个儿了，我甚至想不起同时被看管的双胞胎姐妹顾竹雪，那时我们一定是太小了。"

李石答道："傻大个儿只是用绘画这种特殊方式把本不相关的线索串了起来。现在的关键，还是让铁拐周开口，毕竟他经营这个废品收购厂三十多年了。"

正说着李石的电话响了，彩铃是雄壮激昂的《人民警察之歌》，把大家都吓了一跳。挂掉电话后，李石忧心忡忡地说："铁拐周打算摊牌了。不过，他应该撑不过今晚了。"

我们三人把李庸医丢在殡仪馆，火速赶往第一人民医院，正巧在一楼大厅遇到了一脸愁容的曹大牙。

还没等我们开口，曹大牙便摇头说："双肺已经坏死了，现在只能出气，没有进气了。"

"人在哪儿？"李石问。

"留观室，等着咽气。"

我们立即随曹大牙往留观室赶。路上，曹大牙对我们说了铁拐周的详细情况。原来，在来医院的急救车上，铁拐周就开始对急救医生坦白了。他说，自己的废品收购厂曾被用作那些被拐卖孩子的转运地。他还说到了傻大个儿这个最早被"寄存"在废品收购厂的"人货"。"寄存"期间，傻大个儿爬到报废的卡车顶上玩，摔了一跤，结果后脑壳被撞掉一块，成了傻子。因此，他被好几个买家退了货，这么多年来一直生活在收购厂里。

李石问："他有没有说是谁把孩子送到收购厂的，又是谁把孩子带走的？"

曹大牙摇头："他只说到这里人就不行了。别说是一句话，就连一个字他都吐不出来了。我觉得，他这是回光返照。"

说话间我们赶到了留观室，衢八两正和医生讨论铁拐周的病情。医生很坦诚地说："即便不撤呼吸机，他的生命最多也就只剩半小时。"

大家的目光聚集在衢八两的身上，仿佛在发问："这是看守所关押的在押人员，现在该怎么办？"

抛开纪检监察和检察院对看守所内部出现在押人员死亡问题的追究不谈，

这毕竟是一条人命。现在担在衢八两的肩上，想必异常沉重。我以为他会打电话向上级请示，可衢八两只是问医生："病人是否还有意识？"

医生点头说"有"。

衢八两稍稍调整了下夹在警衔上的执法记录仪镜头，随即走进了留观室。李石和我紧随其后。韩江雪也想进去，被曹大牙拦在了门外。

不知怎的，看到躺在床上的铁拐周，我的脑海里浮现出一些往事，时间并不久远，都发生在我实习时的医院。我不敢陷入回忆，将注意力放回到衢八两身上。只见衢八两开始对铁拐周说话，声音极其平静和克制："医生已经介绍了你的病情，你的生命很快就要终结。如果你想平静地离去，我们不会打扰，你只要眨两下眼睛就行；如果你想把那些真相告诉办案的警官，挽救更多的人，就眨一下眼睛。"

在一片死寂中，铁拐周眨了一下眼睛，停了一秒，他又眨了一下。

"你要最后的平静？"衢八两继续确认。

铁拐周艰难地点了一下头。

衢八两看了眼李石，似乎在向他发问。

李石叹口气说："我没什么要问的了，就让他去吧。"

衢八两转向医生："那么，接下来的事情就拜托你们了。"

医生说了声"好"。

就在我们要转身撤出房间时，铁拐周的胳膊突然微微抬起，他的目光中再次有了光亮。循着他的目光，我看到韩江雪正站在门外高举着那张傻大个儿手绘的她亲生父亲的画像，高声质问："他是谁？我死去的爸爸到底是谁？"

一阵低沉且恐怖的声响从铁拐周的体内传出，一旁的呼吸科医生听后肩膀不自主地颤了一下。李石知道铁拐周已经说不出话了，便立即将夹在医生白大褂口袋上的水笔夺了过来，夹在铁拐周的大拇指和食指间，又帮他把笔杆握紧，并将一块塑料板垫在了图纸背面。只见铁拐周一厘米又一厘米地抬起胳膊，在画像中男人的身体上歪歪扭扭地写下"朱大可"三个字。这三个字是一笔写完的。当他再次抬起笔尖，那口一直含着的气被缓缓吐了出来，然后他手指一松，笔掉在了床上，胳膊随之滑落。与此同时，一滴眼泪从铁拐周的眼眶慢慢流了出来。

那是忏悔的泪水吧，我暗想，希望他已经得到了上天的宽恕。

衢八两将执法记录仪的镜头对准自己，用略发颤的嗓音说："北京时间二十二点二十二分，犯罪嫌疑人周明生死亡。"说完他便大步走出了留观室。李石愣了几秒，然后将铁拐周的绝笔交给了曹大牙，要他立即在全国人口系统库内寻找名叫朱大可的男人。接着，李石走到走廊的尽头，向医院中庭的花园走去，和衢八两一同抽烟去了。

我正望着两名老警探有些落寞的背影发呆，韩江雪拍了下我的肩膀，吓了我一跳。

"怎么？你也想去抽一根？"

"不想。"

韩江雪笑着说："真是模范生。"

我看着韩江雪的脸问道："一个人死在你的面前，你似乎不是很困扰。"

"生老病死，自然规律。"顿了顿，韩江雪又说，"再说了，如果不是他，我的命运或许不会是现在这个样子。"

"或许他只是一个见证人，没有直接参与拐卖儿童的案件。"

韩江雪摇摇头："沉默的旁观者也是帮凶。"

或许我本就是一个愿意原谅一切的人，又或许因为我不是韩江雪，无法感受她那切齿的恨，因此再争论孰是孰非的问题想必不会有什么结果。于是，我故作轻松地问："朱大可，不知道全国有多少个朱大可？"

韩江雪努努嘴："你问他咯。"

只见曹大牙脚步匆匆地走了过来。显然，他是冲中庭花园里的李石去的。韩江雪拦住了曹大牙："曹警官，查到朱大可是谁了吗？"

曹大牙不满地瞥了我一眼，拇指顺势关闭了电子警务终端的屏幕，然后对韩江雪说："不要刺探警务工作的秘密。"

韩江雪立刻反驳："我是朱大可的女儿，我有权知道有关他的信息。"

曹大牙不想和她纠缠，错身想走，却又被韩江雪拦住了去路。两边僵持间，李石从中庭返回走廊，见状很快便明白发生了什么。他没有避讳韩江雪，直接向曹大牙询问核查的情况。

曹大牙摇摇头："我把朱大可的年龄限定在四十岁到七十岁，全国人口系统中同名的人一共有2537个人。我又把死者的照片和这2573个人进行了人脸比对，一个也没有比中。"

韩江雪立即插话："是什么原因？难道这个朱大可是黑户？"

曹大牙不满地说："你懂得挺多的啊。"

我拽了一把韩江雪，想让她安静些。李石突然转向韩江雪："恐怕我要和你的家人见一见了。"

韩江雪一激灵："你要和谁见见？等等，应该不是我的养父母。没准儿他们和人贩子认识，你应该不想这么早打草惊蛇。"

李石点头："你的养父母，我已经派人暗中调查了，目前还不会直接接触。"

"那么，你就是要见顾竹雪了？"韩江雪说。

4

李石、韩江雪与我三人驾车驶入城郊层峦的山丘间，向着顾竹雪常住的那座叫平山堂的庄园进发。我们才刚看到会所外石塔的塔尖，一名飒爽的女保安就把我们拦了下来。后座的车窗玻璃被打开，韩江雪探出脑袋，什么也没说。

女保安一怔，然后毕恭毕敬地喊了声"顾总好"。

韩江雪关上车窗玻璃，冲我莞尔一笑。李石驾车驶进了庄园。

一名穿着西装的女管家正在庄园的门外等待，她准确地喊出了李石警官的名字，随后又看向韩江雪，低声惊叹："果然很像啊。"

韩江雪"哼"了一声，算是回答。

　　女管家最后将目光落在我的身上。我以为她也会喊出我的名字，可她又转向李石说："顾总正在湖心岛上清修，平日里不会客，但她料到你们会来，就特别安排我来迎接。"说着，她转身领着我们进入庄园，穿过中轴线上一间又一间古朴、自然的厅堂，来到庄园的后门。

　　后门另一侧有一片狭长的湖泊，几座小岛点缀近处，远处则被升腾的水汽遮掩，看不清对岸，当然也就不知道这片湖泊有多大。女管家此时已经披上了蓑衣，戴上了斗笠。她撑一杆竹篙，跳到了一叶扁舟上。韩江雪从包里掏出一把折叠伞，撑起后跳到了船上。我和李石面面相觑，只得无遮无挡地上了船。

　　密密匝匝的浮萍笼罩了靠近岸边的湖水，船头稍稍打破浮萍的禁锢，待船离开后，浮萍很快又合成了碧绿的一片。不知怎的，一句古诗从我的口中冒了出来："一叶浮萍归大海。"韩江雪笑着接道："人生何处不相逢。"

　　我看向韩江雪，低声说："此情此景，很奇妙啊。"

　　韩江雪抿了抿嘴，没有说话。

　　就在此时，船头的女管家兀自唱起了歌。

　　　　三过平山堂下，

　　　　半生弹指声中。

　　　　十年不见老仙翁。

　　　　壁上龙蛇飞动。

　　　　欲吊文章太守，

　　　　仍歌杨柳春风。

　　　　休言万事转头空。

　　　　未转头时皆梦。

　　女管家的歌声如怨如慕、如泣如诉，形成了一道看不见的音墙，笼罩着整个船身，送我们抵达岸边。

　　下了船，女管家领我们穿过层层落叶铺就的小径，来到了顾竹雪清修的地方。我本以为这会是个多么高端典雅的地方，没想到只是一间小木屋，由桦木或柏木或其他我不认识的木头垒成。房子的角落有一台发电机，门外垒了一个灶台，灶台上搭着一口小锅。

顾竹雪从屋后绕了过来，拿着四张木头凳子放在草地上，请我们围坐在一小团篝火前。

韩江雪似乎也没想到会是这样的场面，她说："亲爱的姐姐，你这是在过世外桃源的生活吗，还是像网上那些拍视频的，只是做做样子？"

顾竹雪说："这里没有手机信号。再说了，我们到底谁出生在前、谁出生在后还没确定呢。好吧，既然你喊我姐，我就算是姐了。"

李石问："你知道我们要来？"

"当然，铁拐周已去世，你们也该来找我了。"

李石一怔，然后感慨道："资本的力量啊。"

顾竹雪淡淡地说："只是各路朋友多了些、情报灵通一点罢了。"

李石问道："你见过铁拐周吗？或者，你的记忆里有铁拐周这个人吗？"

顾竹雪摇了摇头，然后拿木棍拨了拨烧着的柴火，一些草木灰随即向上蹿升，并在半空中不断解体，化为乌有。顾竹雪说："我的这位妹妹知道，我对这些都无所谓的。"

"包括那个叫朱大可的、在殡仪馆冰柜里躺着的亲生父亲？"

顾竹雪手上的动作停了片刻，然后说："别人无情，我干吗有义呢？"

"你的意思是？"

"当年我们姐妹俩被卖掉，我的这位父亲肯定脱不了干系。"

李石转向韩江雪："你怎么看？"

韩江雪耸耸肩："虽然我和我这位姐姐有很多地方不同，但仅在这一点上，我同意她的判断。"

李石用指头指着韩江雪："你被卖给了一对山里的夫妇，本来的命运是做一个山里姑娘，结果实现逆袭，成了高学历人才。"接着，他用指头指着顾竹雪："你呢，被卖到了一家娱乐会所里，本来的命运是做按摩小姐，结果实现逆袭，有了这份家业。"

双胞胎姐妹均是鼻子一"哼"，表示不屑一顾。

李石接着对顾竹雪道："我此次来，是想了解当年是谁把你卖给了马克刘名下的娱乐会所。"

马克刘的名字让顾竹雪的肩膀轻轻颤了颤。顾竹雪平复了下心情："我不想提这件事了。"

"为什么？"

顾竹雪犹豫了片刻，道："我不会做任何不利于马克刘的事情。"

"你是担心他会被追加罪名？"李石说，"有趣的是，同样的问题，我们在看守所里也问了马克刘。他的回答是，没有你的同意，他不会说出那两个人的名字。"

顾竹雪仍在犹豫。

李石又说："你的养父马克刘是真心想对你好的。再退一步说，如果马克刘能够协助公安机关破获这个潜伏多年的拐卖团伙，对他的减刑也是有好处的。"

顾竹雪还含着一口气，真相看样子就要脱口而出。

韩江雪起身来到顾竹雪面前。"我的姐姐，你跑到这个小岛上搞这套什么清修，不还是想舔舐伤口吗？我劝你就别这么消极了，和我一起努力改变些什么吧。"说着，韩江雪攥了攥顾竹雪的手，"我们是亲姐妹啊！"

或许韩江雪的这一攥给了顾竹雪力量，她起身对李石道："能够安排我和马克刘见一面吗？"

由于马克刘的案子事关重大，他被厅里直接异地关押到了邻市的看守所，办理提审手续颇费了些周折。

等待马克刘被押解进会见室时，衢八两在调度室看着视频画面偷偷告诉我："马克刘的初审已经下来了，死刑，他没有上诉。"

"啊？没机会了？"

衢八两平静地说："人生最精彩的部分都活过了，再往后就是下坡路了。马克刘可不想结局太不堪。"

马克刘刚进会见室时，我几乎没有认出他。他因为有糖尿病，先前非常清瘦、苍白，如今却胖了不少，面色也红润了许多。

顾竹雪愣了片刻，然后抽动着肩膀默默地哭了起来。马克刘走上前，隔着铁栅栏抚摩顾竹雪的头发，轻声安慰她。

衢八两继续他的旁白："自从被判刑后，这还是第一个来会见马克刘的人。唉，墙倒众人推、树倒猢狲散啊。"

我评价道："他们俩的关系不像是养父女，更像是导师和学徒。"

衢八两叹口气说："人生难得一知己啊。"

我打趣道："就像你的红歌和姜高音的美声从来都合不到一起一样。"

衢八两撇撇嘴："求同存异嘛！"

过了两分钟，顾竹雪和马克刘隔着铁栅栏分别坐下。马克刘清了清嗓子："你能来见我一面，我就满足了，我们还是说正事吧。"

顾竹雪的腮帮动了动，但没说出话来。

马克刘说："我知道这么多年来你一直把过去锁在一口石头棺材里，深深地埋在地下，以为这样就可以面对现在的每一分每一秒。可我这个将死之人突然想明白了一个问题：所谓的放手是多么困难啊，在最后的时刻来临前，人最想做的就是把真相弄清、把悔恨填补。有些事情看起来是绕过去了，但绕来绕去还会绕回来的。所以，即便你不同意，我也要把当年把你卖给我的夫妇俩的名字告诉警察。"

顾竹雪将手伸过栏杆，握住马克刘的手说："你说要听我的意见，实际上是我想听你的意见。你说怎么办，我就怎么办。"

马克刘满意地点点头："好闺女，不枉我这么多年对你的培育。"接着，他在桌上的白纸上工工整整地写下两个名字。写完后，马克刘站起身："那么，再见吧。"说完，他就转身离开了会见室。

望着马克刘的背影，顾竹雪的嘴唇动了动，却没有发出声响。等到马克刘离开会见区，回到监区后，顾竹雪才撕心裂肺地吼道："老马，我爱你，你听见了吗？我爱你，下辈子我要做你的女人！"

通过视频监控，我看到马克刘的脚步明显停了一秒，肩膀在微微颤抖，但最后他没有转身，而是像无数赴死的人一样，沉默地返回他所在的监室。

第十一章

母亲的秘密

开始吧，孩子，开始用微笑去认识你的母亲吧！

——维吉尔

1

马克刘在白纸上留下了两个名字，男的叫顾南岗，女的叫鲍雪凉。

通过户籍人口查询得知，这两人是一对夫妻。不仅如此，两人的户籍信息后附录的犯罪记录一共有十七页之多，基本上都是他们一同实施的碰瓷扒窃犯罪。李石当即将电话打到了市局刑警支队反扒大队，让值班人员立即核实这两人的下落。很快李石就收到了相关情报：这对夫妇依然活跃在城西的永宏建材大市场，随时随地可以对其进行抓捕。

下午三点，此时正是建材市场最人声鼎沸的时候。店铺老板、装卸工人、货车司机、装修师傅，还有许多来此选购建材的顾客，来来往往，摩肩接踵。顾南岗和鲍雪凉瞄上的是那些驾车来的顾客。顾南岗会在司机发动车子的瞬间突然出现在车头，然后不知怎的就把胳膊给弄脱臼了，接着便缠着不让车主走。车主会下车理论、争辩。顾南岗先是耍无赖，不依不挠，到了要报警的环节，他便不再纠缠，掉头钻进一条小巷。等到车主回到车内，或早或晚，他会发现自己放在驾驶台上的手机或副驾驶座上的手包，又或是盘在挡杆上的沉香手串，甚至原本在后座上趴着睡觉的泰迪犬，不见了踪影。

当然，这些东西是鲍雪凉趁丈夫缠住车主的空当悄悄打开车门拿走的。她也不是稀罕泰迪犬，而是现在人们都不带现金了，他们便只能偷些能换钱的东西，以解他们对毒品日渐摆脱不了的渴求。也正是因为吸毒，他们两人都染上了艾滋病，所以几次被送进看守所后又因为这种会传染的病毒被取保候审，回到街头。

在李石的特批下，韩江雪跟我一起来到了抓捕现场。我对她反复交代："千万不要和这对夫妇有身体接触！"

韩江雪反问我："如果我被他们传染了，你会和我分手吗？"

我被噎得一句话也说不出来。

由于这对夫妇对警察的脸很熟，韩江雪便自告奋勇，钻进她租来的那辆红色小车里打扮了一番。她再出现时，已经是一个裹着一身中国风大衣、挎着一个香奈儿玫瑰色小包、戴着一副大得有些夸张的墨镜的成熟女人。只见她从一家红木家具店内款款而出，穿行在忙碌的人群中，就像是一堆土拨鼠中出现了一只美丽的火烈鸟——这当然会吸引顾南岗和鲍雪凉的注意。

韩江雪拉开车门坐进副驾驶座，随手将那个香奈儿的包包放在了驾驶台上。这个动作就像一个信号，引得顾南岗从暗处快步走出。在韩江雪发动车子的瞬间，他一个翻滚将肩膀撞在左侧的后视镜上，随即号叫起来。

韩江雪下了车，瞅着顾南岗奔拉的胳膊没有说话，从大大的墨镜外看不出她有丝毫的表情，任由面前的男人继续在那里哭号。与此同时，鲍雪凉偷偷从车后方摸了过来，因为车窗是开着的，她甚至不需要拉开车门。她如探囊取物般将手伸进车内，拿起香奈儿的包包。她刚准备缩回手，韩江雪随即转过身，摘下墨镜，冷冷地说："我最最亲爱的，你们这是要干吗？"

鲍雪凉瞬间愣在了那里，或许她觉得自己吸毒吸多了，听力产生了错觉，但面前年轻美貌的女子像是有强大的磁场，把她吸在原地动弹不得。

韩江雪笑着说："我给你们准备了副手镯，就在包里。"

鲍雪凉犹豫着打开了手包，发现明晃晃的手铐正在包里面。鲍雪凉"啊"了一声，喊道："老公，警察，跑啊！"顾南岗刚一拔腿，韩江雪便抬脚踹在他的腿弯上。顾南岗再想反抗时，埋伏在边上的警察已经冲了上来。其中也包括我，我不满地抱怨："不是不让你和这两个艾滋病扒手有接触吗？！"

韩江雪呵呵一笑："忍不住了呗。"

在两间审讯室内，夫妇俩绞尽脑汁都没有想起这个有香奈儿包包的女孩到底是谁。李石和曹大牙只得分别向他们提起了顾竹雪和马克刘的名字。昏昏欲睡的男人头脑还没清醒过来，但鲍雪凉似乎想起了什么。只是这个女人此时鼻涕横流，呻吟声越来越大，像是全身爬满了虫子。这当然不是悔恨的呻吟，而是犯了毒瘾，对毒品产生了越来越强烈的渴望。

李石从口袋里掏出一个小罐，将里面被碾碎的白色晶体倒在一张纸巾上，言下之意很清楚：若是你把当年顾竹雪如何被拐卖的事情说清楚，这些白色晶体就是你的了。

早已失去抵抗力的鲍雪凉全身抽搐，断断续续地说出了二十多年前发生的事。

"那时候，我还是凡城矿务局下属一家幼儿园的保育员。有一个叫雪姨的女人经常会送来一些婴儿，让我先带着养一段时间，短则数天，长不到一个月。雪姨会再次出现，留下一笔钱后把孩子带走。我隐约知道雪姨在做什么，也试着打探过，但她只说自己是在做好事，还自称是'送子观音'。我觉得不踏实，一直想拒绝她。

"后来，我认识了顾南岗那个死鬼。这个人除了长得还可以，没有一点本事，可我就是喜欢他的帅。他知道我在帮着寄养小孩儿，为了多赚钱，便鼓励我接着做下去。

"再后来，我发现雪姨的肚子慢慢大了起来，猜想她肯定是怀孕了。她来找我时并不是一个人，每次都有一个瘦男人陪在她身边，唯唯诺诺的，雪姨说什么他就做什么。又过了几个月，雪姨和这个男人回来了。看得出来，雪姨此时刚生产完。他们怀里抱着一对双胞胎女孩，雪姨让我挑一个养，还说这是他们最后一次来了，说完还给了我十万元钱。那个时候，十万元绝对是一笔巨款了。我犹豫了，我能看出陪雪姨来的瘦子非常犹豫。可雪姨和那该死的顾南岗态度非常坚定。顾南岗收了那十万元钱，随手抱了其中一个女婴。之后，雪姨和瘦子就抱着另一个孩子走了。

"后来，那个瘦子回来过一次，提出要见那个婴儿，但顾南岗拦着没让他见。又过了几天，雪姨也回来了。她又给了我五万元钱，要我们搬家，永远离开这个小镇，还要我们承诺像真正的父母一样养育那个女孩。呸，真正的父母，她肯定不知道，五年后顾南岗就因为没钱吸毒，把那个女孩卖到了夜总会。"

"你之后再没见过那个叫雪姨的女人？"

"是的。"

"知道她的真名叫什么吗？"

鲍雪凉摇了摇头。

"那对双胞胎和雪姨是什么关系？"

"我觉得双胞胎是雪姨刚生下来的孩子。"

"瘦子呢？"

"我猜是双胞胎的父亲。"

"另一个女婴的下落呢？"

鲍雪凉摇摇头："或许交给另外一对男女照料了吧。我觉得，对雪姨来说，那对双胞胎就是一对累赘。"

李石接连拿出傻大个儿画的素描和殡仪馆里那个死者的照片给鲍雪凉看："是这个男人吗？"

鲍雪凉看了一眼，很坚定地点了点头。

李石说："那个瘦子叫朱大可？"

鲍雪凉咬着嘴唇说："不，不是朱，是米，我听雪姨喊他'姓米的'。"鲍雪凉舔了舔渗着血的嘴唇道："领导，我什么都说了，现在能让我吸一口了吧？"

李石捏了一小撮晶体放进嘴巴，笑着说："如果我告诉你，这是从街上买来的冰糖，你会不会感到失望？"

2

很快，曹大牙把一份户籍资料打印件交到了刚从审讯室返回的李石手上，上面正是米大可的个人信息。李石无可奈何地笑了笑："原来是铁拐周写字连笔，把米字写成了'朱'。"

　　米大可的背景资料非常简单，本地农民，初中文化，没有婚史，没有犯罪记录，没有驾驶记录，就连宾馆的住宿登记也只有为数不多的几条。那几条住宿登记显示，米大可住的全都是凡城市内的小旅馆，唯一一家上档次的就是发现其尸体的那家三星级宾馆，像是他人生的可笑注解。

　　事不宜迟，李石当即决定带着我和曹大牙一起去米大可的老家探访。车子刚启动，韩江雪突然拉开后座车门坐到了我身边。曹大牙回过身，语含讥讽："你是属膏药的，怎么哪儿哪儿都贴啊？"

　　韩江雪没好气地回道："我是属口香糖的，还是那种薄荷清新口味的。"

　　李石握着方向盘笑了笑，没有赶韩江雪下车。韩江雪把头伸向窗外，冲着顾竹雪喊话："亲爱的姐姐，要去认亲了，你积极点。"

　　顾竹雪没有搭理韩江雪，而是兀自理了理身上的套装，绕到另一边的车门处上了车。这下姐妹俩一左一右把我夹在了中间。李石从后视镜里瞅了我一眼，笑而不语，然后驾驶着车出了大院。

　　路上，姐妹俩默默看着窗外的景致，而我则缩紧了身子，眼睛定定地看着前方的道路。突然，我产生了一种奇异的感觉：她们俩的确太像了，彼此就像是镜中的自己，只不过镜中的影像是相反的。而她们对待亲生父母将她们拐卖这件事情的态度，像是从一个原点向不同方向射出的两条射线。我只能暗暗希望，因为地球是圆的，这两条射线最终会相遇。

　　可我呢？我把思绪收回到自己的身上。韩江雪早就踏上了一条不会回头的道路，她已经到达了一处一般人难以企及的地方。我会一直陪着她走下去吗？又或者，当所有的迷雾散去，一切真相被揭开，韩江雪将会去什么地方，她还需要我这个同行的伴侣吗？

　　黑暗中，我将手覆在了韩江雪的手背上，韩江雪稍稍挣扎了一下，便任由我握着。可是她的手太凉了，凉到几乎没有人的温度。

　　驻村民警已经连夜从派出所赶到了村口，等候我们的到来。见面后，曹大牙将米大可的户籍资料交给了对方。驻村民警回想了一番，摇头表示对这个人没有印象。

曹大牙问:"他总该有什么亲戚吧?"

驻村民警答道:"全村姓米的就一户,男人早就死了,只剩下一个老婆子了,我带你们去她家。"

在驻村民警的带领下,我们来到一个院子前。院门本应是一道开合的木门,却不知什么原因只剩下一块腐朽的木头孤零零地挂在那儿。驻村民警刚要喊人,院里就窜出来一条没拴绳的黄狗,把大家吓了一跳。可黄狗没有做出任何敌意的行为,而是冲着大伙儿欢快地摇尾巴。韩江雪蹲下身摸了摸黄狗的脑袋,黄狗伸出舌头去舔她的手。

不觉间,一个青衣白帽的老太太出现在院门口。她没有说话,只是直愣愣地望着我们,像是刚苏醒过来的幽灵。曹大牙似乎没有受到影响,大大咧咧地走上前去:"大娘,我们是警察,有几个问题想问你。"

老太太还是不说话,只是转过身往屋里走。

我们面面相觑,随她一同进了院了,然后又从敞开的房门进了堂屋。此时,老太太从柜里摸出六个又红又大的石榴,塞到每一个人的手上。

曹大牙不解,问老太太这是何意。

老太太缓缓地坐在椅子上:"你们是来告诉我好消息的吧?"

众人一愣,不知该如何接话。

老太太说:"我是大可的娘,大可找到了吧?"

大家互相看看,脸上的表情已经写明了答案。

老太太叹口气道:"石榴意味着多子多福。看来,老米家这下是断后了。"

李石将石榴掰开,自己留了一半,将另一半递还给老太太,然后说:"很多年前,米大可就已经过世了。"

老太太将一粒石榴籽送进残缺的牙齿间,眼泪默默地流了下来。半晌,老太太才平复心情,问道:"你们来是要调查他是怎么被害的吧?"

李石点头:"案件很复杂,我们想从头梳理,先了解下你的儿媳妇,也就是米大可老婆的情况。"

"儿媳妇?哦,儿媳妇啊。"老太太的声音越来越小,像是陷入了回忆。沉默许久后,老太太嗓音发颤地说:"女人倒是有过一个,正是那个女人把我的儿子带走了。"

"能和我们说说那个女人吗？"

老太太扫了一眼大家，目光在韩江雪和顾竹雪这对双胞胎身上略停留了会儿，便开始了讲述："大可学习不行，初中毕业后就在家种田。但他心思不定，干了几年后就跟着老乡一起去了凡城市区打工。他经常寄钱回家，有事没事都会打电话报平安。就这样过了几年，有年冬天的农历除夕，他带了一个女人回来，说是他的对象，两人马上就要结婚了。当时我很惊讶，大可那时候才二十二岁，而那个女人看起来有三十岁出头，还一脸狐狸精的神色。我和他爹当然不同意，我们分别找大可和女人谈了话。女人倒是无所谓，米大可却很不满意。大年初一，大可领着女人到集市上的照相馆拍了一张合照，说是要贴在结婚照上，然后他们就回了城里。"

"后来呢？"

"我再没见过那个女人，但我有一种直觉，大可和那个女人之间的关系没有断。又过了三年，还是春节，大可一个人回到村里过年。在集市上，他买了许多小孩儿玩的玩具。那是大可回家过的最后一个春节，再往后他就彻底失踪了。"

韩江雪突然问："爷爷呢？"

老太太的脸色有些困惑。

韩江雪解释说："我是说，米大可的父亲呢？"

"前几年得了癌，死了。他死前还盼着见大可一面呢。"

李石问："那个女人叫什么？"

老太太摇头："只听大可喊她'雪儿'，从来没有直接叫过她的名字。"

李石接着问："这个雪儿的身上有没有什么可疑的情况？"

"她好像对小孩儿很感兴趣。初一一大早，她在村里就抱抱这家孩子，亲亲那家孩子，给他们糖吃，还带他们玩，有的邻居还担心孩子被她拐走呢！"

老太太的话引得大家彼此交换眼神。

曹大牙问："您说她长得像狐狸精，能具体描述一下她的体貌特征吗？"

"你们稍等，我有她的照片。"老太太扶着椅背缓缓起身，进到一侧的卧室里。在坐立不安的等待中，我们所有人一同将目光对准卧室门口，期待老太太的出现。

几分钟后，老太太从卧室走出，手里拿着一张照片，解释道："这是他们到集市上照相馆拍的。当时他爹怀疑这个女人，就又去了照相馆，让摄影师重新洗了一张。"

李石接过照片，用手机翻拍后传给了衢八两。过了会儿，衢八两那边给了反馈：鲍雪凉已经确认，就是照片上的那个女人把顾竹雪卖给了她。

李石抑制住激动，对老太太正色道："老人家，您放心吧，我们一定会抓到杀害您儿子的凶手。"

老太太叹了口气，瞥了眼韩江雪和顾竹雪这对双胞胎，淡淡地说："还有件事，大可后来回村赶集时，买的玩具都是成双成对的。"

钟摆敲了十二下，宣告午夜最黑暗的时刻到来。我们没再打扰老太太，退出屋子正要出院门，却发现韩江雪和顾竹雪还留在屋内。只见韩江雪将石榴籽一粒粒地掰好放在碗里，然后喂给老人吃。另一边，顾竹雪从包里掏出一沓百元大钞，趁老人吃石榴的时机，将那些钱藏在了电视柜后面。

我愣了一下，这才意识到，眼前这位老人正是韩江雪和顾竹雪的亲奶奶。

回程路上，我以为韩江雪和顾竹雪会因为这位凭空出现的奶奶而惺惺相惜，但一上车两人便同时收敛起情绪，像两个机器人一样陷入休眠状态。车子驶出村子后，顾竹雪开始打电话。听得出来，她是在交代管家，要她找人把老太太接到山里的一家养老中心居住，并制订一份详细的赡养方案。

韩江雪在边上冷笑："我知道你有钱，但老太太心里的伤是能靠钱弥补的吗？"

顾竹雪"哼"了一声："对了，忘了你是名校大学生了，你有什么好的主意吗？"

韩江雪同样用反问回击："你要怎么解释那一系列的养老安排？难道告诉老太太，她中了福利彩票大奖，由政府帮她养老？"

顾竹雪有些来火了："你忍心让你的亲奶奶一个人在孤独和绝望中终

老吗？"

韩江雪的语气坚定："那能怎样呢？难不成告诉她，她儿子现在还活蹦乱跳、活得好好的吗？"

我从后视镜里瞧了一眼李石和曹大牙，只见淡淡的笑意挂在他们的嘴角，看样子两人不打算介入这一对姐妹的拌嘴。

顾竹雪说："有胆量，你倒是告诉老太太，老米家没有绝后，你就是她的亲孙女。"

"有什么不敢的？我现在就回去认亲，你敢和我一起去吗？"

"别以为我不敢，这老太太以后我还就养定了！"

"哎哎哎，"坐在前面的曹大牙终于发话了，"两位美女，你们当老太太是啥啊？"

韩江雪和顾竹雪都不说话了。

曹大牙接着说："老太太说米大可买玩具都是成双成对买的时候，眼睛净往你们俩身上瞟了。"

"为什么老太太不问她们俩是谁呢？"我终于插进一句话，却同时遭到两姐妹剑眉倒竖的逼视，像是要我闭嘴。

李石慢悠悠地给了解答："我没有告诉老太太她的儿子还躺在殡仪馆里没有火化，目的就是不想再刺激她。我看，你们也让她继续平静地生活下去吧。"

话音刚落，李石的手机响了，屏幕上显示的是一个外地的座机号码。李石打了个哈欠振作起精神，然后塞上耳机接通了电话。

听得出来，对方一开始说了很长一段话。其间，李石简单地回应了几次，但并没有向车内人透露多少有价值的信息。末了，李石回应道："我们现在就过去。"说完，他便收了线，然后方向盘一打，在路边缓缓停下了车。

李石打开车门，站在路阶上望着远方城市的灯火发呆。曹大牙走上前去，给他递了一支烟，两人开始边抽烟边小声聊着什么。

韩江雪见状想下车，被我一把攥住了手腕。韩江雪狠狠地剜了我一眼。我这次没有退缩，而是平静地说："让他们清醒清醒脑袋吧，对研究案情有好处。"

抽完一根烟，两人回到车上。李石回过身，目光在两姐妹脸上转了一圈，然后说："是K城警方打来的电话。支队的同志刚把那张结婚证合照上传到系统，后台就比中了近期发生在K城的系列拐卖案的涉案人员。这个外号叫雪姨的女人亲自参与了这起系列案件。"

韩江雪立刻问："具体案情是什么？"

"案情很复杂，据说和暗网交易有关系。这个雪姨只在交易过程中露过一次脸，并最终从警方的包围圈里跑了出去。不过，K城警方正在筹划新的抓捕计划。我已经答应那边会尽快赶到K城，配合他们开展案件侦办工作。"

顾竹雪在边上说："你把这些告诉我们姐妹俩，是要我们随你一起去K城了？"

李石点头道："你们是唯一可以识别雪姨身份的人。"

韩江雪耸耸肩："难道还要做滴血认亲不成？"

李石笑了："这是你们的身份密码，其他人代替不了。"说完，李石在手机的地图上设置了导航路线，然后掉转车头直奔K市。

3

我们快马扬鞭、火急火燎地赶了一路，到了K市警方那里，倒像是热脸贴上了冷屁股。

清早七点，甚至没来得及在路边摊吃口早饭，我们五人便来到K市公安局刑警支队。值班警员一听我们的来头，便安排一名辅警将我们领进一间小会议室，让我们耐心等待。

这一等便是一个小时。渐渐地，大楼里开始热闹起来，昭示着一天繁忙工作的开始。耐不住性子的曹大牙溜出会议室，发现那名辅警正守在会议室门外，像是一尊门神。

曹大牙不满地说："人家是防火防盗，你这是防什么呢？"

辅警让曹大牙少安勿躁，称他的领导正在开行动部署会，等会议结束自然会来接待。

曹大牙摆摆手："不劳他们大驾，我亲自去拜访。"

辅警伸出胳膊拦住了曹大牙的去路。这下真是捅了马蜂窝，曹大牙当即发起飙来。他两句高腔一喊，一个胖子从洗手间里溜了出来。他瞅了瞅曹大牙，然后操着一口K城口音问："你是凡城来的吧？"

曹大牙不满地说："是啊，你是哪儿来的？"

胖子笑了笑，扯过曹大牙的胳膊，把他拽回小会议室。

到会议室后，胖子也不自我介绍，反倒先环顾一圈，然后饶有兴趣地冲韩江雪和顾竹雪问："你们俩就是那对双胞胎吧？"

还没等两人回答，胖子便自顾自地评价道："有趣，这种事情我还是第一次遇到。"

李石起身，询问胖子的身份。

胖子一屁股坐在软椅上："我，郭浩，外号耗子，上面派来的网安'侦查专家'，'砖头'的'砖'！"

李石点头："原来是大名鼎鼎的耗子，专门从互联网安全公司挖过来的名副其实的专家。"

郭浩抱抱拳。"彼此彼此。你大概就是凡城公安'第一探'李石副支队长吧？而你，"郭浩的眼睛乜斜向曹大牙，"不用说，你肯定就是重案队的大牙队长。"

曹大牙没好气地"哼"了一声。

郭浩举着双手："事先申明啊，我没想到你们会这么快赶过来。"

李石反问："K市警方没有告诉你？"

郭浩嘿嘿笑："你们现在既是合作关系，也是竞争关系。况且，头号嫌疑人现在在他们的地盘上，他们掌握了主动权，当然不愿意让你们过多了解信息，别到时候抢了他们的战果。"

曹大牙不满道："他们也太小家子气了。"

李石平静地说："要是一个大案子，换作我们，也想把大兔子搂到自己的怀里。"

韩江雪和顾竹雪彼此看了一眼，大概对李石把她们的亲生母亲比作大兔子不太高兴。韩江雪先开了口，不过她是对郭浩说的："那么，耗子专家，你愿意把案件的进展和我们分享一下吗？"

郭浩用开玩笑的语气回道："给我个理由呗。"

"因为我们是案件当事人的亲属，有知情权。"

郭浩摇摇头："权利？那也是要靠履行义务才能达成的。"

曹大牙问："义务，你想让我们做什么？"

郭浩张了张嘴，还没说话脸却红了。

李石看出了端倪，便故作样子抱起了胳膊："我们只是配角，在棋盘上顶多是小兵，没必要了解这么多，只管按照K市警方的安排做就行。"

曹大牙心领神会地配合道："是啊，没准儿K市警方会对我们知无不言、言无不尽呢，完全没必要听什么砖头大家在这里鬼扯。"

这一番激将让郭浩的脸憋得通红，他愤然道："好吧，我告诉你们，把这一切的来龙去脉都告诉你们。"

"哎哎哎，"曹大牙倒是端起了架子，"你倒是说说，我们要履行什么义务啊？"

郭浩这才吞吞吐吐地说："我想参与一线的抓捕，但K市警方不允，还把我踢出了行动部署会议。"

"哦，原来如此。"李石点头，"所以你想和我们合作，参与抓捕？"

郭浩点点头。

李石说："不让你参加抓捕，是考虑到你是上面派下来的专家，必须重点照顾，不能有失。"

"我跳槽当警察可不是来隔岸观火的，我想真刀真枪地干。"郭浩不满地说。

李石和曹大牙对视了一眼，然后说："这样吧，等你把案件过程说完，我们再决定让你在什么时机、以什么形式参与现场抓捕，你看如何？"

"成！"郭浩兴奋地点头，然后将警方如何获取雪姨一案的线索娓娓道来，"去年十一月份，K市官场发生了一场小小的风波，几名职能局的负责人锒铛入狱。随后，案件又牵连了几名行贿的企业老板。其中一名姓武的老板为了立功，居然在看守所里自我揭发，声称自己之前鬼迷心窍，想买三个男娃娃给自己的家族接续香火。这个武老板经人介绍，把三百万元兑换成比特币，交给了介绍人去运作。可还没等到结果，他就因为行贿被抓进了看守所。武老板思前想后觉得不太对劲，怕是被人骗了，就向管教检举自己，还交代了中间人的身份。经过调查，这名中间人不仅在币圈是一个老玩家，还有过网络犯罪前科，多次非法接入一个叫作'匿名者'的暗网。几乎同时，云南边防公安反映了一条线索，说是有三名外籍孕妇非法越境，一路长途转移，最终消失在K市境内。三个外籍孕妇和一个想买孩子的老板，还有一个深谙暗网和比特币交易的中间人，面对这些K市警方不敢大意，立刻将情报逐层向上反映。很快，本大耗子便接受委派来到了这里。"

说到此，郭浩高举起咖啡杯，像是在庆祝。

"然后呢？"曹大牙问。

"当然是'首战用我，用我必胜'了啊。"郭浩小口呷着咖啡，笑眯眯地说，"轻轻松松地，我黑进了那个暗网，打进了'匿名者'的老巢。"

说到此，郭浩环顾大家，有些不满："你们不好奇我是怎么进入暗网的吗？"

没有人接茬儿。

郭浩嘟囔道："你们不问我也要说。其实，关键就是一个邀请下载的链接。只要点击下载，就意味着中门大开，一窝病毒就会冲击我的系统。好在我同时发送了一个嗅探病毒，开始沿着病毒传输的路径，反向入侵对方的电脑。不过，对方早已有所准备。当我的嗅探病毒上岸时，一个DNS爆破软件又被踢了过来，两边都回到了起点线上。当然，作为闯入者，我还没摸到对方的门。另一边，对方的病毒倒是越来越多，而且不断变异，几乎要淹没我的服务器。我开始以毒攻毒，设计了一个类似于贪吃蛇的程序，开始反噬对方的病毒，甚至开始啃食对方的防火墙。结果，不到一分钟，对方就招架不住了，给我发来一个网址，一个需要洋葱路由跳转进入的'匿名者'网址。"郭浩说着拍了拍手，"就这样，我登录了这个'匿名者'的网络。"

韩江雪问："暗网里都有些什么？"

"当然都是些不敢光明正大交易的东西了，其中就包括武老板想求购的三个男娃。那个交易已经开启，还处于未完成的状态，我想，对方应该还没有交货。"

曹大牙推测："所以，武老板没有被骗，他只是还没收到货。"

"对方暂时也不敢交货，"李石说，"因为武老板被抓起来了。卖家并不清楚他为什么被抓，所以还在观望。"

郭浩打了个响指："说得对，三个外籍孕妇现在还藏在K市。"

曹大牙补充道："还有雪姨。"

"是你们凡城警方补上了其中一块拼图，在系统里上传了她的照片。经过比对，我们发现她也来到了K市，出现时间和三名孕妇到达的时间重合。"

大家沉默片刻，李石说："作为一名网络安全专家，你的目的不只是要破获这起跨境贩卖人口的案子吧？"

郭浩点头。"我给自己的行动取了一个代号，叫'洄游计划'。哈哈。"郭浩尴笑了两声，"我的目的是要接管网站。当然，凭我一个人的力量肯定不行，但我的身后有团队啊。那些可都是曾经力挽狂澜的大神。说白了就是，我组织了一帮网络安全工程师分析这个匿名者暗网的漏洞，通过购买行为将爬虫病毒传递过去，一点点下载服务器里的信息，最后把源代码拿到手里。当然，这一切都是在神不知鬼不觉的情况下完成的。那个运行网站的小子此刻还窝在东北边陲某座小城的小楼卧室里，以为自己依旧是整个匿名者网络的主宰呢！"

"所以，会同步行动，在打掉这个跨境拐卖团伙的同时，将暗网的组织者连根拔起。"

郭浩伸了个懒腰："这只是我的想法。不过，这个匿名者网站里的宝贝多得很，上面没准儿会把鱼养得肥一点再收线。"

李石正色道："别扯远了，回到这起案子上。对于雪姨和三名外籍孕妇，

K市警方有什么行动计划？"

郭浩慵懒地说："武老板已经被取保了。当然，前提是他答应配合K市警方完成那单交易，进而为警方提供一个抓捕雪姨的机会。"

"交易什么时候进行？"

郭浩不满地说："我只知道是今天晚上。地点嘛，还没确定下来，然后我就被请出了行动部署会。"

李石说："你似乎一点都不紧张。"

"为什么要紧张呢？"郭浩反问道，"我不知道警方的消息，但网站的数据可都在我的掌握中啊。一旦有交易的情报，我可是第一个知道的。"

李石说："所以，你会告诉我们交易地点，但我们要带你参加抓捕，对不对？"

郭浩笑着打了个哈欠："很公平，对不？"

李石和曹大牙低头商量了片刻。之后，李石回复道："我们还是要先和K市警方沟通，一切都得按照程序来。"

郭浩脸上的笑挂不住了。他一拍大腿作势要走，临走之前却不忘掏出手机加韩江雪的微信。韩江雪打开了她的二维码，郭浩边扫码边嘟囔："K市警方不带你们玩，可千万别回头找我帮忙。"说着，他便摇晃着一身赘肉出了会议室。

郭浩走后，走廊另一端传来喧哗声，看样子K市警方的行动部署会已经结束。李石和曹大牙立即前往会议室，找对方的指挥官协调参加行动的计划，留下我和双胞胎姐妹继续在会议室内干等。她们俩分别坐在会议桌的两端，我则坐在会议桌的中央，有点尴尬和无所适从。

半个小时后，李石皱着眉头回来了，曹大牙也一脸的不爽模样。显然，沟通的结果并不令人满意：K市警方仅允许曹大牙一人参与联合抓捕行动，其他人继续在会议室待命；等雪姨落网后，用韩江雪和顾竹雪来验证她的真实身份。

曹大牙整理好装备后嘟嘟囔囔地离开了会议室，直奔K市警方抓捕行动的集结地。李石则在会议室内拨打电话，一边将 K 市警方的侦办情况汇报给凡城主管刑侦的副局长，希望上级能够出面协调联合行动的事宜；一边安排凡城刑警支队的同事积极准备移交接收雪姨和刑拘羁押的手续，期望把握所有可能的机会将这名团伙犯罪的首犯带回凡城。大概一个小时后，凡城警方打来电话，说是手续已经办好，要李石找一台传真机接收文件。李石找到门外的辅警，希望他能帮着找一台传真机。辅警先是支吾说这不是自己的工作范畴，看到李石发火，他才指了指楼里的文印室，要李石到那里去试试。

李石这一走就是一个多小时。眼见着时间临近中午，双胞胎姐妹和我像是三只被困的饿兽，依旧被困在小会议室内无所适从。就连一直波澜不惊的顾竹雪也变得焦虑不安，频频在角落里拨打语音电话，像是在遥控指挥什么事情。同时，韩江雪已经冲到会议室门外，和门神辅警争执起来。无论韩江雪如何申诉、抱怨，甚至以举报相威胁，辅警只是一脸无辜地声明："我接到的任务就是服务好会议室内的三位客人。"

辅警的话还没说完，就被韩江雪抢白道："什么服务，软禁还差不多！就是软禁也得提供午饭啊，还有饮料，还有零食……"

韩江雪越说越离谱，被我拽住胳膊拉回了会议室。那名辅警似乎也觉得提供午饭的要求还算合理，便让我们再耐心等待片刻，自己下楼去协调食堂供应午饭的事情。

电梯门合上的那一刻，韩江雪和顾竹雪悄然来到我身后。我问她们想做什么，她们指了指我的身后，郭浩正拎着电脑包笑眯眯地站在那儿。只见他弯下丰腴的肥腰对我们说："能和两位女士合作是我郭某人的巨大荣幸。"

接下来，我便被他们三人裹挟着来到了 K 市公安局后门外的停车场。一辆看似低调但动力性能很好的黑色轿跑正怠速等待，而顾竹雪的女管家就站在车头前。看到我们赶来，女管家把车钥匙递给了顾竹雪，然后开着另一辆豪车离开了。

还没弄清楚发生了什么，我便被推进了车内。顾竹雪一脚油门便把我们带离了 K 市公安局。行驶过两个路口，车内传来电波的滋滋声，我还以为自己出现了幻觉。下一秒，我居然看到韩江雪从身后摸出一个对讲机，机身背部贴着"K市公安局刑警支队"一行小字。我结巴道："你不怕——"

我还没说完，顾竹雪便声色俱厉道："闭嘴！"

韩江雪笑着指了指坐在我身边的郭浩，说："这可是他弄出来的。"

我再瞧郭浩，他已经埋头在笔记本电脑上那一串串代码中。韩江雪此时做了一个"嘘"的手势，然后拧动对讲机调整频道，竖起耳朵听里面的对话。接下来，我们听到了指挥中心110派警的内容，听到了街面各个巡组的巡逻报告，听到了交警部门联合设卡的实时汇报，甚至听到了K市看守所内部关于人员提讯的汇报。

与此同时，顾竹雪驾驶着车辆在街面上像没头苍蝇一样疾驰。我想，她这样做是为了防止K市警方发现对讲机丢失后对对讲机进行实时定位。

终于，在加密1频道，我们听到了K市刑警支队抓捕组的信息。他们正在分组向滨水码头集结，有的单位已经到达了指定位置。几秒后，顾竹雪已经将滨水码头的区域图展示在汽车导航的大屏上——目的地距离我们尚有二十二公里。韩江雪和顾竹雪默契地对视后，韩江雪关闭了对讲机，顾竹雪则设置了一条路线，确保兜足圈子后，我们四人可以在日落时分赶到滨水码头。

4

滨水码头并不临水。实际上，它建在一条干枯的河道边。早年间河流改道，造成这条支流断流，往日里来来往往的货船因此销声匿迹，只剩下一片空寂的货场。斑驳的墙壁上和报废的集装箱上布满了街头涂鸦艺术。随着天色渐暗，这些涂鸦泛起幽幽的荧光，邪魅得很。

这个看似无人的码头上实际上有许多隐藏在暗处的警察，正在等待猎物的出现。当然，从某种意义上说，我们也是猎物，毕竟我们把K市警方的对讲机揣在了自己身上。或许，正有一组人在抓捕我们的路上。

韩江雪和顾竹雪像两只随时准备出击的黑豹，蜷缩在车子的前排，和夜色渐渐融为一体，只有眼球不时转动，试图捕捉任何可疑的蛛丝马迹。

我暗想：她们俩来抓捕现场的真正目的到底是什么呢？是想见证这场对她们亲生母亲的围捕，抑或更进一步，直接参与抓捕行动，亲手抓住至亲骨肉？在我的身边，郭浩正顶着一件大衣，遮挡电脑屏幕的亮光。嗒嗒的打字声急促且富有自信，挑动着我的神经，我不禁自问：此时我为什么会在这里，又将发挥什么作用？

我还没想明白，郭浩便喃喃道："目标已经进场。"接着，郭浩调转屏幕，我们在电脑中看到了从空中俯瞰货场全貌的影像。郭浩的声音低沉但不乏骄傲："我已经黑进了K市警方的无人机摄像系统。"

我们看到，在码头制高点的烟囱顶上，一盏大功率的灯亮了，然后一明一暗，像是一支点燃的香烟。这或许是一个信号。车厢内，韩江雪拧开了对讲机，里面传来压低的人声，宣布诱饵已经到达指定位置。随即，另一个声音传来："一辆集装箱货车已经开进货场。"接着便是冷静的指令："各组准备。"

一个穿大衣的男人快步从一排货柜后面走出，来到货场中央。郭浩在边上解释："这是警方的诱饵，武老板。"

与此同时，一辆拉集装箱的货车驶入货场，缓缓停下。一个年轻人从驾驶室探出脑袋，居高临下地和武老板交流了几句。然后，年轻人从驾驶室跳下，领着武老板来到车尾，打开了集装箱的后门。年轻人做了一个"请"的手势，而武老板的脚步明显犹豫了。

与此同时，对讲机里传来以下对话。

"要不要动手？"

"不急。"

"武老板说话有电磁干扰，车内可能有屏蔽设备。"

"再等等。"

说话间，郭浩接管了无人机的操作，指引它越过车顶，降低高度，试图窥探箱子内部到底有何玄机。可无人机刚做出靠近的动作就突然失去控制，被强行拉回半空。对讲机里再次传来指令："各小组注意，按照预定计划，切换加密频道。"

车内，郭浩气急败坏地说："K市警方发现我们了。"

郭浩的话音刚落，顾竹雪和韩江雪就下了车，把对讲机留在了车内。我和郭浩还没反应过来，就听到韩江雪厉声道："别磨叽了，赶紧走。"

郭浩耸耸肩："警察躲警察，真有趣。"说完，他便挪动屁股，夹着笔记本电脑下了车。

我们攀上一个集装箱货柜，匍匐着俯瞰下面的光景。一组特警已经包围了我们刚刚离开的轿车，为首的指挥官拿起我们丢在车座上的对讲机正在汇报什么。另一边，货场中央的集装箱货车开始急速倒车，后半边车身刚驶出大门就被警方布防的刹车链刺破了轮胎，但这并没有阻碍车子继续疯狂后退。几辆警车冲到货车面前，但因为车辆体格相差巨大，不敢再往前靠近。

僵持间，曹大牙从人群中冲了上去，攀住了驾驶位的窗户，死死地摁住方向盘。李石借机跳进货车的驾驶室，锁住了司机的喉咙。怪兽般的货车像是也被勒住了喉咙，缓缓停了下来。

"轰"的一声，货车车厢锁被爆破打开，在警方的一排枪口下，传来普通话和外语的喊叫。半分钟后，几名特警钻入车厢，将三名婴儿抱出。再然后，三名异国穿着的妇女和两名精瘦的男子高举双手，从车厢里走出来。

正在我以为行动大获全胜的时候，韩江雪已经起身向相邻的集装箱上跳去。我一愣，拽住顾竹雪，问她们要去哪儿。

顾竹雪反问："我们来这里是抓谁的？"

这一问让我彻底清醒过来：雪姨，也就是她们的亲生母亲。既然她不在货车上，那就一定隐藏在某个角落，在遥控指挥这场罪恶的交易。而此刻，当警方开始行动后，她肯定会借着夜色再次逃遁。

于是，我追逐着她们的步伐，开始在一个又一个集装箱上跳跃。这下却苦了一身肥肉的郭浩，他在原地着急地直跺脚。对此，我也只能抱拳，对他表示感谢和歉意。

很快，我们来到了离码头出口最近的一个集装箱顶上，看到 K 市警方在此处设置了卡点。在某种意义上，我们此刻既是追捕者也是被猎捕者。卡点的警察一定也接到了注意发现并控制我们的指令。正当我在硬闯关卡和蒙混过关之间犹豫时，下面突然出现一阵混乱：一个女人和卡点的执勤民警发生了争执。我再一定睛，发现那个女人正是给我们送车的女管家。顾竹雪压低声音："这是我的'马甲'，能拖一会儿，咱们抓紧速度通卡。"

我们心领神会，迅速从集装箱上跳下，趁乱逃出了卡点。没走多远，我们来到一处十字路口前。韩江雪和顾竹雪对视了一眼，分别向路口的左右两个方向进发，剩下我在原地踟蹰不前。

不用说，她们俩希望我沿着前方的道路继续搜索。就在此刻，对于韩江雪的牵挂超过了对于抓捕主犯的渴望，我放弃了向前搜索，转身向韩江雪离去的方向追去。

向前走了一段后，我进入一条满是排档的夜市街道。由于已是深夜，两侧鳞次栉比的小饭馆有的已经打烊，还亮灯的饭馆前也是门可罗雀。酸腐的味道充斥在我的周围，令我感到疲乏和眩晕，仿佛身处一座难以挣脱的气味迷宫。

正恍惚间，韩江雪的身影突然闯入我的视线，只见她躲在一扇半开的铁门后，窥探着斜对面烟酒店门口的几个人。顺着她的视线，我看到一个穿着飞行夹克的男人拆开一盒纸烟，从里面抽出一支，低头正要点燃。蓦然间，他瞧见了躲在门后的韩江雪。男人愣住了，手中打火机的火苗微微晃动，最终化作一股青烟。

在这看似永恒的瞬间，我看清了男人的容貌：皮肤白净，身材匀称，斜梳的头发像安静的海草，呈现出一种漂浮不定的沧桑感，而他的眼中有一种久别重逢的熟悉感。

显然，他也注意到了处在另一个三角顶点的我。判断了一番形势后，男人走下两级台阶，来到全身发僵的韩江雪面前，饶有兴致地将她从上到下好好打量了一番。

为了防止他做出任何伤害韩江雪的行为，我快步走上前去，横在了男人和韩江雪中间。

在我身后，韩江雪长长地吐了一口气，对我面前的男人说："不想和我说些什么吗？"

男人笑着把指尖的香烟点燃，用烟头指着边上的一家烤鱼店问："你吃了没有？"

韩江雪摇头。

"那咱们进去坐坐吧。"

就这样，我们三人进入了烤鱼店。韩江雪和男人相对而坐，我则在边上站着，像是一个不太机敏的保镖。韩江雪对男人说："我还有个姐姐，就在附近，我想通知她赶过来。"

男人耸耸肩："随便。"

韩江雪掏出手机给顾竹雪发了一个定位，随后便继续和男人默默对视。在令人窒息的沉默中，我开始思考韩江雪和这个男人的关系：亲戚、朋友，又或是直接参与拐卖韩江雪和顾竹雪的人贩子？

我正思索间，顾竹雪冲进了店内。她看见男人后怔了两秒，然后倒吸了一口长气，最后缓缓挪着脚步坐在了韩江雪旁边。恰在此时，服务员端上来一盘烤鱼，烤鱼冒着热气、瞪着眼珠，瞅着桌前的两男两女。

这时，顾竹雪开口了："你是吗？"

男人打哑谜地答道："我是。"

韩江雪还是不确定："你到底是谁？"

男人把烟头摁灭在汤碗里："我就是你们认为的那个人，你们可以叫出那个词。"

顾竹雪像被雷击了一般，双手抠着板凳边沿，手指已经发白。韩江雪则在一阵强烈的颤抖后突然跳了起来，伸手去掐男人的脖颈。男人向后一闪，淡淡地说："不要激动，我的女儿们。"

我正要去拦韩江雪，可听到男人口中的"女儿们"一词，我愣住了。接着，我觉得自己看到了鬼，毕竟她们俩的父亲正在殡仪馆的冰柜里躺着。但下一秒，一个大胆到荒谬的想法出现在我的脑海里。

男人肯定了我的猜测："是的，我就是你们的母亲，亲生的！"

席间逐渐安静下来，雪姨开始讲述自己的故事。她这些年接受了一系列的易容手术，不只改了性别，自己的身份也已经模糊。至于这么做的原因，她解释道："不管你们俩信不信，我觉得自己已经失去了做母亲的资格，所以索性变成男的，不仅能更铁石心肠，也可以屡屡从公安机关的围捕中脱身。毕竟，"她笑了笑说，"谁能想到鼎鼎大名的雪姨居然是一个男人呢？"

这时，我率先从震惊中回过神来，便问对方："你的名字叫什么？"

她瞟了我一眼，然后转向双胞胎姐妹。"我叫尤雪。瞧，我们三人的名字里都带了一个雪字。你们以为这是巧合吗？"尤雪笑着说，"不，这是我向领养你们的家庭要求的。不管你们以后姓什么，名字里一定要有一个雪字，这是我留给你们的符号。"

从韩江雪脸上的愤怒，我能看出她此刻有多么憎恶自己的名字。好在顾竹雪克制住了，问了那个必须问的问题："为什么要把我们卖给别人？"

"哦，不！我可不是卖，而是把你们送给了两户人家。与其等到我蹲大牢被枪毙，让你们沦为孤儿，不如趁早给你们找两户人家，让你们安安全全地长大成人。瞧，你们已经出落成亭亭玉立的大姑娘了。你们不应该感谢我吗？"

韩江雪恶狠狠地问："既然不想要我们，为什么还要把我们生下来？"

"这是一个计划之外的意外。可事情就这样发生了，我能做的就是把伤害减少到最小。坦白说，关于你们的成长，我一直在默默关注。你们俩现在一个是高才生，一个是女富豪，为娘觉得自己当年没有做错。"

韩江雪此时已经愤怒地说不出话来，顾竹雪则接着问："可是我们的父亲，那个可怜的男人，他的死不是一场意外吧？"

尤雪叹口气道："没办法，他的意志太脆弱，儿女情长把他的脑袋搅乱了，竟然说什么要投案自首，所以我也没有办法。你们要知道，拐卖儿童是一条极其危险和脆弱的黑色产业链条，容不得任何背叛。就算我不下手，也一定有人会要了他的性命。"

说着，尤雪拿起筷子将鱼眼剖出，扔进了自己嘴里，然后灌了一杯啤酒："行了，该说的我都说了，如果你们没有更多的问题，我要离开了。不要挂念我，我会好好的，也希望你们能过上更好的生活。"

双胞胎姐妹居然没有任何反应，任由她们的母亲没有一丝留恋地走到门口。就在此时，一股冲动让我冲上前攥住了他的手腕。尤雪一愣，用一种令我难以反抗的力量抬起了手腕，冲双胞胎说："你们这是要大义灭亲吗？"

韩江雪咬着牙说："够了！"

顾竹雪的声音平静且克制："放开。"

"放开？"我重复道，"就这样让她走了？"

"无所谓了。"顾竹雪说，"一切都清楚了，一切都没价值了。"

可我依旧没有撒手，对方反抗的力量让我越来越清醒地意识到，我抓着的不只是她们俩的母亲，而是雪姨，是系列拐卖儿童团伙的主犯。

于是，当着双胞胎的面，一场打斗开始了。小个子的尤雪就像一只灵活且发了疯的母猴，用她的尖牙和利爪围着我的脑袋频频发起攻击，精准、毒辣，且难以捉摸。我的体格虽然壮了一圈，但由于一只手试图控制尤雪，另一只手只能疲于招架。很快，我看到尤雪从裤兜里掏出一个黑色的物件，一摁按钮，冷冷的刀锋朝我刺来。

我本能地一躲，同时感到肩膀上传来一阵凉意，但疼痛感并没有及时传递到大脑中。对方收回刀子准备再刺时，韩江雪和顾竹雪终于从位置上跳了起来，拽住了尤雪那拉满弓的胳膊。

与此同时，一辆警车停在了烤鱼店门外——原来郭浩"戴罪立功"，带领K市警方赶了过来。

第十二章

自由

到今天我还不知道那两个意大利娘儿们在唱些什么，其实，我也不想知道。有些东西还是留着不说为妙。我想，她们该是在唱一些非常美妙动人的故事，美妙得难以用言语来表达，美妙得让你心痛。告诉你吧，这些声音直插云霄，飞得比任何一个人敢想的梦还要遥远。就像一些美丽的鸟儿扑扇着翅膀来到我们的褐色牢笼，让那些墙壁消失得无影无踪。就在那一刹那，鲨堡监狱的每个人都感受到了自由。

——《肖申克的救赎》

1

看到被抓的尤雪，K市警方感到九十九分的激动。当然，也有九十九分的犹疑，毕竟站在大家面前的是一个活脱脱的男人。

K市警方要韩江雪和顾竹雪再次当面指认尤雪，被她们俩态度一致地拒绝了。无奈，警方只得勉强提取了两人的血样，准备和尤雪的DNA进行比对。

与此同时，审讯正一刻不停地展开。被抓的两名马仔和三名外籍妇女分别从不同角度还原了案件的过程。此外，网安部门也从尤雪的手机中核对了登录"匿名者"暗网的账号信息。再后来，DNA比对出了结果，一副男儿身的尤雪，身上携带的是XX染色体——她正是顾竹雪和韩江雪的母亲。

以上这些都是曹大牙告诉我们的。事实上，在尤雪被抓四十八小时后，韩江雪、顾竹雪、女管家和我，重新被"请"进先前那间小会议室。还是同样的桌椅、同样的咖啡，要说有什么不同，就是原先在外面看守的辅警不仅换了人，数量也增多了。

这是要对我们的一系列冒失行为进行审判吗？或许吧。这事可大可小，真要严肃起来，没准儿我会从看守所医生变成看守所里的囚徒。在漫长的等待中，我的心中滋生出些许不安和无力。偷眼再看看双胞胎姐妹，她们俩倒是一脸平静，感觉像是在放空。尤其是韩江雪，一直瞪着一双迷茫的大眼睛。或许，她对真相大白后的世界还没完全做好准备。终于，韩江雪感受到了我长久的凝视，冲我挤出一个苍白的微笑。不远处，顾竹雪已经倒在女管家的怀中沉沉睡去。

就在我们快要忘记时间之时，李石和曹大牙推开了会议室的大门，告诉我们："一切都结束了。"

我不太明白他们所谓的"结束"是什么意思。

曹大牙说："尤雪对所有的犯罪事实供认不讳，K市警方正在办理刑拘手续，稍后会开新闻发布会。唉，大鱼终究还是进了别人锅里。"

我追问："怎么这么轻易就放弃了案件的主办权？"

曹大牙乜了我一眼。"还不是你们违反规定私自行动惹的。为了让K市警方不追究你们的责任，李石经过反复协商，不得已才同意把尤雪的案子交给他们主办。公安部A级逃犯啊！"曹大牙懊丧地感慨。

我垂下脑袋，羞愧地说不出话。倒是李石很豁达地说："虽然没有把战果和荣誉带回凡城，但毕竟我们把人抓了，案子也破了，对人民群众可以有一个交代了。"李石还拍了拍我的肩膀宽慰，"要不是你死死地缠住尤雪，没准儿她就无声无息地跑了呢。行了，别哭丧着脸了，咱们走吧。"

没有再耗下去的意义了，我们各怀心思地下了楼，径直来到K市公安局后院的停车场。一阵闪烁的警灯让我们停住了脚步。三十米开外，尤雪被押上了警车，车子缓缓驶近，一直开出后院的大门。韩江雪和顾竹雪背过身去，没有看警车里的母亲，反倒是坐在后排的尤雪转过身望了她们一眼。不过，在警车的红蓝灯闪烁下，雪姨的脸很模糊。或许她根本没有回头，或许那只是我的错觉。

车子已经驶远，我偷看双胞胎的脸，想寻找泪痕。可我看到的只是和月光一样苍白的脸。我想招呼她们俩吃点消夜，毕竟这两天大家都筋疲力尽，需要补一补，但还没说出口，一辆豪华轿车就缓缓停在了我们面前。平山堂的那位女管家从驾驶座下来，打开了后座的车门。顾竹雪瞥了我和韩江雪一眼，似乎想说些什么，但最后什么都没说便钻进车内关上车门，在低沉的轰鸣中越行越远。

顾竹雪的冷漠离去让我的心底越发涌起了一种孤独感，倒是曹大牙打趣道："好吧，少了一人，回去的车上没那么挤了。"

车子从凡城西高速路口驶出时已经是夜里一点。沉默一路的韩江雪拍了拍李石的肩膀，让他先顺路送她回家，她住的地方离高速路口不远。李石点了点头。车子很快便停在了那片破旧小区的门口，韩江雪下了车，我还在犹豫不决。曹大牙使了个眼色，把我赶下了车。对此，韩江雪没有拒绝。

我们刚进门，那只叫作包包的橘猫就跳进了韩江雪的怀里。韩江雪摸了摸它的脑袋，带着它进入了那间被改造成情报室的次卧，将挂在墙上的那些人物照片和关系图全部扯到了地上。随后她返回主卧，背对着我开始铺床。完成这一切后，韩江雪轻轻地拥抱了我一下，然后对我说："不好意思，今晚我想一个人待着，你就在沙发上委屈一下吧。"说完，她便当着我的面关上了门。

我对着木门愣了一分钟才缓缓转身，进入次卧收拾那一地狼藉。末了，我发现她的笔记本电脑上依然闪烁着屏保动画。移动鼠标的瞬间，桌面上的一份英文邮件吸引了我的眼球。我用尽了一生的英语单词储备，才弄清楚邮件的大致内容，那是一家跨国投资银行发给韩江雪的工作邀请。

我的心被狠狠地扎了一下，可还没等痛苦蔓延，身后便出现一声猫叫。我回身，看到韩江雪正站在门边，而那只橘猫则在她的脚边蹲着，眼珠子竖成了一条线，像盯叛徒一样盯着我。

虽然我从心底觉得韩江雪欠我一个解释，但此刻因为知道她要离开，我心软了："我……我就是想帮你收拾一下，顺便，省点电。"

橘猫"哼唧"了一声，像是在对我表达不屑。韩江雪则淡淡地说："我还在考虑，暂时没有答应他们。"顿了顿，韩江雪问我："你怎么想？"

我支吾着说不出话。

"算了，还是先把该做的事情做完吧。对了，能请两天假吗？"

想到还要让陈拒收继续在岗位上坚持两天，我有些犹豫。

韩江雪接着说："李石刚给我发信息，要我明天随他们一起去抓捕我的养父母。你愿意陪我一起去吗？"

这下我便没法儿拒绝了。

"很晚了，还是抓紧休息吧。"

韩江雪说着把我拉出了次卧，掩上了门，然后自己回到了主卧。我一个人躺在沙发上，盯着天花板，感觉一切好像又回到了原点，回到了我和韩江雪初识的日子。莫名地，我的耳畔想起顾竹雪那位女管家的歌声："休言万事转头空。未转头时皆梦。"我的鼻子有些发酸，于是我把眼睛闭了起来，但鼻腔深处更酸，一直蔓延到泪腺。

第二天清晨，两辆警车停在了楼下。李石没有来，他派曹大牙带着四名特警跟随我们一起出发。在楼下等待的时候，四名特警彼此说着段子和笑话，大概此次任务让他们感到很轻松。韩江雪则始终沉默，看不出任何悲喜。

车子行驶了两个小时，来到省城的一处建筑工地外。韩江雪和曹大牙商议，想先由她进入工地找到养父母，劝他们投案自首，也算她作为女儿尽的最后义务。是的，只是义务，她并没有用"孝心"这个词。

曹大牙不太放心。我提出陪她一起。

韩江雪翻了我一眼："见面后，我该怎么向他们介绍你呢？"

我哑然。

韩江雪对曹大牙说："如果他们真的拒捕，你们再进去抓捕就是了。"

曹大牙最终同意了。

就这样，韩江雪独自进入了工地为施工人员搭建的活动板房内，而我们则在车内耐心等待。不久后，一个戴着安全帽、一腿泥浆的中年男人从屋里冲了出来。他刚跑出不远，便被韩江雪的一声"爸"定住了。再看门前，一个系着围裙的中年妇女扶着门框缓缓地坐在了地上。

抓捕结束后，曹大牙带着四名特警将韩江雪的养父母押回了凡城。韩江雪和我则掉转方向，赶在黄昏前回到了她养父母的老家。韩江雪要去给她已经过世的没有亲缘关系的奶奶上坟。

坟地散落在村子的后山。天色渐暗，不辨道路，我走得极为踉跄，很快便追不上韩江雪的脚步。就在即将迷路之时，我看到一点忽明忽暗的火光。原来韩江雪正半蹲在一块石碑前，用打火机照亮石碑上的名字。当火苗蹿起，她开始喃喃自语，将正在发生的和曾经发生的一切都告诉了深埋于地下的奶奶。当火苗灭去，她沉默下来，或许是希望奶奶在九泉之下能听见自己的心声。

她就这样一遍遍地打着打火机，直到它不再迸发一丝火苗。韩江雪起身，扶着墓碑说："奶奶，你告诉过我，要勇敢地往前走。从今往后，我会听你的话，一路不回头地勇敢走下去。"

在天全黑下来前，韩江雪在坟前磕了三个头。随后，我们从后山下来，回到村里的道路上。一名老者牵着一头黄牛从我们身边经过，他和牛都瞥了我们一眼，但没有说什么，接着便越走越远。我问韩江雪晚上要不要就住在老宅子里，明天再回家。

韩江雪反问我："家？你说的是这儿，还是凡城的那个出租屋？又或是其他什么地方？"

我不知道。

"走吧，走吧。"韩江雪一边重复着，一边拉起我的手。我们像两个贼一般，逃离了那个清冷、丝毫感受不到爱的村落。

随着最后一粒尘埃落定，以尤雪为首的、长达二十余年的系列拐卖儿童团伙案已经基本查清。在提请检察院批准逮捕前，经由上级公安指定管辖，K市警方终于将尤雪连人带案移交给了凡城警方。作为对K市警方的补偿，上级将侦办"匿名者"暗网一案的管辖权指定给了他们。

如今，凡城看守所内关押着尤雪、韩江雪的养父母，还有顾竹雪的养父母。他们既是我需要照看的在押人员，又因为特殊的身份，让我心里多了些异样的感觉。就像一层膜，既看不透，也拆不穿。关于他们的健康情况，我会定期通报给韩江雪和顾竹雪。顾竹雪有时还会表示感谢，韩江雪则基本上没有任何反馈。

事实上，自从陪韩江雪从老家返回后，我和她已经三个星期没有见面了。她去应聘那份国外投行的工作了吗？她是否还在独自舔舐伤口？她家那只经常来做客的橘猫包包还好吗？这一切，我都无从得知。

天气渐冷，我心里萌发出一种想象，觉得韩江雪变成了一只寒蝉，在这座叫凡城的地方冬眠了。

2

又过了两周，我在市中心一家网红麻辣烫店里对付晚餐，身边净是欢闹的男女，孤单的我显得格外孤独。正在顾盼自怜时，透过被水汽模糊的落地窗，我看到一个酷似韩江雪的身影款款地从过街天桥上走下来，随后进入邻近的一家商场。我立即到收银台买了单，然后追了上去。

在攒动的人群中，我的目光锁定了那个熟悉的背影。那是顾竹雪还是韩江雪？我在心里打着问号，脚步也变得有些犹豫。一个不小心，我失了她的踪迹。正在踟蹰间，有人拍了下我的肩膀。我回头，看到韩江雪歪着脑袋，怀里抱着一束白玫瑰，另一只手上拿着一本《荆棘鸟》。

韩江雪说："你来了，你怎么现在才来，我还以为你失踪了呢？"

这三句话一下子把我整蒙了，让我不知道该如何回答。

韩江雪把胸前的书摊开，指着封面问："你知道这个故事发生在哪里吗？"

"澳大利亚，"我答道，"我看过这本书的同名电影。"

"你对澳大利亚感兴趣吗，想去那里生活吗？"

我觉得她话里有话，便没有接话。

"如果我去了澳大利亚，你愿意和我一起吗？"

我的喉咙卡住了。

韩江雪笑得很诡谲："傻了吧，不知道该怎么回答了吧？"

从她脸上的笑，我嗅出了诡计的气味，便试着反问："下个星期，包包就三岁了，咱们要不要给它过个生日？"

她犹豫了一下，耸耸肩："无所谓。"

我笑了："包包是一只猫，还没满一岁呢。"

这时，顾竹雪终于"哈哈"笑了起来："我还以为能扮作韩江雪继续骗你呢，没想到你没有被相思迷昏脑袋，还能分得清楚谁是白玫瑰、谁是红玫瑰。看来你还真是干警察的料。"

我叹口气："我已经有二十多天没见到韩江雪了。"

"这就快过年了，你想见她做什么，要把她带回老家见父母吗？"

我摇摇头："不知道。"

"你在南方的艳阳里，大雪纷飞，我在北方的寒夜里，四季如春。"顾竹雪哼起了歌，接着，她指着《荆棘鸟》的封面说，"刚才我没有骗你，你的女朋友、我亲爱的妹妹韩江雪正打算移民澳大利亚，准备和一堆袋鼠和考拉生活在一起呢。"

"你是怎么知道的？"

"我是她姐姐啊，当然对她的情况一清二楚了。"顾雪竹歪了歪脑袋，大概又觉得这个理由说服不了我，便摊摊手承认，"我聘了个私家侦探跟踪她。当然，这样做并不怎么合法，但我想知道我的这个妹妹在做什么。"顿了顿，她补充说，"我不想她出事。"

顾竹雪还在唠叨她对妹妹的关心，我的思绪却已飞到澳大利亚热烈干燥的上空，看到成堆的袋鼠在用拳头擂动它们肌肉发达的胸部，仿佛在向我宣示主权。我问顾竹雪："为什么是澳大利亚，为什么要去那么远？"

"澳大利亚并非她的终点站，最多是一个热气腾腾的中转站，就像凡城一样。"顾竹雪敛起笑容，缓缓地说，"这个世界还有一种鸟，叫极乐鸟。它没有脚，只能一直飞呀飞呀，飞累了就在风里睡觉。这种鸟一辈子只能下地一次，那一次就是它的死期。这和荆棘鸟其实差不多，荆棘鸟从离开巢穴开始，便执着地寻找荆棘树。当它终于如愿以偿，就会把自己娇小的身体扎进最长、最尖的荆棘，然后歌唱到死。韩江雪就是这么一只鸟，除非让她死，否则她不会停下脚步。"

说完这么一段，顾竹雪的脸上现出一丝哀伤，随即又被无所谓的表情取代。她问我："关键是，你准备好了吗，准备好开启那无穷无尽的疲惫旅程了吗？"

是啊，我准备好了吗？

我不知道。

几天后，顾竹雪给我发来一家宠物医院的位置信息。我先是疑惑，随后想起了那只叫包包的橘猫。我的心一沉，拦下一辆路过的出租车，赶到这家宠物医院。

进屋后，我看到包包正蹲在工作台上，它好整以暇地冲我"喵"了一声，像是在宣示它的地盘主权。接着，我看到了从里间走出的韩江雪，背着一个明黄色的猫包，手里拿了一沓单据。

看到我的到来，韩江雪先是一愣，然后指示我抱着包包去采血，她自己则转到柜台办理其他手续。包包显然已明白要发生什么，在我的怀里极尽挣扎，一不小心，爪子便在我的虎口处留下一道血痕。负责打针的护士赶忙塞给我一个酒精棉球，还关心地问我要不要去打狂犬疫苗。望着手上那条细细的红线，我愣了片刻，然后告诉护士："我也是'兽医'，百毒不侵的。"护士"哦"了一声，显然没明白这句话的笑点。

完成一系列检查后，韩江雪将颇为不爽的包包塞进猫包，然后背在身上，和我一同出了宠物医院。虽然已近深冬，但天气格外暖和。人们似乎都想把握这难得的好时光，许多人在滨河的绿化带上放起了风筝，就连猫包里的包包也抬起头，望着天上一只被线牵着的小燕子和大蜈蚣。

"沿着绿化带往前五公里，就到水产市场了，就是爬虫当年沉车的那个地方。"我试图勾起韩江雪的记忆，但她只是向前迈步，没有回话。

我又没话找话地说："如果把包包从包里放出来，不知道它会不会跑没影。"

韩江雪乜了我一眼，还是没有说话。

我便接着说："你带包包体检，是要领养它吧？"

韩江雪终于开口了："是顾竹雪告诉你我在哪儿的吧？"

我尴尬地摇了摇头。

韩江雪"哼"了一声："为什么不直接问我呢？"

这次，我更说不出话来。是啊，为什么我不直接给她打电话，甚至去敲她家的门，而只是一次次地发微信问候、试探。我在畏惧什么呢？

韩江雪说："领养包包是想让它有个伴儿，不要再心野地到处溜达了。"

这当然是话中有话，正当我琢磨该如何接话时，韩江雪说出了我的畏惧："带包包体检是为了办理卫生检疫证明，坐飞机要用。"

我的嘴皮子僵了许久，才结巴地问："要去哪儿，是去澳大利亚吗？"

韩江雪轻轻地点了点头。

"可是，"我指着包包，"它愿意跟你走吗？"

韩江雪蹲下身子解开猫包，把橘猫放在了草地上，然后轻拍它的脑袋："你走吗，要离开我吗？"

韩江雪的每一次轻拍对我来说都像是一次电击，既是折磨，又是抢救。包包倒是被拍得很舒服，迎着太阳打了个哈欠，倚着韩江雪的白球鞋躺下了。

韩江雪看了我一眼说："澳大利亚的西南端有一个城市叫珀斯，我想去那里，我希望你能和我一起。"

韩江雪顿了顿，或许她在等待我的回答。可是，我还能说什么呢……

韩江雪有些抱歉地说："这样的请求或许有些唐突，不过没关系，我会带着包包在圣诞节前先去澳大利亚。你可以等过完农历年，和家里人团聚后再飞到澳大利亚找我。"

她的态度真诚，语言平实。看得出来，她不是在和我开玩笑，更不是在开空头支票，这是她反复斟酌后的决定。让我接受不了的不是她的决定，而是她举重若轻的态度，仿佛我们不是要去袋鼠和考拉的国度，而仅仅是要退掉一间出租屋。

我终于忍不住问："澳大利亚有什么？你为什么要去那么远的地方？"

韩江雪笑着摇摇头："亲爱的，你怎么就不明白呢？这和距离没关系，重要的是生活方式。"

"我不知道能不能适应这种颠沛流离的生活。"我如是说。

韩江雪呵呵一笑："知道我们的祖先为什么会走出非洲、横穿欧洲大陆和西伯利亚冰原，又跨过白令海峡吗？"

"因为他们勇敢？"

"不，因为他们没有沉重的记忆。"韩江雪牵着我的手说，"你刚才提到了那个水产市场，那里只有爬虫的记忆，并没有我的。事实上，对我来说，凡城的故事已经结束，有关它的记忆也就没有任何价值了。"

我明白她的意思，但还是接受不了她挥挥手就告别的潇洒。

韩江雪将包包重新放回猫包内，打趣般地对我说："我还有些其他手续要办，你先回去想想吧，有空就练一练英语，方便你到那里继续当兽医，澳大利亚可是不缺动物啊。"

坦白说，我的英语不差，至少听力还不错，看美剧时我基本不用看字幕，只靠听便能明白老外们在说什么。如果真要我开口，我也能冒几句英文中的常用俚语。

和韩江雪分别后，我便将各类社交媒体的定位改成了澳大利亚珀斯，领略到那里的地广人稀、天涯海角，绝不是凡城这般人潮汹涌，更不会像凡城看守所那么拥挤、喧哗。想必，我会慵懒地坐在金黄色的沙滩上，望着点缀在印度洋上的点点白帆；头顶上，大团大团的乌云开始集结，雷声和风浪声近在咫尺。我就那样坐着，一直坐着，等待乌云变幻成狂风暴雨，卷起滔天巨浪。

是的，这便是我梦中的情景。醒来后，我反复回忆着梦里的一切，但不管我怎样绞尽脑汁，我就是想不起韩江雪在梦里出现的印迹。或许，她就是海面上的那些白帆，被风浪裹挟着越漂越远。

在宠物医院相遇后，我和韩江雪又见了几面，每次都是例行的逛街、吃饭，然后找一家奶茶店小坐片刻。韩江雪会向我通报她为远赴澳大利亚所做准备的进展，却从来不问我有没有下定决心和她远赴重洋。当然，去还是不去，我也还没想出个所以然来，便只能说说发生在看守所里的趣闻逸事。有时候我也会讲一讲李石和曹大牙刚破获的案子。韩江雪依旧会摆出一副洗耳恭听的姿态，但我知道，她连羁押在看守所的尤雪和养父母都不去过问，更不会关心那些和她不相关的案子了。

不觉间到了十二月，一年即将结束。有天傍晚，衢八两转到了医务室，指着我的电脑屏幕问："这是哪儿？"

我回过神来，赶忙说："我马上把桌面换回警徽的图样。"

衢八两摆摆手："不用，我就是感兴趣这是哪儿。"

陈拒收之前在医务室的墙上贴了一张中国地图，还贴了一张世界地图。我起身，找到珀斯所在的位置："就是这儿，澳大利亚的西南端。"

"咱们这里天寒地冻，人家那里此刻应是艳阳高照吧？"

我点点头："不同的半球，风水轮流转嘛！"

衢八两摩挲着下巴上的胡楂发问："想诗和远方了？"

我一惊，旋即明白这段时间自己的确有些魂不守舍，肯定是被衢八两看出了端倪。面对如此提问，我又没法儿用一两句话把事情说清楚。

衢八两缓和了下语气："别说是你，想必陈拒收退休后也会到世界各地去溜达儿一圈。"顿了顿，衢八两问我："从你来看守所当驻所医生到现在，过去多久了？"

"满一年了。"

"我已经在这里二十年了，你的工龄是我的二十分之一。"衢八两笑着叹气，"原来觉得时间难熬，没想到转眼二十年就过去了，每天还是困在这一道道的铁门间。对了，你知道咱们看守所一共有多少扇门吗？"

我摇了摇头。

"一共有九百九十八扇门，差两扇就满一千了。"

"你数过？"

"无聊嘛，反正有大把的时间，我用一个星期数完的。"

"你是够无聊的。"我附和道。

"日子嘛，大多都无聊，总得找点事情做。"

"就像你在后墙那边种树一样？"

"你们年轻人不也流行'种草'吗？都是想有个盼头。"

我点头，两人随即陷入一阵沉默。

半晌，衢八两才开口："我能问你一个问题吗？"

我的心一紧。

衢八两问："为什么要放弃医院医生的职位，转而来考凡城的法医？"

我咕哝道："家里人求稳，想让我有一个铁饭碗，所以就让我考了公务员。"

衢八两摇头："不对，你本可以考老家的公务员，结果却跑到了凡城，一定是有其他什么原因。"

我知道糊弄不过去，却又不想说真正的原因，因为那太疼了。

衢八两拍了拍手："好吧，我又不是在审讯犯人，不要搞得一副苦大仇深的样子。你要是真想走，我是支持的。年轻人嘛，本来就是四海为家。等看够了、玩够了，再找个地方安家筑巢，没必要这么早就把自己困在这九百九十八扇门里。"

我敷衍道："也可以等到退休以后再四海为家啊。"

"你才多大啊，就想着退休的事情了。"衢八两哼了一声，"就拿陈拒收来说吧，你瞧他那身体，天天咳嗽，像一台抽风机似的。别说山了，就连看守所东边那个小土坡，他也爬不上去。"

我"嗯"了一声，想到陈拒收一摇三晃的背影，就像风中飘零的树叶。

衢八两还在说："前段时间你参与办案在外面学习进步时，陈拒收一直在医务室替你顶着，你可得好好谢谢人家啊。"

我点头。

衢八两叹口气道："老头儿人可不赖，就是运气差了点，有空你要多关心关心他。"

一周后，陈拒收巡诊时摔倒在了走廊上。在押犯人关心陈拒收有没有事，陈拒收摆摆手，刚想说话就吐了一口血。我赶到时，他的胸口已经被鲜血染红了一大片。衢八两一边攥着他的手，一边吼叫，安排人送他去医院抢救。陈拒收摇摇头，蓄足了力气才说出"小树林"三个字。

衢八两明白他的意思，咬了咬牙，放弃了抢救的念头，将陈拒收背在背上，一路向监区的后门走去。许多管教和工勤人员都跟着衢八两，被他勒令返回各自的工作岗位，只剩下我提着陈拒收的医药箱陪在他们俩身边。

我们一同默默地走完一段土路，来到树叶凋零的树林边上。衢八两抬头瞅了瞅，将陈拒收放在了一棵柿子树下。陈拒收的胸膛起伏着，他伸手指了指脑袋上的红柿子，轻声说："红灯笼，过年了……"

衢八两克制着嗓音里的哭腔："是啊，新的一年就要来了。"

陈拒收的胸膛慢慢地停止了起伏，只有淡淡的笑意还挂在他嘴角，就像挂在枝头的红柿子那般温暖。

当天上午晚些时候，陈拒收的遗体被送去了殡仪馆。看守所内的工作还是照常，巡查、收押、送审，还有各项杂务，都在有条不紊地进行，好像只有如此大家才不会沉浸在陈拒收突然离世的悲恸中。

就这样，一直挨到午夜，我躺在医务室里瞪大了眼睛，看着陈拒收贴在墙上的中国地图和世界地图。太多的神仙在我的脑袋里打架。在燥热难耐中，我从床上爬起，看到衢八两拎着一个扫把，像幽灵般穿过中央走廊，向监区的后门走去。我披上衣服悄然跟了上去。

我一路尾随衢八两，再次来到那片小树林外。只见衢八两用扫把将落叶和树枝归拢成一堆，然后弯下腰用打火机将其点燃，形成一小片跳动的篝火。衢八两坐在篝火前，淡淡地说："你师傅的心愿完成了。"

我走上前，坐在衢八两的身边问："什么心愿？"

衢八两叹口气道："半年前，陈拒收就知道自己患了癌，晚期。他放弃了治疗的机会，选择在岗位上坚守到最后一刻。"

我不解地问："为什么要这样？"

"当然，经济是很重要的考虑。陈拒收的老婆是环卫工，孩子还在上大学，全家收入的大部分就靠他一个人顶着，他肯定不愿意把不多的积蓄扔到医院里。"衢八两顿了顿，"如果他牺牲在岗位上，会有额外的抚恤，甚至是奖励。"

"我师傅的身体状况，你事先是知情的？"

衢八两点点头："他要我替他保密。"

我有些羞愧地说："前些日子我在外面办案，把工作全部推给了师傅。"

衢八两拍了拍我的肩膀："陈拒收一辈子都在治病救人，所以后来他想明白了，与其去游览名山大川、走遍世界，不如在工作岗位上坚持到最后一刻。"

火焰逐渐熄灭，衢八两用树枝挑了挑，火苗又重新蹿了上来，照亮了衢八两古铜色的脸。

我感慨道："师傅自由了。"

"是啊，自由了！"衢八两抬头望向向上飞升的星星之火。

顺着衢八两的视线，我看到一架飞机闪烁着航灯，游弋在如海面一般澄澈的夜空。

那一瞬间我想起了韩江雪，她在那趟航班上吗？我不确定。但我祝福她，永远祝福她。

3

那一年春节我没有回家，一是因为所里只有我一名驻所医生，要负责一千多号在押人员的身体健康，责任重大，离不开岗位；二是我感到了一种发自内心的疲惫，不想旅途奔波，不想疲于应付，不想在"洛阳亲友如相问"间坦露我那还没理清的生活。的确，一只炸毛的刺猬是不适宜凑热闹的。

在日渐浓郁的新年氛围里，我开始梳理这一年来的林林总总。我当然不能说这一年我过得有多幸福。和朋友圈里那些好友的平安吉祥比起来，我这一年经历了不少生老病死、相聚离散。可这能怨谁呢？这是我自己选择的生活：逃离父母亲友为我规划的人生，到一个陌生的城市过一种非典型的生活。我原以为这样便可以实现个人的自愈和成长，但一不小心给自己挖了一个大坑。

好在从那些在押人员身上，我明白了一个道理：既然犯了罪，就要面临审判——哪一条哪一款，都写得明明白白。出来混，总是要还的！

从这种意义上说，和那些在押人员一样，在有所收获的同时，我也为自己的所作所为付出了代价。问题在于，我在行事之初是否已经为这些代价做好了心理准备？因此，我很羡慕那些有坚定信仰的人，羡慕那些一顿饭可以吃掉一只鸡的男人，羡慕那些在公交车上大声喧哗的女人，羡慕杀人不眨眼的狙击手，羡慕雄辩滔滔的律师……我希望自己也可以像他们那样，不带任何疑虑地、信仰坚定地迎接未来的生活，甚至追随韩江雪的脚步，义无反顾地飞往地球的每一个角落。

但是，我不能，现实中总有太多羁绊。

我已经从老家的医院逃离过一次了，我不能从凡城的看守所再次逃离。

就这样，和那些曾经爱我和我爱的人一样，我任由韩江雪淡出了我的生活，继而和全世界七十多亿人一同迎来新的一年，也迎来了我们共同的麻烦——新冠疫情。

都说风起于青萍之末，但我无论如何也想不到，就在那个有着上千万人口的超大城市封城没几天后，凡城看守所也宣布实施整体隔离措施。

年前，赵所长因为临近退休已经退居二线。新的一把手还没到位，衢八两就临时负责起了所里的全部工作。大年初二早上，他把全所的干警召集到篮球场上，宣布从中午十二点起，全所将进入整体隔离状态。他解释说："凡城城区已经出现了确诊病例，往后的疫情传播态势完全不明朗。看守所是人员密集场所，一旦病毒钻进高墙，肯定会造成大面积感染。在此情况下，上级下达了隔离命令，不管是人还是物，都将处于只出不进的状态。"

衢所长的话引起了一阵骚动，一种隐性的危险正如篮球场上肆虐的寒风，让大家无处躲闪。有人举起手问："隔离什么时候结束呢？"

衢所长摇头："不知道。"

又有人问："隔离了就不能回家了吗？"

"是的，一旦隔离就不能出所了。"

又是一阵低声讨论，但因为每个人都相距一米开外，嘀咕声被寒风掩盖，无法完全听清。

衢所长让大家安静。他说："我不强制大家都留下来。年龄在五十五周岁以上的老同志先回家休息，等待命令。其他同志如果不想被隔离，也可以在中午十二点封闭前离开看守所，我不会拦阻。"

大家都不说话了。想必许多人心中都在使命、亲情等宏大命题和那些柴米油盐、鸡毛蒜皮的家庭琐碎间纠结。与此同时，衢所长已经紧锣密鼓地安排起了封锁隔离前的各种事项，包括大批量采购必要的生活物资和医疗用品。

衢所长布置任务的时候，我刷了一下朋友圈，发现我的那些医学院的同学有的主动请缨，正在奔赴抗疫最前线，有的自愿加入了各自所在医院发热门诊的轮值中。他们大概不会想到，在凡城看守所，居然也有一名医生在同他们一起战斗。

坦白说，衢八两宣布封锁决定后，我也有点不知该做何选择。但我一转念，想到自己本来就是孤家寡人，没啥牵挂，心思便定了许多。接着，我便开始向我的那些同学求助，希望他们能够帮忙购买一批口罩、消毒水等防护物资。等答复时，衢八两来到我面前，面色凝重地说："看守所现有干警二百三十七人、在押人员一千八百四十五人、驻所武警五十四人、驻所检察官一人，这些人的健康就要靠你守护了。"

衢八两这么一说，我刚安稳下来的心又悬到了半空。

一切都被按下了暂停键，没有办案单位来送押，也没有检察官或律师来提审，更没有平日里向在押亲属送钱送物的群众——送钱的家属会按规定把钱打到看守所指定的账户上。事实上，没有一件非官方采买的实物能够穿越这道高墙，整个看守所一下子安静了不少。

起初，我还算是享受这份安静和清闲。衢八两警告我，隔离的日子就像是温水煮青蛙，起初并不会感到热，但等到真正的危险来临时，再想反抗就迟了。

因此，衢八两罕见地严厉起来。他组织全所干警开展了多次应急演练，包括防火、防暴动、防逃脱等许多科目。他还让我给大家做疫情防控方面的培训。我只得勉强抱佛脚，重拾大学时关于传染病防控的课本，又找曾经的同学索要了防疫普及的PPT，给"孤岛"上的同事们上了一课。

此外，在押人员和管教民警在穿戴上也终于有了共同点，那就是都戴上了口罩。我被衢八两授予了"口罩监督员"的职责，只要被我记在小本本上，民警扣加班费，在押人员扣量化考评分。这当然是一件得罪人的活儿。好在他们都理解我的难处，只将不满的嘀咕声集中在衢八两身上。有人说，衢八两当了代理所长，有官架子了；也有人说，他就是神经过敏、大惊小怪；更有人对衢八两将管教民警和在押人员一视同仁的态度表示不满，认为应该区别对待。打心底里，我并不同意所谓有失公平的看法，毕竟病毒是不分王侯将相的。而且，既然大家都被隔离在这座"孤岛"上，都面对着那道无法翻越的高墙，从这一点上说，我们和那些在押犯人并没有什么区别，都是一群等待被法律或被命运审判的人。想到此，我的心开始慢慢下沉。

工作似乎不会那么轻易地放过我。从每天接诊的记录看，找我看病的在押人员比往日里多了三成。随着时间的推移，百分比上升得越来越快，医务室很少有空闲的时候。其实，这些来问诊的在押人员的身子都没毛病，出问题的是他们的心理。想来也能理解，原先的诉讼程序大多都停滞了下来，他们的关注重点便从外部转移到了内部，再加上新闻里每天播放的疫区新闻，他们难免会过度关注自己的身体健康。

面对这些疑心病，我故技重施，把陈拒收放进特效药瓶里的维生素片开给了在押人员。还别说，基本上都起到了药到病除的效果。当然，如果一个疗程不顶用，那就再开一个疗程，反正维生素片是个好东西。

后来有一天，老庄来到医务室，直勾勾地瞅着我。

我问他哪里不舒服。

他说一切都好。

"那你为什么要来看病？"

"我不是来看病的，"老庄说，"我只是来看你的。兽医，你的心情好像不太好。"

我从病历本上抬起头，努力打趣道："你倒成心理医生啦。"

老庄呵呵一笑："不错，还知道幽默。"

我哭丧着脸，不再说话。

老庄拍了拍我的肩膀："其实，大家找你看病，大多就是想找人聊聊天，排解一下忧愁。可看你这个脸色，大家还得安慰你，你说累心不累心？"

"那我努力保持微笑，行了吧？"

老庄晃了晃药瓶："要不你也给自己开几片维生素ABCD吧。"

就在我的心即将沉入谷底，甚至怀疑自己患了抑郁症时，娇娇妈的癫痫又开始连续发作。在一场耗时耗力的抢救中，为了掰开她紧咬的牙关，我右手中指的指甲盖儿被撬翻了。我忍着剧痛，好不容易才给她打了一针鲁米那，让她的身体从僵直状态慢慢缓和下来。那时已经是夜里一点半。

娇娇妈每次都在夜里犯病，而且发作频率越来越高，这让我越发筋疲力尽。按说，长期服药是可以抑制病情复发的。同监室的在押人员向管教姜高音反映，只要她转身离开，娇娇妈就会把药片吐出来，有时甚至从嗓子眼儿里抠出来。之后，她便会泪眼婆娑地坐在马桶边上，不知是难受还是悲伤。

姜高音后来就看着娇娇妈吃药，一看就是半个小时，直到确定她体内的各种酶把药片彻底分解后才离开，但这仍无法抑制她在午夜频发的癫痫。一天午后，衢八两向我征求意见：依娇娇妈现在的身体状况，是否需要通知办案单位给她办理取保候审，让她到外面的医院就诊。

我明白衢八两的担心，癫痫病发作还是很危险的，万一人要是死在看守所里，那就是重大事故。别说衢八两的官帽保不住，很有可能一批人都会被追责处理。

我理解衢八两的难处，但仍压制不住自己内心的愤怒："难道把这个可怜的女人重新扔回没人管、没人问的社会，任由她自生自灭就是更好的办法？"

衢八两沉默了。

我还在发难："你知道，光是娇娇妈的病历，陈拒收写了多厚一沓吗？你难道就这样让我放弃吗？"

衢八两叹口气道："这可是一个一心求死的女人，你能一次又一次地把她的身体救回来，但你能把她的心救回来吗？"

我跳起来吼道："我能！我一定能！"

衢八两一怔，不说话了，而我也意识到了自己的失态。于是，我便逃也似的从衢所长的办公室跑了出来。

我不知道该如何解释自己的愤怒，是因为长期隔离带来的压抑，还是一次又一次为娇娇妈治疗无果带来的挫败？总之，这股愤怒烧着我的身体，让我的失眠症越发加重。我从床上爬起来，像一个在蚁群中走散的兵蚁，开始沿着监区的墙根疾走。不一会儿，瞭望塔塔顶的探照灯便打在了我的身上。光线太刺眼，让我看不清灯后面可能已经举起的黑洞洞的枪口。

我的心里一个激灵，想起自己来看守所已经一年多了，还从来没爬到塔顶看一看呢。于是，我朝灯源处挥了挥手，然后便直奔瞭望塔而去。沿着盘旋楼梯爬了几分钟后，我到达了塔顶，意外地发现正在站岗的就是一年前那个配合执行注射死刑的小战士。他的脸依然有些稚嫩，不过他的军衔已经变成了士官。嗯，这是一个非常好的变化。

小战士看到我后很客气，说上面风大寒冷，非让我披上军大衣。我连说"不用"，表示只是想上来看看景、透透气。小战士眨了眨眼睛，大概明白了我的状态，便默默地站在我的身后。如此一来，我便可以安静地俯瞰城市夜景。近处当然是灯火通明的看守所；再向前是大片笼罩在黑暗中的耕地（包括衢八两的小树林）和亮灯不多的村庄；村庄之后便是城市外围的快速通道，迎面飞驰的汽车大灯和车后拖曳的红色尾灯钩织出一道难以逾越的屏障；而屏障的后方，就是熠熠生辉的城市。

在我眼前的这幅图景中，城市似乎只占据了一小片区域，却又是无数人的爱恨情仇的发生地。当然，我想到了韩江雪，想到了那只随她而去的橘猫包包。此刻，她们是在南半球阳光普照的海岸上吗？接着，我又想到了自己的父母。他们还好吗？第一次没有陪他们过年，他们会感到孤单吗？在这个病毒肆虐的时刻，他们会多么担心正在隔离中的儿子呢？

不知不觉间，我向前走了几步，似乎如此便可以把脑袋里的画面看得更加清楚。突然我的皮带后侧被人用力钩了一下。我转过身，发现小战士正冲我憨笑。再看脚下，自己距离瞭望塔外围平台的边缘只有一步之遥，再往前，没准儿就会从栏杆上翻下去。

我挠挠头："看得发呆了。"

小战士说："医生，给你看个好玩的。"说着，他掉转了探照灯的方向，将其照在了衢八两种的那片小树林上，然后递给了我一个高倍望远镜。只见一群看似麻雀的鸟儿正在那片小树林上方盘旋。之后，顺着小战士手指的方向，我看到一只猫头鹰正睁一只眼闭一只眼地看着树下的动静。与此同时，两只体格健硕的野猪正带着几只小野猪，嘴巴叼着尾巴，迅速穿过小树林。

我放下望远镜，说："没想到这么生机勃勃。"

小战士笑着露出了一口白牙。

4

当天午夜，娇娇妈再次癫痫发作。

这次，她不仅把我的虎口咬破了，还把自己的舌头咬掉了一小块。奋力控制住她的癫痫后，我和其他管教合力把娇娇妈抬进了医务室。我先为她处置了伤口，然后便是漫长的看护过程。姜高音瞟了眼墙上的挂钟，连打了好几个哈欠，呓语般地说道："知道这个可怜的女人为什么总是夜里发病吗？"

我摇了摇头。

"我也是听说的，"姜高音压低嗓儿门，"她的女儿就是在夜里去世的，有时候她晚上做梦会喊女儿的名字。"

姜高音叹了口气，随即又是一阵哈欠。

我劝道："大姐，晚上我来陪夜，你回去休息吧。"

所里规定，病人若是发病，管教得陪同看护，但姜高音毕竟已满五十岁了，的确是心有余而力不足。

我又劝了姜高音两次，她才伸了伸懒腰，说等疫情结束后请我吃她包的香菇肉包子。说完，她便离开了医务室，只留下我和床上还处在昏迷中的娇娇妈。在四下无人的寂静中，一段对话在我耳畔响起。

一周前，娇娇妈向我发问："为什么要救我？"

我说："这是我的本职工作。"

"难道延续一个人的痛苦也是医生的本职工作？"

我犹豫了一下，接着说："不，我还是警察，警察的职责就是守护人民群众的生命安全。"

娇娇妈不屑："我怀疑你还在惦记那两包被我藏起来的毒品。"

我震惊、哑然，然后感到了深深的悲哀，我为自己所做的工作不被理解而悲哀。

沉默良久，娇娇妈缓缓地说了一句"对不起"。接着，她说："为什么不放过一个要死的人呢？"

我摇了摇头，没有说出那个始终横亘在我心底的原因。

此刻，在这个因为疫情而使全球命运相通的夜晚，望着躺在病床上的女人，我从抽屉里取出曾被娇娇妈撕碎的娇娇的照片，将它放在床头，嘴唇开始不自觉地翕动："大学毕业那一年，我在老家的一家三甲医院当住院医生。有个小男孩从楼梯上摔下后昏迷，被送进了医院，成了我负责照看的小患者。医生做了几次CT和MR检查，都没发现孩子脑部受到损伤，但不知为何，小男孩始终处于半睡半醒的状态。

"通常来说，大脑功能的恢复是需要时间的，再加上药物的抑制作用，以及机器检查的确定结果，我便没有对小男孩的状况投注更多关注。就这样到了第六天，男孩脑部突然大出血，根本没给我们留任何抢救机会，可怜的小生命就这样终结了。后来，上级派来的专家组经过检查发现，男孩脑干后方有一个非常小、非常隐秘的裂口，表面看着很正常，但内部一直在出血，积累到一定量后猛然把裂口冲破了。至于责任，不管是科室主任还是放射科的同事，包括我这个住院医生，都有份儿。

"同事们劝我不要太挂记这件事，毕竟医生每天都要面临生老病死。但不知怎的，我就是忘不了它。或者说严重点，我就是无法宽恕自己。熬了三个月后，我从医院辞了职，报考了警察。原本以为能当一名法医，面对冷冰冰的尸体，不再需要把生死系在自己的身上。可是，造化弄人啊，我居然成了看守所的驻所医生，得守护一千多号人的生命健康。你说你要死，可我怎么能眼睁睁地、毫无作为地让你死呢？！"

最后一句或许是抱怨，也可能是一种抒发，让我不自觉地猛捶了一下自己的大腿。可当拳头落下后，我瞥见娇娇妈的手指动了动。我叹了口气，上前把她的被子掖好。与此同时，一滴眼泪渗出她的眼角，滑过她的脸颊。

从第二天起，不管是伤口的后续处置，还是对癫痫的系统治疗，娇娇妈对我都言听计从。从她顺从的眼神中，我仿佛看到了些许变化。这让我想起了那一晚我自言自语的有罪供述。或许她真的听见了，并觉得我和她一样，都是戴着镣铐的人。或许，正是因为这副镣铐，让她与我产生了某种共情，开始主动配合我接受治疗。但是，治疗的过程仍然很痛苦。不说舌尖新生的肉芽如何又痛又痒，只讲后面几次偶发的癫痫症状，对于娇娇妈来说，都像是闯了一次次鬼门关。好在，娇娇妈都挺了过来。

与此同时，电视上滚动播放的全国人民抗疫的英雄事迹也给看守所里带来了向上的氛围。有时候，看到一整个屋子的人都泪眼婆娑，我就知道多半是因为新闻在报道母亲告别女儿、驰援抗疫前线的事迹；有时候，我还能看到在押人员对着屏幕破口大骂，那时他们看的肯定是国外对疫情污名化的新闻报道。一天上午，所有监室里的在押人员都站起身垂下了头。原来，他们在参与全国性的集体默哀。这些活动都是自发性的。我想，一种共同的情绪已感染了高墙内外的每一个人，并让我们越发对生命产生了一种庄严的尊重。

受大家感染，我也开始振作精神，积极过好每一天的隔离生活。在巡诊治疗的间隙，我开始跟在姜高音后面学习缝制腕套和踝套，保护那些被戴上手镣、脚镣的重型犯的手腕和脚踝。我主动欢迎在押人员以任何理由（或借口）找我看病（或是单纯的聊天），鼓励他们张口说出真情实感。即便他们和我扯瞎话，我也只是一笑了之，毕竟我已不是刚进看守所的那个不辨真假的"小白"了。

另外，我把陈拒收放在角落里的自行车推了出来。每当我在长长的甬道上摁响车把上的铃铛，丁零的声音响起，在押人员就会一会儿喊"陈拒收"，一会儿喊我的"兽医"外号。对了，我还沉迷于攀爬瞭望塔，眺望高墙外的世界。有一天夜里，整座城市起了雾霾，我戴着口罩爬到塔顶，正好略高于雾霾之上。我的脚下是如大海般的层层雾气，我的头上是一轮皎白的月亮。我不由得想起那句著名的"海上生明月，天涯共此时"，不知此刻远在地球另一边的韩江雪会不会也在仰望天空，看着同样一轮月亮？不知不觉间，我的心也随着那幻化不定的雾气飘向远方。

日子好过后，时间便会倍速向前。不知不觉间，隔离生活已经过去了四个多月。突然有一天，衢八两宣布，市局从各单位抽调了两百名干警，准备分三批进驻看守所，而在岗位上坚守了一百多天的我们则可以回家好好地休息一个月。会后，我提出把我放在最后一批轮替名单里。衢八两笑着说："不用，李庸医和第一批增援的民警已经在赶往看守所的路上了。"

说话间，姜高音通过对讲机呼唤我，要我赶紧去娇娇妈所在的监室。我的心一紧，以为又出了什么事，便立刻拎着医药箱赶到了娇娇妈身边。好在，她并没有犯病。隔着栏杆，娇娇妈问我是不是要撤离休整。我点头说"是"，然后向她保证新来的医生是我的哥们儿，一定会接着把她的病治好。娇娇妈点头，让我把耳朵凑到她的嘴边。我犹豫了一下，然后按照她的要求做了。

接着，娇娇妈在我耳边小声说了一个地方。像是怕我忘了似的，娇娇妈又把那个地方重复了一遍。我一愣，第一反应是这地方可真绝！然后我才回过味来：为什么她愿意告诉我？只是此时，娇娇妈已经退回监室的角落，和女伴们一起继续看新闻去了。

　　出看守所后，我拨通了李石的电话，转述了娇娇妈口中的那个地方。一个小时后，李石发来了信息：毒品已经找到，谢谢！

　　那时，我正在楼下超市的门外，准备采购生活和消毒用品。我刚要进门，就被一位戴红袖章的大妈拦了下来，非要我出示健康码。我一愣，打趣道："我刚从看守所里被放出来，哪儿有什么健康码？"接着，在大妈的指导下，我申请了二维码，慢慢地重新融入社会。

　　最后，当我拎着购物袋回到我租住的小公寓门前时，蓦然发现门上居然贴了一副红色的对联。我的心有些发颤，但理智告诉我，没准儿这是楼下大妈在送温暖呢。就这样，我拧动了钥匙。门开了，一声猫叫从我脚下传来，只见包包正坐在地垫上朝我挥动招财的右爪。我一愣，不自觉地探出身体，想看看屋里还有怎样的惊喜在等着我。

图书在版编目（CIP）数据

看守所医生 / 米可著 . — 北京：北京联合出版公
司，2022.2

ISBN 978-7-5596-5743-5

Ⅰ.①看…　Ⅱ.①米…　Ⅲ.①长篇小说 – 中国 – 当代
Ⅳ.①I247.5

中国版本图书馆CIP数据核字（2021）第235186号

看守所医生

作　　者：米　可　　　　　　出版监制：辛海峰　陈　江
出 品 人：赵红仕　　　　　　责任编辑：邓　晨
产品经理：张建鑫　　　　　　特约编辑：郭　梅
封面设计：Edge_Design　　　美术编辑：任尚洁

- -

北京联合出版公司出版
（北京市西城区德外大街83号楼9层　100088）
北京联合天畅文化传播公司发行
天津中印联印务有限公司印刷　新华书店经销
字数 249千字　710毫米 × 1000毫米　1/16　17.5印张
2022年2月第1版　2022年2月第1次印刷
ISBN 978-7-5596-5743-5
定价：49.80元

- -

creadion